新闻出版总署优秀畅销书奖
全国优秀古籍图书普及读物奖
第十七届山西省优秀图书一等奖
第二届山西出版政府奖
山西出版集团2008年度十种好书

全套藏书累计销售500万册

诸子百家卷

《诗经》《尚书》《礼记》《楚辞》《论语·大学·中庸》《孟子》
《老子》《庄子》《荀子》《韩非子》《孙子兵法·尉缭子·鬼谷子》
《墨子》《周易》《山海经》《吕氏春秋》《三十六计》

名家选集卷

《三曹诗集》《陶渊明集》《王勃集》《王维集》《孟浩然集》
《高适集》《岑参集》《李白集》《杜甫集》《白居易集》
《刘禹锡集》《元稹集》《李商隐集》《李贺集》《杜牧集》
《韩愈集》《柳宗元集》《李煜集》《欧阳修集》《王安石集》
《苏轼集》《黄庭坚集》《柳永集》《秦观集》《周邦彦集》
《李清照集》《辛弃疾集》《陆游集》《范成大集》《杨万里集》
《姜夔集》《文天祥集》《元好问集》《唐寅集》《张岱集》
《三袁集》《李贽集》《傅山集》《纳兰性德集》《袁枚集》
《郑板桥集》《龚自珍集》

史著选集卷

《左传》《国语》《战国策》《史记》《汉书》《后汉书》《三国志》
《资治通鉴》

综合选集卷

《唐诗三百首》《宋词三百首》《元曲三百首》《千家诗》《古文观止》
《汉魏六朝小赋骈文选》《唐宋八大家文选》《明清小品文选》

笔记杂著卷

《蒙学六种——三字经·百家姓·千字文·增广贤文·幼学琼林·格言联璧》
《颜氏家训·朱子家训》《世说新语》《金刚经·坛经·心经·地藏经》
《曾国藩家书》《菜根谭·小窗幽记·幽梦影》《浮生六记》《闲情偶寄》
《近思录》《徐霞客游记》《古代书信精选》

戏曲小说卷

《元杂剧精选》《西厢记》《牡丹亭》《长生殿》《桃花扇》《今古奇观》
《三国演义》《水浒传》《西游记》《红楼梦》《聊斋志异》《儒林外史》
《封神演义》《话本小说选》《文言小说选》

王维集

[唐]王维 著
傅如一 解评

中国家庭基本藏书 名家选集卷

山西出版集团
三晋出版社

博学工作室

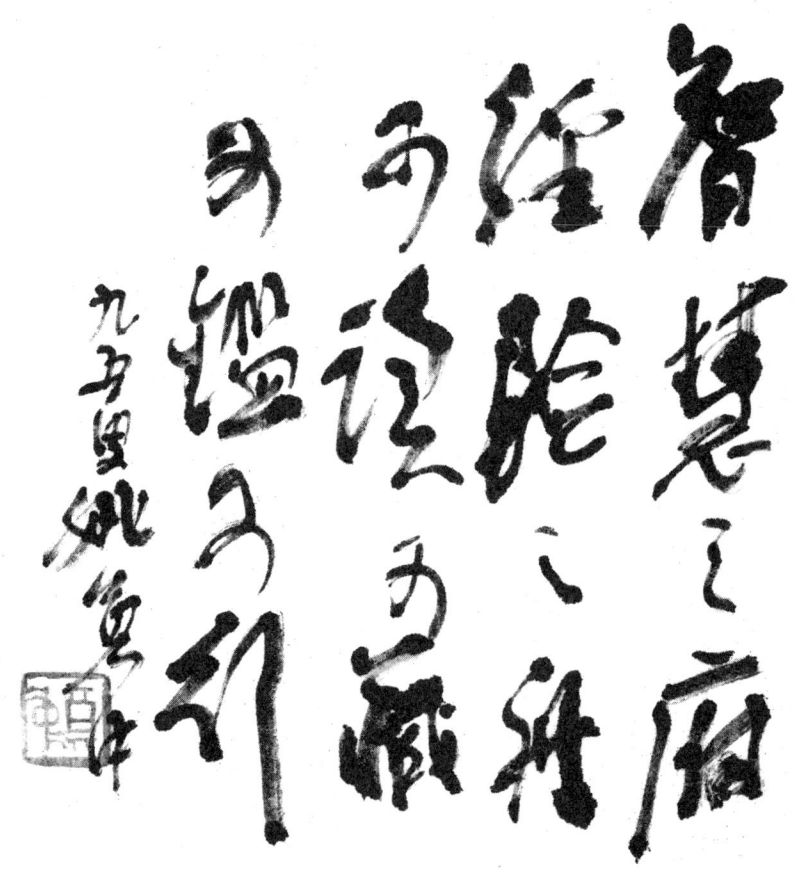

· 山西大学教授姚奠中先生为《中国家庭基本藏书》题词

前言

名家选集卷
王维集·前言

唐代的河东文化,璀璨夺目,蔚为大观,用今天的时髦话讲,就是文化强省。在这片文化沃土上,涌现了一大批著名的诗人,像王绩、王勃、宋之问、王昌龄、王之涣、王翰、卢纶、耿湋、畅当、柳宗元、王涯、吕温、司空图、温庭筠、聂夷中、唐彦谦等,在文学史上都有一定的地位,而王维则是其中最杰出的代表,当时的说法叫作"朝廷左相笔,天下右丞诗"。唐玄宗天宝年间编辑的《河岳英灵集》,王维被列为三十五位"河岳英灵"之冠。杜甫称赞王维兄弟"最传秀句环区满,未绝风流相国能"。唐代宗下令编辑王维诗,作出了"诗名冠代"的评价。当然,这种评价不能当作文学史上的定评,只能理解为王维诗的声誉在当时极高,具有广泛的传布效应。这种效应,当时还是声名寂寂的杜甫自然不及,即便是天才诗人李白,也只在伯仲之间。

王维诗具有如此巨大的魅力,这与他的创新精神分不开。他受河东前辈诗人王绩的启发,将山水诗与田园诗合二为一,熔为一炉,推出了山水田园诗这一崭新的诗体,令人耳目一新,奠定了王维山水田园诗派创始人和创作大师的文学史地位。他的作品诗中有禅、诗中有画、静中有动,无论是从诗歌意境还是从艺术特色来衡量,都是重大的艺术创新。

王维的诗歌,据他弟弟王缙对唐代宗说,"天宝事后,十不存一",经搜集得诗文四百馀篇,这当是第一部《王维集》,历宋、元、明、清各代,先后又编辑了二十多种,陈铁民先生在《王维集版本考》中论述甚详(见附录),而且这些版本大多流传到了现代,这不仅是王维之幸,也是国宝之幸。

在诸多《王维集》的版本中,清·赵殿成《王右丞集笺注》是集大成者,有三大贡献:一是有注释,而以前的版本仅存原文;二是校勘的参考文献多,不拘泥于某一体系;三是对部分诗歌有评论,还收录了前人的评价。这三项内容,可以说奠定了当今古籍整理的基本框架。但是,赵本仍然存在诸多缺陷,例如有不少误注、误考和漏注、漏考,而且释词不释句,混入的伪诗也未加辨正。真正称得上《王维集》最好的注本的,是当代陈铁民先生的《王维集校注》(中华书局1997年出版)。陈本保留并扩大了赵本的特色,也克服了赵本的缺陷和不足。它的创新之处是:有认真考证后的作品系年,作品篇目以编年为序,这就和古代版本按体裁编排的格局完全不同,这是最见功力的一种编排法,对读者了解一位诗人的创作轨迹最为有利。陈本校勘精细、注释详明,凡典故皆有出处,特别是广泛收罗历代名家的评论系于诗后,而自己则不发一言,治学极为严谨,此书成为当代和后代研究王维诗文不可或缺的必备书。

新时期以来,对王维及其诗歌的研究,出现了盛况空前的新局面,出版的著作有十多部,发表的论文达两千馀篇,还成立了中国唐代文学会下属的王维研究会这样的专门机构,这是以往任何一个时期都不曾有过的学术热潮。对王维生平事迹的考证,对王维思想的辨析,对具体作品的深入探讨,对艺术特色、艺术渊源、艺术价值、美学成就的论证,对王维诗文的版本研究,以及王、孟山水田园诗派的延伸研究,都取得了许多突破性的新成果。上文提到的《王维集校注》就是其中的标志性成果之一。当然,对王维诗文的研究还有许多问题没有解决,生年、禅意、佛学思想、美学特征等,还有待继续争鸣。比如说王维诗歌最本质的美学特征是什么?专家们的答案多多,可以列举五六种以上,但我认为王维诗歌最本质的美学特征是和谐美。盛唐社会是一个富有进取精神的社会,所以唐诗中才会出现"会当凌绝顶"、"更上一层楼"的名句;盛唐社会也是一个相对和谐的盛世,人与自然的和谐、人与人的和谐、人与社会的和谐,必然要在诗歌领域作出反映,而这种反映,以王维最为强烈、最为出色,不仅有正面的反映,也有反面的反映,表现出诗人追求和谐社会的强烈渴望。如果我们从和谐美的角度来重新品味一下类似《山居秋暝》、《新晴野望》、《山居即事》、《辋川集》等一系列名作,感觉会如何呢?

王维的许多山水田园诗写到了回归自然的愉悦,有的论者认为这是一种消极避世的思想。这恐怕连王维本人也不会接受。他在《献始兴公》诗中说:"宁栖野树林,宁饮涧水流。不用坐粱肉,崎岖见王侯。鄙哉匹夫节,布褐将白头!"这分明是一种不向权贵与腐败低头的"匹夫节",是积极的抗争。即便是在当今社会,能做到不与腐败分子同流合污便是情操高尚,就会受到称颂和肯定,那么我们又何必过高地去要求古人呢?

我们这本《王维集》是在陈铁民先生研究成果的基础上对王维诗歌所作的一个选本,照映的读者面应当是以青年人为主,所以在体例上侧重于释句而不仅是释词,古人的评价只是选其突出的一两则,主要还是谈自己的看法。有些难以确切编年的诗则根据具体情况作出一个大体时间上的判断,不另列于全部编年诗之后。

诗集中的部分初稿是由我指导的研究生范斐、彭霞玲以及我教过的山西大学文学院2002级古代文学研究生们完成的,经过反复修改,在文风上基本统一。所用的主要参考文献,除《全唐诗》、《王右丞集笺注》、古今多种选本以外,吸取研究成果最多的如作品系年、史料引用等方面,还是以陈铁民先生的《王维集校注》为主。另外,我以前作的《王维、孟浩然、高适、岑参诗精选》、《山西文学大系·隋唐五代文学卷》等,在具体作品评价方面,也是重要的参考。

征得陈铁民先生同意,以《王维集校注》的前言(第一部分)作为代序,特此一并致谢。

为方便读者使用,末附"王维年谱简编"、"《王维集》主要版本"、

"王维研究著作、论文选录"、"《王维集》名言警句"(正文中用着重号标注)。

书中不妥及错讹之处,敬请专家学者不吝赐教。

傅如一
2008年5月于山西大学

王维诗概论(代序)

陈铁民

王维(701—761),字摩诘,蒲州(治今山西永济)人,是盛唐时最著名的诗人之一。父亲处廉,官至汾州司马。王维早慧,工诗善画,博学多艺,十五岁离乡赴两都谋求进取,以自己的才能博得了贵戚豪右们的青睐。开元九年(721),进士擢第,解褐为太乐丞。同年秋,因太乐署中伶人舞黄狮子事受到牵累,被贬为济州司仓参军。开元十四年(726)春秩满,自济州离任,到淇上为官,不久弃官,在淇上隐居。约在开元十七年(729),回到长安闲居,并从荐福寺道光禅师学佛。二十一年(733)十二月,张九龄任同中书门下平章事,次年五月又加中书令,此后不久,王维作《上张令公》诗献给张九龄,请求汲引。二十三年(735)春,擢为右拾遗。二十五年(737),张九龄受到李林甫的排挤、打击,谪为荆州长史,王维对此很感沮丧,曾作《寄荆州张丞相》诗,抒发自己黯然思退的情绪。同年,王维奉命出使凉州,并在河西节度使幕中任职。二十六年(738),复返长安,官监察御史。二十八年(740),迁殿中侍御史。是年冬,知南选,赴岭南。二十九年(741)春,自岭南北归,辞官隐于终南。

从以上对王维早期生活经历的简要叙述中可以看出,他二十一岁登第之后,在仕进的道路上多遇挫折,并不得意。但是,他青壮年时代所生活的开元年间,社会经济繁荣,政治也比较清明,在这样一种社会环境的熏染下,当时的士人大多具有积极向上的精神,王维也是如此。在《献始兴公》一诗中,他对开元贤相张九龄任用贤能、"不卖公器"、反对朋比阿私的政治主张由衷赞美,表现了自己的进步政治理想。当他在仕途上遭遇挫折、弃官而隐的时候,仍无意于放弃自己的济世抱负,《不遇咏》说:"今人作人多自私,我心不说君应知。济人然后拂衣去,肯作徒尔一男儿!"同时,这一时期,王维的眼光始终注视着现实,对当时社会上的一些不合理现象,敢于直截了当地给以抨击。以上种种积极的思想,使得王维在开元时代能够写出不少具有现实意义的诗作。

开元时代,虽然政治比较清明,贵族门阀把持各级政府的局面已被打破,但是,由于权贵当道和封建荫袭制度的存在,许多出身于庶族地主家庭的才智之士,仍然仕进无门。由于王维有进步的政治理想和出身于中下层官僚地主家庭,加上个人贬谪生涯的体验,所以对这种现象有比较深切的认识。他在《济上四贤咏三首》中赞扬了"四贤"的品德和才能,为他们的被埋没鸣不平,并有意识地把他们同"幸有先人业,早蒙明主恩。童年且未学,肉食鹜华轩"的贵胄子弟作对比,揭露出了社会的不合理。《寓言二首》更对那些不学无术却窃居高位、过着豪奢生活的贵族子弟提出责问:"问尔何功德,多承明主恩?"《偶然作》其五直斥以斗鸡事主的"轻薄儿"的骄奢,慨叹"读书三十年"的儒生却"一生自穷苦",也表现了同样的主题。

上述这种思想,有时候还通过一部分以妇女生活为题材的作品来表现。如《洛阳女儿行》写贵族妇女生活豪奢而精神空虚,越女虽颜美如玉却无人爱怜,寄寓了怀才不遇之感。王维这一时期写作的一些边塞、送别、赠答、田园山水诗,也常常流露出同样的思想。

王维这一时期写了许多首歌咏从军出塞和游侠的诗歌。《陇西行》、《从军行》表现军情的紧迫、鏖战的激烈和战士们奋勇杀敌的精神;《燕支行》、《出塞作》歌颂唐将的英雄勇武和唐军的声威;《使至塞上》、《凉州郊外游望》描写塞上的壮丽风光和边地的风俗人情;《少年行四首》展现游侠少年的豪迈气概和爱国热忱;《夷门歌》则写历史上的豪侠,讴歌他们见义勇为、慷慨磊落的品格。《老将行》、《陇头吟》写老将身经百战,功勋卓著,不仅得不到朝廷应有的封赏,甚至还遭弃置,从另一个侧面反映了社会的不公平和政治的污浊。尤其写老将遭弃之后,仍然关心边事,热切希望为国效力,更加激起读者对其所受到的不公平对待的愤懑。

上述这类诗歌,大多写得气势充沛,豪迈雄壮,鲜明地反映了蓬勃向上的盛唐时代精神。

开元年间是唐代诗风转变的时期。这时,南朝遗留下来的绮丽柔靡之风得到了扭转。殷璠《河岳英灵集序》说:"开元十五年后,声律风骨始备矣。"杜确《岑嘉州诗集序》说:"开元之际,王纲复举,浅薄之风,兹焉渐革。其时作者凡十数辈,颇能以雅参丽,以古杂今,彬彬然,粲粲然,近建安之遗范矣。"即揭示了这种现象。我们看王维开元时期的诗歌,确乎文质兼备,明朗刚健,具有建安风骨。由于王维诗名早著,开元初即活跃于两都,为上层社会所瞩目,所以他这一时期的创作,对于开元年间诗风的转变,无疑起到了特别重要的作用。

前已述及,王维的思欲退隐与张九龄的被贬和权奸李林甫的上台执政有密切的关系。李林甫于开元二十四年为中书令,自此朝政日趋黑暗腐败,王维的思想也日渐变得消极。王维于开元二十九年隐于终南山,然而,天宝元年又出为左补阙。他的复出任职,或许由于不能过清贫的生活,也可能因为家贫(《偶然作》其四云"家贫禄既薄,储蓄非有素"),有老母需要奉养。自天宝元年至"安史之乱"爆发,王维除一度因丁母忧离职外,一直在长安为官。职位也依唐代官员迁除常规,由从七品上的左补阙,逐渐升到了正五品上的给事中。但是,这一时期的王维,并不热衷于仕进。天宝五、六载,苑咸作诗嘲笑王维久未迁除,王维答云:"仙郎有意怜同舍,丞相无私断扫门。扬子解嘲从自遣,冯唐已老复何论!"(《重酬苑郎中》)苑咸是李林甫的亲信(《新唐书·李林甫传》称李"善苑咸、郭慎微,使主书记"),他既有意相怜,王维自可藉之自进,然而他却说:丞相(李林甫)无私,禁绝请托。表面上称赞丞相,实际上表明自己无意于走苑咸的门路。可见王维还是不甘于同流合污的。此时,他身在朝廷,心寄山野,在蓝田辋川购置了别业,经常游息其中,过着亦官亦隐的生活。

王维在《赠从弟司库员外絿》一诗中说:"即事岂徒言,累官非不试。既寡遂性欢,恐招负时累……皓然出东林,发我遗世意。"天宝年间,李林甫为铲除异己、巩固自身的地位而大兴冤狱,政治环境十分险恶,这首诗即道出了诗人在这样一种环境下为官的内心矛盾和隐忧。然而,诗人是软弱的,他既不敢与黑暗势力抗争,又不能毅然弃官而去,只是抒发一下"遗世意"而已。这种"遗世"的思想，使诗人更加倾心于佛教；而对佛教信仰的加深，又导致他进一步"遗世"，两者互为因果。佛教哲学的核心思想是一切皆空，企图证明现实世界的一切都是虚幻不实的。王维在其有关佛教的诗文中，写得最多和最热烈的，即是佛教的这种思想。佛教的空观，使他看破一切，任遇随缘，与世无竞，同时也使他从中获得某种精神安慰，得以摆脱苦闷，保持心境的宁静。这有助于他投身到大自然的怀抱中去探寻美。然而，王维毕竟是现实的人，不可能真正"遗世"，做到完全超脱。这时，他还在长安为官，不得不与当权者应酬。他追求山林隐逸之乐，但在隐逸的悠闲恬适之中，有时也微露出对现实的不满。所以，不能把这一时期的王维同开元时代的王维截然分开。

这一时期，王维写作了大量的山水田园诗。他的田园诗，多写农村风光的宁静幽美和乡居生活的安闲自得。如《新晴野望》："新晴原野旷，极目无氛垢。郭门临渡头，村树连溪口。白水明田外，碧峰出山后。农月无闲人，倾家事南亩。"描写了平凡而又美丽的乡村风光，富有生活气息。《山居秋暝》："空山新雨后，天气晚来秋。明月松间照，清泉石上流。竹喧归浣女，莲动下渔舟。随意春芳歇，王孙自可留。"写秋日傍晚雨后的山村，显得多么恬静优美！这些诗，流露了作者摆脱官场纷扰、回到乡间隐居的愉悦心情。《田园乐七首》其三云："采菱渡头风急，策杖村西日斜。杏树坛边渔父，桃花源里人家。"王维笔下的农村和农民，大多具有这种风貌。与其说他是在写农村和农民，不如说他是在写隐士的田园和隐士。由于生活和阶级地位的局限，王维不可能真正了解农村和农民，并把当时农村的真实面貌和农民的思想愿望反映到自己的作品中。但是，他也有个别的作品，如《赠刘蓝田》《田家》，反映了农民的一些疾苦；还有的作品，如《渭川田家》，写出了田家淳朴的人情美，或多或少含有否定上流社会的倾轧之意。

他这一时期的山水诗，多喜欢刻画一种寂静幽美的境界。《鸟鸣涧》："人闲桂花落，夜静春山空。月出惊山鸟，时鸣春涧中。"以动写静，渲染出了春天月夜溪山一角的幽境。《白石滩》："清浅白石滩，绿蒲向堪把。家住水东西，浣纱明月下。"同样创造了一个静美的境界。《竹里馆》："独坐幽篁里，弹琴复长啸。深林人不知，明月来相照。"不仅描写环境的幽静深僻，还表现了诗人自身领受佳景的快乐。应当说，这类诗歌所流露出来的思想感情，主要是一种隐士的闲情逸致，故而说不上有多少社会意义。另外，这类诗歌中，还有的境界过于阒寂，如"空山不见人，但闻人语响。返景入深林,复照青苔上"(《鹿柴》)、"夜坐空林寂,松风直似秋"(《过感化寺昙兴上人山院》)等,都是比较明显的例子。这些作品的出现,同诗人受到佛教的离俗出世思想的较深影响是有密切关系的。虽然如此,他这一时期写作的山水诗,大部分还是能够为今天的读者所喜爱和欣赏的,这除了因为它们表现出了很高的艺术技巧外,还由于这些诗中所刻画的幽静之境,也是自然美的一种反映,对人们具有吸引力。

在这个时期和开元年间,王维还写过一部分思亲、赠友、送别、闺怨和描写日常生活的作品,如《九月九日忆山东兄弟》、《送元二使安西》、《送沈子福归江东》、《失题》、《相思》、《观别者》、《杂诗三首》、《息夫人》等等,这些诗歌,都洋溢着深厚、真挚的感情,表现得也很委婉动人,千百年来,一直为广大读者所喜爱和传诵。

天宝十五载(756),安史叛军攻陷长安,王维扈从唐玄宗不及,为叛军俘获。他服药取痢,"伪疾将遁,以猜见囚"。寻被缚送洛阳,拘于普提寺。在寺中,曾赋《凝碧诗》,抒写内心的哀痛和对李唐王朝的思念之情。不久,安禄山强迫他当了给事中。至德二年(757),唐军收复两京,做过伪官的人都依六等定罪,王维得到唐肃宗的特别宽恕,未被定罪。接着,又授为太子中允,后迁中书舍人、给事中,终尚书右丞。这一时期,王维的思想是复杂的。一方面,他因曾任伪官而甚感愧疚,对佛教的崇信愈益加深,《叹白发》说:"一生几许伤心事,不向空门何处销!"另一方面,他又对天子的宽宥和擢拔十分感激,打消了原先准备退隐的念头。《送韦大夫东京留守》云:"曾是巢许浅,始知尧舜深。"在《与魏居士书》中,还以儒道和佛理,劝说魏出来做官。自"安史之乱"爆发至诗人逝世,为时很短,所以他这一阶段的诗作不多。但其中并非没有佳篇,至于所流露的思想情绪,也颇有并不颓唐消极的。如《晚春严少尹与诸公见过》云:"鹊乳先春草,莺啼过落花。自怜黄发暮,一倍惜年华。"

王维诗歌的思想内容和题材丰富多样,但他最擅长描写自然风景。他不但创作了大量的山水田园诗,还常常在其他一些题材的诗歌中安插动人的写景佳句,使全篇为之生色。他的写景诗,勾画出了大自然缤纷多姿的面貌,既有许多静美的画面,又有一些雄伟壮丽的景象,《汉江临眺》《终南山》就是这方面的例子。还有的境界奇异神妙:"万壑树参天,千山响杜鹃。山中一半雨,树杪百重泉。"(《送梓州李使君》)同是描写幽静的景色,有的色彩鲜丽,如"雨中草色绿堪染,水上桃花红欲燃"（《辋川别业》）、"漠漠水田飞白鹭，阴阴夏木啭黄鹂"（《积雨辋川庄作》）等；有的清淡素净，如《辋川集》中的不少篇章。这些作品，呈现出多种风格，显露了作者描写山水风景的多方面才能。

苏轼《书摩诘蓝田烟雨图》（见《东坡题跋》卷五）说："味摩诘之诗，诗中有画；观摩诘之画，画中有诗。"所谓"诗中有画"，是说王维的诗能通过无形的语言，唤起读者的联想和想象，使读者在自己的头脑中形成一幅幅有形的图画。这话确乎道出了王维诗歌艺术的一个重要特点。王维是一个山水画家，他对自然景物的感觉敏锐，观察细致，善于抓住景物的主要特征，给予突出的表现。如《送邢桂州》："日落江湖白，潮来天地青。"《淇上即事田园》："日隐桑柘外，河明闾阎间。"皆着墨无多，即勾勒出一幅鲜明生动的图画。绘画讲究构图，他的诗也很注意景物的安排、布置。《使至塞上》："大漠孤烟直，长河落日圆。"大漠辽阔无涯，长河纵贯其中，远方地平线有圆而红的落日，近处长河边有直而白的孤烟，四种景物安排得多么巧妙、得当，构成了一幅雄奇壮丽的边塞风光图。此外，他的诗也像绘画一样，注意色彩相互映衬的美，如"荆溪白石出，天寒红叶稀。山路元无雨，空翠湿人衣"（《山中》）、"开畦分白水，间柳发红桃"（《春园即事》），都以色彩的对照，组成一幅鲜艳明丽的画图。

王维的山水诗，不仅生动地描绘了具体景物的形象，做到形似，而且追求神似，达到了形似与神似的统一。诗人往往结合自身的印象和感受来刻画山水，《汉江临眺》云："江流天地外，山色有无中。郡邑浮前浦，波澜动远空。"写汉江的壮阔、浩淼，全从个人的印象和感觉着笔。这样写，更能唤起读者的想象，传达出山水的神韵。《书事》："轻阴阁小雨，深院昼慵开。坐看苍苔色，欲上人衣来。"说感觉苍苔的鲜碧之色，仿佛要染上人衣。这真把景物给写活了，似乎它也具有了灵魂。王维不仅善于结合自己的感受来写景，而且善于在写景中表达自己的心情。如《酬张少府》："松风吹解带，山月照弹琴。"《终南别业》："行到水穷处，坐看云起时。"这些诗句，情与景是融合为一的。总之，王维的写景诗，能做到使山水的形貌、神韵与诗人的情致完美地统一起来，给人以浑然一体的印象。这一点，正是他胜过谢灵运等山水诗人的地方。

王维的写景诗，语言清新明丽，简洁洗练，精警自然。如《冬晚对雪忆胡居士家》云："隔牖风惊竹，开门雪满山。洒空深巷静，积素广庭闲。"寥寥数笔，就勾勒出一幅城市晓雪图。语虽不惊人，却深得传神之妙。其他如"草枯鹰眼疾，雪尽马蹄轻"（《观猎》）、"渡头馀落日，墟里上孤烟"(《辋川闲居赠裴秀才迪》)、"泉声咽危石,日色冷青松"(《过香积寺》)、"远树带行客,孤城当落晖"(《送綦毋潜落第还乡》)等,都对语言作苦心锤炼,然并无炉火之迹,语语天成,自然而工。综上所述,王维的写景诗获得了极高的艺术成就,可以毫不夸张地说,他是我国古代山水诗的艺术大师。

王维不但工于写景,也善于写情。如《早春行》写闺中少妇初春独自出游的复杂心情,以及归来后思念丈夫的怅惘之态曲折入微。明·锺惺评论此诗说:"右丞禅寂人,往往妙于情语。"(《唐诗归》卷八)《相思》以红豆来象征相思之情,表现手法并不新奇,语言也颇浅显,但意味却很深长。《九月九日忆山东兄弟》表现节日思亲的普遍感情,含蕴丰富,后二句"不说我想他,却说他想我,加一倍凄凉"(清·张谦宜《𬩽斋诗谈》卷五)。《送元二使安西》先点出送行时所见之景,后说临别向友人殷勤劝酒,妙在写惜别的绵绵情意却不道破,很有回味的馀地,语言也自然真率,"自是口语而千载如新"(明·胡应麟《诗薮》内编卷六)。从上述这些例子可以看出,诗人对他所要描写的感情,是有很深切和细致入微的体验的,而且他善于用朴素自然的语言把这种感情委婉含蓄地表现出来,从而使其作品具有词近意远、语短情长的特点。

此外,王维的诗还具有声韵和谐、富于音乐美的优点。又,他诸体诗都臻于工妙,无论五古、七古、五律、七律、五排、五绝、七绝,还是六言绝句、骚体诗,都有佳制,这在唐代诗人中是颇罕见的。总之,王维在我国文学史上占有重要的地位,清·贺裳说:"唐无李、杜,摩诘便应首推。"(《载酒园诗话》又编)就诗歌的艺术成就而言,这样的评价并不过分。

王维今存文七十篇,体裁有表、状、书、序、赞、碑、铭、墓志、祭文等。清·洪亮吉称王维"能为诗而不能为文,即有文亦不及其诗"(《北江诗话》卷二),说王维"有文亦不及其诗",很正确;称他"不能为文",则似欠公允。当然,他今存的文章,以应用文为多,不少作品,思想、艺术价值不高,但其中也并非没有较好的作品。如他的有些颂扬贤臣良吏的碑文,表现了自己的进步政治理想,对当时社会政治的弊端,间或也有所揭露。如《裴仆射济州遗爱碑》说:"天朝中贵,持权用事,厚为之礼,则生我羽毛;小不如意,则成是贝锦。"又,他的有些文章,如《大唐故临汝郡太守赠秘书监京兆韦公神道碑铭》、《送高判官从军赴河西序》等,能够注意刻画人物,突出其主要品格。他还有一些作品,表现出擅长写景的特点。如《山中与裴秀才迪书》，以清丽淡雅的文字，刻画了辋川冬夜和春日的优美景色，堪与其《辋川集》中的诗篇媲美。他的序记文中，常常出现一些精彩的写景片段，如《送郑五赴任新都序》云："骑登栈道，馆于板屋。剑门中断，蜀国满于二川；铜梁下临，巴江入于万井。黄鹂欲语，夏木成阴，悲哉此别，相送千里。"王维为文，仍沿六朝以来之习，采用骈体，但他也有少数文章骈中见散，显示了由骈文向散文过渡的迹象。

陈铁民，1938年生，福建泉州人。中国社会科学院研究员，兼社科院研究生院教授、博士生导师，主要从事唐代文学与古籍整理研究。著作有《王维新论》、《王维集校注》、《王维孟浩然诗选》等。

以上"代序"为《王维集校注》前言的一部分，题目为解评者新拟。

目录

前言 /001

王维诗概论 /（代序）（陈铁民）/001

◎ 诗

过秦皇墓 /001

题友人云母障子 /002

九月九日忆山东兄弟 /002

杂诗三首 /003

寒食城东即事 /005

洛阳女儿行 /006

李陵咏 /008

红牡丹 /010

桃源行 /011

赋得清如玉壶冰 /013

息夫人 /014

送元二使安西 /015

送綦毋潜落第还乡 /016

燕支行 /018

少年行四首 /021

夷门歌 /023

从军行 /025

寓言二首 /026

扶南曲歌词五首 /028

晚春闺思 /031
被出济州 /032
宿郑州 /033
早入荥阳界 /034
寄崇梵僧 /035
赠东岳焦炼师 /036
济上四贤咏三首 /038
　崔录事 /038
　成文学 /039
　郑霍二山人 /040
和使君五郎西楼望远思归 /041
齐州送祖三 /042
寒食汜上作 /043
淇上送赵仙舟 /044
不遇咏 /045
送孟六归襄阳 /047
东溪玩月 /048
山中寄诸弟妹 /049
送赵都督赴代州得青字 /050
登河北城楼作 /051
自大散以往，深林密竹，蹬道盘曲四五十里，至黄牛岭见黄花川 /052
青溪 /053
纳凉 /055
晓行巴峡 /056
过香积寺 /057
送崔兴宗 /058
上张令公 /059
归嵩山作 /061

献始兴公 /062
留别山中温古上人兄并示舍弟缙 /064
韦给事山居 /065
观猎 /066
渭川田家 /067
冬日游览 /069
寄荆州张丞相 /070
使至塞上 /071
凉州赛神 /072
凉州郊外游望 /073
出塞作 /074
陇西行 /076
陇头吟 /077
老将行 /078
双黄鹄歌送别 /082
汉江临泛 /083
哭孟浩然 /084
送邢桂州 /085
登辨觉寺 /086
终南别业 /087
早秋山中作 /089
新晴野望 /090
终南山 /091
听宫莺 /092
与卢员外象过崔处士兴宗林亭 /093
青雀歌 /094
赠李颀 /095
赠刘蓝田 /096

故人张谆工诗善易卜，兼能丹青草隶，顷以诗见赠，聊获酬之 /097
秋夜独坐怀内弟崔兴宗 /099
敕赐百官樱桃 /100
西施咏 /101
送秘书晁监还日本国 /102
送友人归山歌二首 /103
叹白发 /106
送张五归山 /107
皇甫岳云溪杂题五首（选三） /108
  鸟鸣涧 /108
  莲花坞 /109
  萍池 /109
辋川集并序 /110
  孟城坳 /111
  华子冈 /111
  文杏馆 /112
  斤竹岭 /112
  鹿柴 /113
  木兰柴 /114
  茱萸沜 /114
  宫槐陌 /115
  临湖亭 /116
  南垞 /116
  欹湖 /117
  柳浪 /117
  栾家濑 /118
  金屑泉 /118
  白石滩 /119
  北垞 /120
  竹里馆 /120
  辛夷坞 /121
  漆园 /122
  椒园 /122
附：裴迪《辋川集》二十首 /123
山居秋暝 /127
戏题辋川别业 /129
归辋川作 /129
山居即事 /130
愚公谷三首 /131
林园即事寄舍弟纮 /133
酌酒与裴迪 /135
辋川闲居赠裴秀才迪 /136
辋川闲居 /138
山中 /139
辋川别业 /140
山茱萸 /141
积雨辋川庄作 /142
赠裴十迪 /144
答裴迪辋口遇雨忆终南山之作 /145
山中送别 /146
郑果州相过 /147
酬张少府 /148
题辋川图 /149
送平淡然判官 /150
失题 /151
相思 /152

菩提寺禁，裴迪来相看，说逆贼等凝碧池上作音乐，供奉人等举声便一时泪下。私成口号，诵示裴迪 /153
口号又示裴迪 /154
别辋川别业 /155
送崔九兴宗游蜀 /156
冬夜书怀 /157
春夜竹亭赠钱少府归蓝田 /158
送钱少府还蓝田 /159
赠裴迪 /160
疑梦 /161
冬晚对雪忆胡居士家 /161
雪中忆李揖 /163

戏题盘石 /163
送沈子福归江东 /164
书事 /165
送梓州李使君 /166

◎文

山中与裴迪秀才书 /168

◎附　录

王维年谱简编 /170
《王维集》主要版本 /172
王维研究著作、论文选录 /173
《王维集》名言警句 /184

◎诗

过秦皇墓

秦皇墓,秦始皇的陵墓,在骊山,即今陕西临潼市东南。这是王维十五岁时所作,再现了《史记》中对秦始皇墓的描绘,也隐含了作者的历史观与现实观,表达了对秦始皇的赞叹之情。看来唐代诗人对秦始皇并不含有多少恶意。

> 古墓成苍岭,幽宫象紫台。
> 星辰七曜隔,河汉九泉开。
> 有海人宁渡,无春雁不回。
> 更闻松韵切,疑是大夫哀。

古墓成苍岭,幽宫象紫台——幽宫,指秦始皇墓。紫台,指王宫。这两句是说,这片绿色的山岭,就是秦始皇的坟墓,它简直就是秦国皇宫(咸阳皇宫)的缩影。

星辰七曜隔,河汉九泉开——七曜,指日、月与金、木、水、火、土五星。河汉,银河。九泉,黄泉,指地下。这两句是说,日、月、金、木、水、火、土七星的图形在墓顶上间隔排列,银河也仿佛被搬到这九泉黄土之下了。

有海人宁渡,无春雁不回——这两句是说,墓中用水银做成的江河大海,人们无法渡过;这里没有四季的更迭,也不会有飞雁归来。

更闻松韵切,疑是大夫哀——大夫,秦始皇曾封泰山古松为五大夫。此处大夫是指松树。这两句是说,听到凄切的松声,就好像是当年所封的"五大夫松"在悲伤似的。

这是迄今能见到的王维创作年代最早的一首诗。四联全用对仗,在王维诗中仅此一例,可以看出少年王维把握律诗格律已经娴熟到运用自如的程度。后来杜甫的七律,也有全用对仗的,如名作《登高》即是。

诗歌对始皇陵的宏伟壮观,有实写有虚写,中间两联是想象之辞。对诗歌内容的理解,清·叶矫然的评价有一定的代表性:"同题始皇陵诗,王维'星辰七曜隔,河汉九泉开'、许浑'一种青山秋草里,路人唯拜孝文陵'、元好问'无端一片云亭台,杀尽苍生有底功',侈语、冷语、谩骂语,各有其妙。"(《龙性堂诗话》)但细读此诗,只是感到诗人对秦始皇怀有景仰之情,并无指责之意。若是"侈语",则与尾联诗意不合。

题友人云母障子

云母障子,用云母石镶嵌而成的屏风。云母,大理石的一种,石面的自然花纹形成图案。唐时呼屏风为障子。云母屏风是比较贵重的室内陈设,唐诗中写到云母屏风,经常是用以表现贵族的生活。王维这首诗大概就是他十五岁时初入长安,在社交生活中写下的,题咏的即是朋友家中的云母屏风。

> 君家云母障,持向野庭开。
> 自有山泉入,非因彩画来。

君家云母障,持向野庭开——野庭,野外庭园。这两句是说,朋友家的云母屏风摆到了野外的庭园上。

自有山泉入,非因彩画来——这两句是说,由于屏风摆到了野外,屏风上的大理石花纹呈现山泉的形象,与野外的青山融为一体,看上去似乎与真的山泉一样,与画上的大不相同。

这是一首赞美大理石花纹精美,巧夺天工的小诗。体现了诗人将自然美与人工美相统一的美学理念。诗人的审美情趣是:人工美应不露斧痕,天然秀丽。如《辋川集》所写的二十个景点,实际都是人力加工后的景观,但诗人在《辋川集》中一个字也没有涉及人力加工的痕迹。

九月九日忆山东兄弟

九月九日,是我国传统的重阳节。唐代民间习俗要登高插茱萸、饮菊花酒以避邪。山东,指华山以东,这里具体指蒲州。这是王维十七岁时作的一首名诗,至今脍炙人口。

　　　　独在异乡为异客,每逢佳节倍思亲。
　　　　遥知兄弟登高处,遍插茱萸少一人。

　　独在异乡为异客,每逢佳节倍思亲——异客,寄居他乡之客。这两句是说,诗人独自一人在异乡做客,每逢佳节就加倍地思念亲人。

　　遥知兄弟登高处,遍插茱萸少一人——茱萸,一种有香气的植物,又名越椒,重阳节时佩戴,取避邪之意。这两句是说,此时此刻,我想到我的兄弟们在遥远的故乡,他们登高时到处插上茱萸避邪,这时候,他们一定会发现还少了我这个同胞兄弟。

　　这首七绝的前两句写佳节思亲的真切感受,语言平易自然,近乎口语。吴逸一称此诗"口角边说话,故能真得妙绝"(《唐诗正声》引)。七绝的三、四句是全篇的关键,如能陡然振起诗意,开出新鲜的诗境,便是成功的作品。这首诗的三、四句便运用了巧妙的构思,不写自己在异乡思念兄弟,却写家乡的兄弟在思念自己。清·张谦宜《𦂳斋诗谈》称这种写法之妙是"不说我想他,却说他想我,加一倍凄凉"。而且我们可以联想到王维在家乡时,一定在重阳节与兄弟们一起登高饮酒。青春年少、意气风发的年轻兄弟,在爽朗的重阳秋日欢会于高山之上的场景,也仿佛就在目前。兄弟的亲情与思念,年轻人的蓬勃与朝气,往昔欢会的热烈,都随着巧妙的构思涌现在诗中,"倍思亲"的情感显得更为浓烈。

杂诗三首

　　这三首小诗疑为王维青少年时期游历西京长安与东都洛阳时所作。二京之游,当行水路,故而对水上生活有一定了解。

（一）

　　　　家住孟津河,门对孟津口。
　　　　常有江南船,寄书家中否?

家住孟津河,门对孟津口——孟津,黄河古渡口名,在今河南孟津县。孟津河,即流经孟津县境一段的黄河。这是以一个女子的口气来写的:我的家就住在孟津河边,大门正对着孟津渡口。

常有江南船,寄书家中否——由于门对孟津口,所以常常看见从江南来的船只,于是她就前去打听,有没有我丈夫的家信捎回来?

像这种小诗,语言充分口语化,内容主要写男女之情,在唐诗中自成一体,不妨称作"水乡小调",是民歌色彩极浓的作品。崔颢等人常有此类诗作,脍炙人口。如《长干曲》之一:"君家何处住?妾住在横塘。停舟暂借问,或恐是同乡。"

(二)

君自故乡来,应知故乡事。
来日绮窗前,寒梅著花未?

君自故乡来,应知故乡事——这两句是说,你从故乡来到此地,理应了解故乡的事情。

来日绮窗前,寒梅著花未——你来的时候,可曾看见我家窗户前的梅花开了吗?绮(qǐ)窗,雕画美观的窗户。著花,生花,开花。

这是一首著名的思乡诗。它的艺术渊源可追溯到晋·陶渊明的《问来使》:"尔从山中来,早晚发天目。我居南窗下,今生几丛菊?"还有诗人家乡的前辈诗人唐·王绩的《在京思故园见乡人问》,只是连问十几件事,不厌其烦,不厌其细,似乎什么都想知道,足见其思念之切。王维此诗,取陶诗之简,兼取王绩诗之细,只问一件小事:"您来的时候,是不是看到我家窗前的梅花开了?"与王绩诗相比,有四两拨千斤的功效;与陶诗相比,更觉平淡自然,青胜于蓝。

(三)

已见寒梅发,复闻啼鸟声。

愁心视春草,畏向阶前生。

已见寒梅发,复闻啼鸟声——谁见谁闻?诗中描写的是一位女主人公。"寒梅发"是说春天到了,"啼鸟声"是说天气越来越暖和了。

愁心视春草,畏向阶前生——可是,我们的女主人公却越来越发愁了。她愁什么呢?她担心春草长得快,生怕把台阶前的空地长满了。这是为什么?是一种什么心态?在中国传统文化的语境里,春草是离愁别恨的标志物。如"萋萋春草生,王孙游有情"(南朝宋·谢灵运《悲哉行》),"又送王孙去,萋萋满别情"(唐·白居易《赋得古原草送别》),"惟有相思似春色,江南江北送君归"(唐·王维《送沈子福归江东》)。诗中的女主人公之所以怕见春草生于阶前,就是怕天天看见春草,触发自己对外出未归的丈夫的思念之情,使自己整天浸泡在离愁之中,难以解脱。

含蓄隽永,耐人寻味。末二句淡中寓情,令人作无限遐想。

《杂诗三首》当是后人加的诗题,非作者一时一地所作。第一、第三首是同一类型,是女子口吻;第二首则是夫子自道,写实情。编排上处置欠妥。

寒食城东即事

此诗大概是王维少年时漫游两京期间的作品。"城东"应指长安城东或洛阳城东。寒食,节令名,在农历清明节的前一天。相传是晋文公为悼念宁被烧死而不出山的介子推所设,是日禁火煮食,只吃冷食。以后相沿成习,称作"寒食节"。

> 清溪一道穿桃李,演漾绿蒲涵白芷。
> 溪上人家凡几家,落花半落东流水。
> 蹴鞠屡过飞鸟上,秋千竞出垂杨里。
> 少年分日作遨游,不用清明兼上巳。

清溪一道穿桃李,演漾绿蒲涵白芷——演漾,水流动的样子。涵,沉浸。白芷,一种香草。这两句是说,清明时节,桃李芬芳。一条清澈的溪流从中穿过,那绿色的蒲草在流水中荡漾,还有一种叫白芷的草尚未露出水面。

溪上人家凡几家,落花半落东流水——凡,大概,总共。这两句是说,溪流边上,只有几户人家,桃花李花的花瓣有一半落到了溪流中,随着流水向东方漂去。

蹴鞠屡过飞鸟上,秋千竞出垂杨里——蹴鞠,踢球,据《太平御览》《荆楚岁时记》载,寒食节这一天,常常开展踢球、荡秋千的活动。这两句是说,这一天年轻人玩得真高兴。那球踢得比飞鸟还高,秋千荡出了垂杨的树梢。

少年分日作遨游,不用清明兼上巳——分日,指春分之日。上巳,古代节日名。汉以前以农历三月上旬巳日为上巳,魏晋以后定为三月三日,是游春的日子。唐·杜甫《丽人行》:"三月三日天气新,长安水边多丽人。"这两句是说,年轻人的兴致高,从春分日就开始游玩了,根本不用等到清明节和上巳节。

简直是一幅唐代寒食节游春的风俗画。画面上都是年轻人,有男有女,男的踢球,女的荡秋千,玩得很高兴。而桃花、李花、清溪、流水、人家,都是这些年轻人的陪衬。这一天简直就是唐代的青年节。什么纪念介子推,早忘得一干二净了。其实,诗人当时也很年轻,还不到二十岁,他的心情和别的青年一样。诗歌只是记事,不作评论,也不抒情,聪明的读者自可从中分享一份欢乐。

洛阳女儿行

洛阳女儿,南朝梁武帝《河中之水歌》:"河中之水向东流,洛阳女儿名莫愁。"是歌咏洛阳女儿莫愁的乐府古题。这首诗继承了乐府主题的表现内容,但诗题有了调整。行,古诗的一种体裁。这是王维十八岁时的作品,诗中描绘了贵族妇女奢华而又空虚的生活,对她们的沉迷表示讽刺和悲悯。篇末又对世事不公,人生贵贱的偶然性,发出深沉的感慨。

洛阳女儿对门居,才可颜容十五馀。
良人玉勒乘骢马,侍女金盘脍鲤鱼。
画阁朱楼尽相望,红桃绿柳垂檐向。
罗帏送上七香车,宝扇迎归九华帐。
狂夫富贵在青春,意气骄奢剧季伦。
自怜碧玉亲教舞,不惜珊瑚持与人。
春窗曙灭九微火,九微片片飞花琐。
戏罢曾无理曲时,妆成只是薰香坐。

城中相识尽繁华，日夜经过赵李家。

谁怜越女颜如玉，贫贱江头自浣纱。

洛阳女儿对门居，才可颜容十五馀——才可，刚好。这两句是说，洛阳有一位女子住在我家对门，正当十五六岁的芳年，容颜非常美丽。

良人玉勒乘骢马，侍女金盘脍鲤鱼——良人，古代妻子对丈夫的尊称。玉勒，饰以美玉的带嚼子笼头。骢，青白色马。脍，把肉切得很细。这两句是说，她的丈夫骑一匹青白相间的骏马，婢女捧上的黄金盘子里盛着切得很细的鲤鱼名菜。

画阁朱楼尽相望，红桃绿柳垂檐向——这两句是说，彩绘朱漆的楼阁，一幢一幢，遥遥相望，红桃绿柳在廊檐下排列成行。

罗帏送上七香车，宝扇迎归九华帐——罗帏，丝织的帘幔。七香车，用多种香料涂饰的华贵车子。宝扇，古代贵族出行时遮蔽用的仪仗，用雉羽编成。九华帐，颜色艳丽的罗帐。这两句是说，她乘坐着用多种香料涂饰的华贵车子，绫罗的帏幔装在车上。仆人们举着羽扇，把她迎回艳丽的彩帐。

狂夫富贵在青春，意气骄奢剧季伦——狂夫，古代女子谦称丈夫的词。剧，超过。季伦，西晋富豪石崇的字。这两句是说，她的丈夫青春年少正得志，骄奢的生活竟然超过了西晋富豪石崇。

自怜碧玉亲教舞，不惜珊瑚持与人——怜，爱怜。碧玉，南朝宋·汝南王的妾，这里指洛阳女儿，暗示她的身份为姬妾。珊瑚，指珊瑚树，由珊瑚虫石灰质骨骼堆积而成，形状像树枝，当时非常贵重。这两句是说，他亲自教授心爱的姬妾学习舞蹈，名贵的珊瑚树随随便便就送给别人。

春窗曙灭九微火，九微片片飞花琐——九微，灯名。花琐，雕花的连环形窗格。这两句是说，他们彻夜寻欢作乐，窗上出现曙光才熄灭灯火，灯花的片片碎屑落在雕花的窗格上。

戏罢曾无理曲时，妆成只是薰香坐——曾无，从无。理，温习。薰香，用香料熏衣服。这两句是说，她成天嬉戏游玩，没有温习歌曲的空暇，打扮得整整齐齐，只是熏着香成天闲坐。

城中相识尽繁华，日夜经过赵李家——赵李，泛指有权势的贵戚。这两句是说，相识的全是城中的豪门大户，日夜来往的都是些贵戚之家。

谁怜越女颜如玉，贫贱江头自浣纱——越女，指越国女子西施。这两句是说，有谁怜惜貌美如玉的越女，身处贫贱，只好在江头独自浣纱。

新评

　　这首诗在构思、布局、写作上都颇具匠心。它从"洛阳女儿"的容颜、良人、侍女等一路写来，曲尽其妙，而又井然有序。既表现了"洛阳女儿"物质上的富有和精神上的空虚，又抒发了作者的不平和感慨。有时粗笔勾勒，点到即止，如开头四句。有时又工笔细描，如"春窗"四句。虽只写几笔景物、几个动作，但却把人物的心理细腻传神地显示出来。尽管诗很长，但却无冗长枯燥之感。在用韵上也很讲究，全诗换韵五次，既配合了描写角度的转换，又使得韵律节奏如贯珠串玉一般，和谐悦耳。诗的另一个成功之处，是它虽排比敷陈，但语意上并不直接显露，而是含而不露，没有半点空洞的说教。如写"洛阳女儿"的生活，诗人只是写了画阁朱楼、罗帏宝扇、香车华帐之类华美奢侈的东西，似乎这些便是生活的全部意义，至于女主人公的爱好、情趣，反而成了可有可无。细细品味，就会发现这都是似赞实叹的曲笔。全诗的最后两句是说，在这个富贵场上，谁会真正去怜爱美貌而出身贫贱的西施？她只有在江头浣纱度日。这两句看似突兀，但正是在与洛阳女儿身居豪门极度空虚的生活的对比中，得出的对这个繁华满眼却极为凉薄的富贵世界的痛心认识。即便是在初唐、盛唐，出色人才备受冷落的情形也是有的，比如唐·卢照邻《长安古意》在结尾处即以"寂寂寥寥扬子居"与繁华的长安城各个层面作对比，从而抒发了诗人的不平之鸣。摩诘此诗在谋篇布局上，与卢诗有艺术上的承传关系。

李陵咏

　　李陵，西汉名将李广的孙子，善于骑射，曾被封为骑都尉，屡立战功。在一次战役中孤军深入又无援助，为匈奴所虏，《汉书·苏武传》载李陵曾对苏武说："陵虽驽怯，令汉且贳陵罪，全其老母，使得奋大辱之积志，庶几乎曹柯之盟，此陵宿昔之所不忘也！"但因武帝杀了他的全家，终于无奈地投靠了匈奴。这首诗是王维十九岁时写下的一首题咏李陵的身世、遭遇及人生的无奈的诗。

　　　汉家李将军，三代将门子。
　　　结发有奇策，少年成壮士。
　　　长驱塞上儿，深入单于垒。
　　　旌旗列相向，箫鼓悲何已！

日暮沙漠陲,战声烟尘里。
将令骄虏灭,岂独名王侍。
既失大军援,遂婴穿庐耻。
少小蒙汉恩,何堪坐思此!
深衷欲有报,投躯未能死。
引领望子卿,非君谁相理?

汉家李将军,三代将门子——这两句是说,汉朝的李陵将军,是三代将门之子。

结发有奇策,少年成壮士——结发,指束发,指初成少年。这两句是说,小小年纪就计策超群,还是一个少年的时候就成了壮士。

长驱塞上儿,深入单于垒——单于,匈奴的首领称为单于。垒,营垒。这两句是说,李陵领兵以后,长驱边塞,深入单于的营垒,与匈奴交战。

旌旗列相向,箫鼓悲何已——这两句是说,军营中的战旗相向排列,战场上箫鼓的敲击声,使人悲愁不已。

日暮沙漠陲,战声烟尘里——陲,边陲,边疆。烟,狼烟,古时焚烧狼粪使烟尘高起,以传递信息。这两句是说,沙漠边疆地带,太阳快要落下去了,战鼓的声音在狼烟和战斗激起的尘土中笼罩着。说明天色已晚,战斗仍在激烈地进行。

将令骄虏灭,岂独名王侍——骄虏,代指匈奴。名王,匈奴中身份较高的王。这两句是说,李陵将军的志向是要消灭整个匈奴,不只是令匈奴派遣名王去侍奉汉皇。

既失大军援,遂婴穿庐耻——婴,遭遇。穿庐,大型圆顶帐篷。这两句是说,李陵在战斗中没有援军的帮助,终于被匈奴俘虏。

少小蒙汉恩,何堪坐思此——此,指代前面的"穿庐耻"。这两句是说,从小就蒙受汉朝的恩泽,怎么会就这样终生蒙羞呢!

深衷欲有报,投躯未能死——投躯,指献身出力。这两句是说,李陵的内心深处一直打算找机会报效汉朝,为汉朝献身出力,以尽自己未能为汉朝战死的忠心。

引领望子卿,非君谁相理——引领,伸颈远望。子卿,苏武字子卿,出使匈奴而被扣留十九年,还归汉朝时,李陵曾设酒钱别,倾吐自己内心的苦衷。理,申辩。这两句是说,李陵与苏武分别之后,对苏武深切思念,认为如果苏武也不理解他,不为他申辩的话,谁还会这样做呢?

以叙事的方式写诗,是唐代的一种风气,这首诗也是这样。从李陵"三代将门子"的出身写起,到少年时的英勇勃发,直到带兵出击匈奴,而立下战功,使名王入侍。在叙写了这样一位英雄人物建立赫赫战功以后,诗歌急转直下,"既失大军援,遂婴穿庐耻",在这种情况下仍旧"深衷欲有报",但家人已被诛杀,即使回归汉朝,又何处立身呢?带着这样的惨痛,希望曾倾听自己诉说衷肠的苏武能够理解,并为他申辩,但这理解与申辩的实际意义又在哪里呢?诗人将李陵的无可奈何,李陵的抑郁心理曲尽其妙,穷形尽相地表现出来,并表明了深切的理解与同情,所以清·黄周星说:"子长(司马迁,曾为李陵辩解)尚不能相理,子卿安能相理乎!写出无可奈何,足令鬼神饮泣。"(《唐诗快》卷四)但这首咏史诗当是少年习作,其立意未出司马迁《报任安书》的主旨,似无比兴寄托。

红牡丹

这是一首咏物小诗,作诗时间不详,有可能是青少年时期作于东都洛阳。洛阳牡丹之盛,在唐代为全国之冠。

绿艳闲且静,红衣浅复深。
花心愁欲断,春色岂知心?

绿艳闲且静,红衣浅复深——绿艳,指牡丹的枝叶。红衣,指牡丹的花瓣。这两句是说,浓绿的牡丹枝叶,繁茂蓬勃,安然静卧,守护着它枝头那盛开的花朵。红色的牡丹花瓣,颜色浅深不一,浓淡有致,娇艳无比。这两句对仗工整,色彩鲜明,枝叶有姿态,花色分层次,宛然一幅雍容而娇媚的工笔牡丹图。言花瓣为"红衣",已有了几分怜意。

花心愁欲断,春色岂知心——这两句是说,牡丹之心,悲愁已极,而春色却丝毫不知牡丹心中之苦。何以作此言呢?牡丹于春末开花,其时春色将尽,牡丹之愁,即由此生;而春天的脚步并不因牡丹之愁而稍稍停留,故说"春色岂知心"。

牡丹在唐代堪称国花,题咏甚多。但无人从"愁"字下笔,这是王维的别开生面处。细寻诗意,这似乎是写宫女的不幸,也暗含着对青年人未能脱颖而出的同情。

桃源行

桃源,即晋·陶渊明《桃花源记》所虚拟的世外桃源。今湖南省桃源县,为旧武陵郡治,有桃源,传说即《桃花源记》所写之处。这首诗是诗人十九岁时所作,在《桃花源记》的基础上,描绘了一幅世外桃源的美丽图景。

渔舟逐水爱山春,两岸桃花夹去津。
坐看红树不知远,行尽青溪不见人。
山口潜行始隈隩,山开旷望旋平陆。
遥看一处攒云树,近入千家散花竹。
樵客初传汉姓名,居人未改秦衣服。
居人共住武陵源,还从物外起田园。
月明松下房栊静,日出云中鸡犬喧。
惊闻俗客争来集,竞引还家问都邑。
平明闾巷扫花开,薄暮渔樵乘水入。
初因避地去人间,及至成仙遂不还。
峡里谁知有人事,世中遥望空云山。
不疑灵境难闻见,尘心未尽思乡县。
出洞无论隔山水,辞家终拟长游衍。
自谓经过旧不迷,安知峰壑今来变。
当时只记入山深,青溪几度到云林。
春来遍是桃花水,不辨仙源何处寻。

渔舟逐水爱山春,两岸桃花夹去津——去津,流去的溪水。这两句是说,渔人沿溪荡舟是因为迷恋春天的山景,溪流的两岸开满了灼灼的桃花。

坐看红树不知远,行尽青溪不见人——红树,桃花林。这两句是说,一路贪看桃花,不觉越来越远,来到青溪的尽头已不见人烟。

山口潜行始隈隩,山开旷望旋平陆——隈隩(wēi ào),山崖的幽曲处。旋,立刻。这两句是说,进入幽曲的山口,他蹑足潜行,穿过山口,视野豁然开朗,看到了一片平原。

遥看一处攒云树,近入千家散花竹——攒云树,云树相连。攒(cuán),聚集。散花竹,花竹散布各处。这两句是说,远方高大的树木攒聚入云,近处千百户人家遍栽着繁花修竹。

樵客初传汉姓名,居人未改秦衣服——樵客,打柴的人,这里指桃源中的居民。居人,居民。这里的秦、汉是互文。这两句是说,桃源中的居民,仍然使用秦汉时的姓名,穿着秦汉时的衣服。

居人共住武陵源,还从物外起田园——物外,世外。这两句是说,这里的居民一同住在武陵源,构建了一片世外的田园。

月明松下房栊静,日出云中鸡犬喧——房栊,窗户,借指房舍。这两句是说,夜晚,明月在松间高照,庭户是多么幽静。清晨,一轮红日升上天空,鸡犬争相喧鸣。

惊闻俗客争来集,竞引还家问都邑——俗客,指武陵渔人,因桃源中人以仙境自居,故指渔人为俗客。引,陪领。都邑,指居人原来的家乡。这两句是说,桃源中居住的人,惊讶地发现来了人间的客人,就聚拢在一起,争邀渔人回家,仔细探问各自的乡邑。

平明闾巷扫花开,薄暮渔樵乘水入——平明,天亮。闾巷,街巷。扫花,古以扫花径表示迎客。这两句是说,黎明时他们清扫巷中的落花,黄昏时打鱼和打柴的人们从水路归来。

初因避地去人间,及至成仙遂不还——避地,因避乱而寄居他乡。这两句是说,当初因避乱而离开了人间,在这儿成了神仙就不再回去了。

峡里谁知有人事,世中遥望空云山——这两句是说,桃花源中的人不知世间之事,而世间遥望桃花源,也只见云山缥缈,不知其中别有仙境。

不疑灵境难闻见,尘心未尽思乡县——灵境,仙境。尘心,世俗之心。这两句是说,渔人不懂得仙境难遇,他凡心未断,还思念自己的家园。

出洞无论隔山水,辞家终拟长游衍——这两句是说,出了山洞后又觉得桃源值得逗留,不管水远山隔,还是想辞家长游。

自谓经过旧不迷,安知峰壑今来变——壑,山谷。这两句是说,满以为旧地重访绝不会迷路,哪知道如今山峰山谷已不是原先的模样。

当时只记入山深,青溪几度到云林——这两句是说,当初只记得走进了深山,顺着青溪就到了那片入云的山林。

春来遍是桃花水,不辨仙源何处寻——这两句是说,如今春水盈盈,桃花遍开,但是桃源仙境却再也找不到了。

晋·陶渊明的《桃花源记》写的是与世隔绝的"人境",王维的这首诗写的却是"仙境"。王维以理想的田园环境来刻画桃源仙境,这种仙凡不隔的艺术处理方式,在盛唐诗歌中具有一定的普遍性。这里展露了盛唐人乐观开朗的精神:虽然理想高迈,但并不绝尘于人间。这种心境投射在作品中,就使我们感到一方面桃源如梦如幻,另一方面又似乎就是人间的一处乡村,随处可见,因此叙述奇幻妙境,却能极自然,极平易。所以清·沈德潜《唐诗别裁》中赞美这首诗:"夷犹容与,令人味之不尽。"这首诗语言绚丽多彩,神态从容自在,意境优美空灵,韵调和谐多变。清·翁方纲在《石洲诗话》中盛誉此诗"古今咏桃源事者,至右丞而造极",信哉斯言。写此诗时的王维还是一个刚步入社会的青年,未受挫折,他如此向往桃花源式的生活,在一定程度上代表了盛唐知识分子的社会生活理想:希望社会安定、和睦相处、自食其力。但诗人与陶潜一样,称赞的是一个全方位封闭、与世隔绝的社会,还是"汉姓名"、"秦衣服"。封闭的观点、静止的观点其实是不符合社会发展规律的,这是诗与文共同存在的一个重要的思想缺陷。

赋得清如玉壶冰

赋得,旧时凡是指定、限定的诗题,都在题目上加"赋得"两个字。清如玉壶冰,是京兆府试的试题,是南朝宋·鲍照《代白头吟》中的一句,《代白头吟》的主旨是女性怨恨男子的负心,并表达自己的心是和过去一样的。本诗是王维十九岁时参加京兆府试时的应试诗,细致地描述了玉壶冰的清纯、剔透,结尾又很自然地表达出了怨妇的心境。

藏冰玉壶里,冰水类方诸。
未共销丹日,还同照绮疏。
抱明中不隐,含净外疑虚。
气似庭霜积,光言砌月馀。
晓凌飞鹊镜,宵映聚萤书。
若向夫君比,清心尚不如。

藏冰玉壶里,冰水类方诸——方诸,古时候在月亮下面取水用的器具。这两句是说,把冰放在玉制的壶里,那冰水的光泽就像在月光下的方诸器上面凝结着的露水的光泽一样。

未共销丹日,还同照绮疏——销丹日,指冰在赤日下融化。绮疏,窗户上雕刻的花纹,也指刻有花纹的窗户。这两句是说,冰没有在阳光下融化,冰光还与月光一同照射在了雕花的窗户上。

抱明中不隐,含净外疑虚——这两句是说,光透过玉壶,显得冰洁净透明,几乎让人以为外面是虚空的。

气似庭霜积,光言砌月馀——言,犹如。馀,多。这两句是说,冰清玉壶所带来的气氛,就好像是庭院里的霜,而冰光则犹如台阶前明亮的月光。

晓凌飞鹊镜,宵映聚萤书——飞鹊镜,一种背面铸有鹊形的镜子。聚萤书,晋·车胤用白布袋装了十几只萤火虫来照明读书。这两句是说,白天冰光能压过镜光,晚上,冰光可像车胤聚萤那样用来照书。

若向夫君比,清心尚不如——这两句是说,玉壶里的冰虽然是这样清明,但如果要和我寄托在丈夫身上的心相比较,那就要逊色多了。

这首诗在王维的作品中,并不被认为是特别好的作品,但也有独到的地方。诗中使用了初唐细致华丽的表现手法,把玉壶冰的洁净、透明、光亮,非常形象生动地表现出来。第一层,"冰水类方诸",运用比喻,写冰的洁净。第二层,"未共销丹日,还同照绮疏。抱明中不隐,含净外疑虚。气似庭霜积,光言砌月馀",运用细致的描绘,精巧的设想,将玉壶的晶莹剔透写了出来。第三层,用衬托的方法,将它的光亮表现得如在目前。而最后两句,归结诗旨为"若向夫君比,清心尚不如",点明了层层铺写与厚积而发所要表达的真正意思。前面均是铺垫,最后两句才是重心所在。唐·李商隐的《泪》就是采用的这一表现手法。

息夫人

此诗题下注:"时年二十。"当作于开元八年(720)。

息夫人,春秋时息侯的夫人,姓妫,也称息妫。楚文王灭息后,将她占为己有,并生两子。息夫人进入楚宫一直不主动说话,楚文王问其故,她说:"吾一妇人,而事二夫,纵弗能死,其又奚言?"又《本事诗》云:"宁王宪贵盛,宠妓数十人,皆绝艺上色。宅左有卖饼者妻,纤白明媚。王一见注目,厚遗其夫取之,宠惜逾等。环岁,因问之:'汝复忆饼师否?'默然不对。王召饼师使见之,其妻注视,双泪垂颊,若不胜情。时王座客十馀人,皆当时文士,无不凄异。王命赋诗,王右丞维诗乃先成:'莫以今时宠……'座客无敢继者。王乃归饼师,以终其志。"这一记载当是实情。

　　　　莫以今时宠,能忘旧日恩。
　　　　看花满眼泪,不共楚王言。

　　莫以今时宠,能忘旧日恩——这两句是说,不要以为有了今天的宠爱,就能忘却原来夫妻的恩情。

　　看花满眼泪,不共楚王言——这两句是说,息夫人在华美富丽的楚宫里,看着本来使人愉悦的花朵,却是满眼泪水,始终也不愿意和追随在她身边的楚王讲一句话。

　　宋·张表臣《珊瑚钩诗话》云:"杜牧之《息夫人》诗曰:'细腰宫里露桃新,脉脉无言几度春。至意息亡缘底事?可怜金谷坠楼人!'与所谓'莫以今朝宠……'语意远矣。"

　　清·贺裳《载酒园诗话》云:"摩诘'莫以今时宠……'正以咏饼师妇佳耳,若直咏息夫人,有何意味?"

　　清·张谦宜《绚斋诗谈》云:"止二十字,却有味外味,诗之最高者。"

　　清·马位《秋窗随笔》云:"最喜王摩诘'看花满眼泪,不共楚王言',李太白'但见泪痕湿,不知心恨谁',及张祜'一声《河满子》,双泪落君前',又李峤'山川满目泪沾衣',得言外之旨,诸人用'泪'字,莫及也。"

　　这是王维二十岁左右的作品。诗歌是否具有那么大的感召力,能释夺妻之恨,很难说。但这种诗写作难度大是显而易见的,既要伸张正义,又不能面斥权贵。作者采用以古讽今的讽喻方法,委婉蕴藉,十分得体。文情并茂,形象感人。旧恩难忘,新宠难违,弱女子左右为难,默默无语而泪流满面。诗人以巨大的同情唤醒宪王的迷误,在一定程度上也反映了权贵婚姻造成的社会悲剧。

送元二使安西

　　这是一首极负盛名的送别诗。元二,未详何人;安西,即唐代安西都护府之省,治所在龟兹城(今新疆库车)。诗题《全唐诗》作《渭城曲》,北宋·郭茂倩《乐府诗集》云,《渭城曲》又称《阳关三叠》,后代诗人简称《渭城》或《阳关》,如唐·刘禹锡《与歌者诗》云:"旧人唯有何戡在,更与殷勤唱渭城。"唐·白居易《对酒诗》云:"相逢且莫推辞醉,听唱阳关第四声。"

渭城朝雨浥轻尘,客舍青青柳色新。
劝君更尽一杯酒,西出阳关无故人。

渭城朝雨浥轻尘,客舍青青柳色新——渭城,地名,在今咸阳市东北,唐代通西域,往往至此送别。浥(yì),浸湿。这两句是写送行的时间、地点和环境氛围,以"朝雨"、"轻尘"、"客舍"、"柳色",层层渲染远行与离别的气氛,为后两句作铺垫。唐人即有折柳赠别的风俗。自从《诗经》的名句"昔我往矣,杨柳依依"问世后,依依杨柳即与依依惜别情景交融,所以"柳色新",实是新添的一段离愁,不是等闲之笔。

劝君更尽一杯酒,西出阳关无故人——阳关,故址在今甘肃敦煌西南,阳关以西,则人烟稀少,是内地与塞外的分割点。这两句写饯行,妙就妙在省去许多笔墨,单写这最后的一杯饯行酒,饱含着诗人对朋友的依恋、关切和深厚的友情。"西出阳关无故人",一语道破了这一杯酒的复杂内涵和彼此凄苦的心境。

明·李东阳《麓堂诗话》云:"王摩诘'阳关故人'之句,盛唐以前所未道。此辞一出,一时传诵不足,至为三叠歌之。"明·胡应麟《诗薮》云:"自是口语而千载为新。"清·王士禛《带经堂诗话》云:"昔李沧溟推'秦时明月汉时关'一首压卷,余以为未允。必求压卷,则王维之'渭城'、李白之'白帝'、王昌龄之'奉帚平明'、王之涣之'黄河远上',其庶几乎?"

唐代送别诗极多,各具情感特色,如"无为在歧路,儿女共沾巾",乃是一种阳刚之美。但绝大多数人的情感基调仍然是依依惜别之情,王维能把这种古今人心所同的情感和人生体验以清新自然的语言、特定的环境氛围和最典型感人的细节,含而不露地表达出来,这是这首小诗流传千古、脍炙人口的重要原因。

送綦毋潜落第还乡

原题作《送别》,《河岳英灵集》、《全唐诗》等题作《送綦毋潜落第还乡》。綦毋潜,字孝通,荆南人。开元十四年中进士第,由宜寿尉入为集贤院待制,迁右拾遗,终著作郎。其诗语言平朴,多宣扬超然物外之禅心。有《綦毋潜诗》一卷。此诗约作于开元九年(721)春,时年王维二十一岁,擢进士第,解褐为太乐丞。诗中对綦毋潜多方慰藉,着意劝勉,关怀备至,表现了诗人积极用世的进取精神。

圣代无隐者,英灵尽来归。
遂令东山客,不得顾采薇。
既至君门远,孰云吾道非。
江淮度寒食,京洛缝春衣。
置酒临长道,同心与我违。
行当浮桂棹,未几拂荆扉。
远树带行客,孤城当落晖。
吾谋适不用,勿谓知音稀。

圣代无隐者,英灵尽来归——圣代,指政治清明,天下繁盛的时代。英灵,指杰出的人,有才能的人。这两句是说,政治清明的时代没有隐者存在,英杰贤人纷纷入世为国效力。

遂令东山客,不得顾采薇——东山客,指隐士。东晋宰相谢安曾隐居于东山,后人便以东山客泛指隐居之人,东山泛指隐者隐居之地。采薇,周武王灭商后,伯夷、叔齐不食周粟,隐居首阳山,采薇而食,以示忠于商朝。这两句是说,连你这个像谢安的山林隐者,也不再效法伯夷、叔齐去采薇。王维作此诗,是送友人落第返乡。他深知落第者此时作何感想,所以对不得不触及的落第问题很小心地作了处理。前四句不提落第之事,而是着意抬高綦毋潜的身份地位,说他是高士隐者,之所以来应举,是因为躬逢圣代。这就将綦毋潜置于不为谋官但求济世的超然地位,失落感自然而然地淡化了。

既至君门远,孰云吾道非——君门,指王宫之门。这里借"君门远"指落第。吾道非,《史记·孔子世家》载,孔子被困于陈、蔡之间,谓弟子曰:"《诗》云:'匪兕匪虎,率彼旷野。'吾道非耶?……"这两句是说,你应试落第不能入朝为官,谁能说是你自己的过错呢?你的才华、抱负是好的,应当继续努力,不要消沉。

江淮度寒食,京洛缝春衣——寒食,清明前一日或二日为寒食节,寒食节期间民间禁火三日,百姓皆冷食,据说起源于晋文公纪念介子推被烧死之故。京洛,即洛阳。因洛阳古时向来为建都之地,在唐代又是仅次于都城长安的重要城市,因此称京洛。这两句是说,去年寒食节时你正经过江淮,滞留京洛又缝春衣,已过一载。满怀希望而来,如今却失意而归,自然引出下句。

置酒临长道,同心与我违——违,离。《古诗十九首》中《涉江采芙蓉》有句"同心而离居",《凛凛岁云暮》中也有句"同袍与我违"。这两句描写送别场景,意思是:我在路旁为你设酒饯别,同心知己如今又要与我分离。

行当浮桂棹,未几拂荆扉——浮桂棹,指乘舟。楚辞《九歌·湘君》中有句云"桂棹兮兰枻",桂棹指船。荆扉,指柴门。此句与下句均是王维遥想綦毋潜返乡途中的情景,这也是唐人写送别诗常用的手法。即通过想象被送人沿途所见景象,借写景来抒情,表达对友人的关怀。这两句是说,你行将乘着小船南下归去,不日便可回到家中。

远树带行客,孤城当落晖——这两句是说,远树与行人相伴,孤城共落日交晖。这两句是这首诗中写景的妙句,同时也是抒情的佳联。远树伴着行人,人行树亦远。一个"带"字,为我们展示了一幅画面:林木绵远不绝,友人独行的身影在长路上显得孤独而落寞。"当"字则写出了孤城落日交映的幽深苍凉的场景,更突出了整句勾勒的悲凉情境,而王维对友人的关切也已蕴于其中。"带"与"当"两字的运用,颇有其名句"大漠孤烟直,长河落日圆"的韵味,"竟再找不出两个字来"(《红楼梦》第四十八回)。宋·刘须溪评此两字曰:"带字画意,当字天然。"

吾谋适不用,勿谓知音稀——适,恰巧。《左传》载,晋人恐秦国任用士会,便设计使士会还晋,秦大夫绕朝察知其情,谓士会曰:"子无谓秦无人,吾谋适不用也。"这两句是说,你没有被赏识启用只是暂时的,切莫因此便徒自感慨知音稀少。这就为綦毋潜的再接再厉种下希望的种子。

明·顾可久《唐王右丞诗集注说》云:"婉曲雅正。"清·沈德潜《唐诗别裁》云:"反复曲折,使落第人绝无怨尤。"全诗以三位"英灵"来比喻"落第者":一是"东山客"谢安,二是坚信自己主张的孔子,三是"吾谋适不用"的秦国大夫绕朝,表达了诗人对落第朋友的才能与抱负的充分肯定和高度信任,能化解落第者一腔怨气,使其重新鼓起斗志。感人如此,确是好诗。

燕支行

燕支,山名,又名胭脂山或焉支山。在今甘肃山丹东南,绵延于祁连山和龙首山之间。水草茂密肥美,与祁连山同为放牧的理想之地。本为匈奴牧场,汉武帝时,派大将军霍去病征陇西,直过燕支山千馀里,胜利而归。故王维以《燕支行》用为乐府诗题记载此事。这首诗塑造了一位雄才大略,武勇盖世的主将形象,歌颂了他所率部队的声威与战功。诗下原注"时年二十一岁",即开元九年(721),此诗正是开元年间国力强盛、国威远播状况下的产物。表现了作者青年时代胸怀博大,一心报国的志向。

汉家天将才且雄,来时谒帝明光宫。
万乘亲推双阙下,千官出饯五陵东。
誓辞甲第金门里,身作长城玉塞中。
卫霍才堪一骑将,朝廷不数贰师功。
赵魏燕韩多劲卒,关西侠少何咆勃。
报仇只是闻尝胆,饮酒不曾妨刮骨。
画戟雕戈白日寒,连旗大斾黄尘没。
叠鼓遥翻瀚海波,鸣笳乱动天山月。
麒麟锦带佩吴钩,飒沓青骊跃紫骝。
拔剑已断天骄臂,归鞍共饮月支头。
汉兵大呼一当百,虏骑相看哭且愁。
教战须令赴汤火,终知上将先伐谋。

汉家天将才且雄,来时谒帝明光宫——谒,拜见。明光宫,汉代宫殿名,汉武帝时置。这两句是说,汉代有一位具有雄才大略的大将,出征之前在明光宫拜别汉武帝。

万乘亲推双阙下,千官出饯五陵东——万乘(shèng),古代天子统领方圆千里,有兵车万辆,后以万乘指帝王。亲推,皇帝亲自给出征的将军推车,以示殊荣。五陵,西汉高祖长陵、惠帝安陵、景帝阳陵、武帝茂陵、昭帝平陵合称五陵。地近唐都长安。

誓辞甲第金门里,身作长城玉塞中——辞甲第,暗用霍去病典故。《史记·卫将军骠骑列传》:"天子为治第,令骠骑视之,对曰:'匈奴未灭,无以家为也。'"甲第,头等府第。金门,汉宫前的金马门,门旁有铜马。玉塞,即玉门关,在今甘肃敦煌西北,是古时通往西域之门户。这两句是说,大将军他坚辞不受天子为其修建的一等府第,反而在边疆以身作长城来御敌卫国。

卫霍才堪一骑将,朝廷不数贰师功——卫霍,即卫青、霍去病,汉代名将。卫青,字仲卿,武帝派他西御匈奴,立了战功,拜大将军,封长平侯。霍去病,卫青的外甥,抗击匈奴,出兵六次,过大沙漠,直抵狼居胥山,胜利而还,拜骠骑将军,封冠军侯。贰师,即汉代名将李广利。古代西域大宛贰师城产良马,汉武帝命李广利出征贰师城取名马,遂拜其为贰师将军。后李广利破大宛,得良马三千匹。这两句是说,像卫青、霍去病那样的名将,仅能做"汉家天将"手下的一个小小骑将,至于贰师将军李广利就更微不足道了。

赵魏燕韩多劲卒,关西侠少何咆勃——赵魏燕韩,战国时诸侯国名,四诸侯国的领地在今山西、河北一带,分别为七雄之一,多出勇武健儿。关西,指函谷关以西的陕西、甘肃一带。侠少,指游侠少年。咆勃,凶猛的样子。晋·潘岳《西征赋》:"何猛气之咆勃。"这两句是说,"汉家天将"麾下的士兵都是来自赵、魏、燕、韩的猛士和关西的游侠少年,他们是那样的强悍英武。

报仇只是闻尝胆,饮酒不曾妨刮骨——尝胆,越王勾践为吴王夫差所败,困于会稽,于是求和,受了吴国的凌辱,回国后在座上悬一苦胆,坐卧即仰胆,饮食亦尝胆,表示不忘亡国之苦,立志报灭国之仇。十年后越国打败了吴国,此即"卧薪尝胆"之典,事见《史记·越王勾践世家》。刮骨,《三国志·蜀书·关羽传》载,蜀将关羽,左臂中箭,伤口疼痛,便叫医生刮骨疗毒,而他吃肉喝酒,谈笑自如。这两句是用越王勾践卧薪尝胆报灭国之仇的故事,表示大将军不忘国耻,用汉末蜀国大将关羽刮骨疗毒的故事,表现大将军的神武刚毅。

画戟雕戈白日寒,连旗大旆黄尘没——画戟雕戈,装饰有花纹的戟和戈,皆为古代兵器。旆(pèi),镶有花边装饰的旗帜。这两句是说,军士的兵器闪着寒光,猎猎旌旗被漫天的黄沙卷起,淹没在风尘中。可见战场环境的险恶,战事的激烈。

叠鼓遥翻瀚海波,鸣笳乱动天山月——叠鼓,鼓声重叠,或解为小击鼓,用以催促军士进军。瀚海波,形容沙漠中沙丘起伏如大海波涛。这两句是说,进攻的鼓声激荡大漠如海波般翻腾,胡笳的乐声拨动天边那一弯冷月,边地气氛壮阔而苍凉。

麒麟锦带佩吴钩,飒沓青骊跃紫骝——麒麟锦带,绣着麒麟的锦带。吴钩,"似剑而曲"的一种兵器,相传吴国所制。后称名贵的兵器为吴钩(见《吴越春秋》卷二)。飒沓,众多旺盛的样子。青骊,黑白色相杂的马。紫骝,枣红色的马。这两句是说,大将军佩着锦带吴钩,威风凛凛,马阵腾越而整齐,壮观无比。形容军队雄壮,威武严谨。

拔剑已断天骄臂,归鞍共饮月支头——天骄,这里是指匈奴王,古代称为"天之骄子"。月(ròu)支,西域古部族名,即大月氏,原游牧于今甘肃敦煌、祁连山间,后为匈奴击败。《史记·大宛列传》载:"至匈奴老上单于,杀月氏王,以其头为饮器。"这两句描写的是大军大胜匈奴之后的豪饮欢庆场面,大将军意气风发,兵士们人心大快。

汉兵大呼一当百,虏骑相看哭且愁——这两句以对比手法进一步烘托汉朝军士的威猛神勇与匈奴败兵的溃不成军。

教战须令赴汤火,终知上将先伐谋——教战,教习战术。赴汤火,即赴汤蹈火。《汉书·晁错传》:"故能使其众蒙矢石,赴汤火,视死如生。"上将,古代武官中最尊显的称号,此指全军主将。伐谋,《孙子·谋攻篇》曰:"上兵伐谋,其次伐交,其次伐兵,其下攻城。"这两句是说,教士兵习战术,必须让他们上战场实践,只有真正经历了战争,才能明白挫败敌人的战略计划是上策。这里是歌颂上将用兵的高明,运筹帷幄,而决胜于千里之外。

明·顾璘曰:"通前篇(指《老将行》)是大学力。"明·顾可久曰:"结束斩绝,雄浑老劲。"(《唐王右丞诗集注说》)清·吴乔曰:"王右丞之《燕支行》,正意只在'须知上将先伐谋'。"(《围炉诗话》卷二)

唐代尤其是盛唐时期,国力强盛,许多诗人都具豪迈慷慨的豪侠思想,也作有许多反映少年游侠或边塞战事的诗。王维这首《燕支行》自创诗题,借用汉将军霍去病事迹,歌颂了一位英武勇猛,有勇有谋,智勇双全的大将军。是一首颇为成功的歌行体诗。与他的《老将行》《少年行》等豪侠诗相比,这首写中年将领的诗妙在结尾一句。诗中的"天将"既无老将"自从弃置便衰朽"的无奈,也无少侠"相逢意气为君饮"的轻狂,他有的是"须知上将先伐谋"的沉稳。此句诗意拔高,别于他作。与同时代其他作者的豪侠诗相比,这首诗突出的特点,就是写出了撼天动地,所向披靡,慑服一切的气势,真正是"文以气为主"的典范。

少年行四首

《少年行》,乐府曲名,属杂曲歌辞。北宋·郭茂倩《乐府诗集》录此曲于《结客少年场行》后,引乐府解题曰:"《结客少年场行》,言轻生重义,慷慨以立功名。"这四首诗可能是王维早年离家游历长安时所作。分咏少年游侠高楼纵饮的豪迈气概、视死如归的崇高精神、勇猛杀敌的飒爽英姿以及凯旋后庆功领赏的盛况。四首诗各自独立,又可连缀而成一个整体,有如四幅画面,综合表现了少年游侠的豪侠气质。

新丰美酒斗十千,咸阳游侠多少年。
相逢意气为君饮,系马高楼垂柳边。

出身仕汉羽林郎，初随骠骑战渔阳。
孰知不向边庭苦，纵死犹闻侠骨香。

一身能擘两雕弧，虏骑千重只似无。
偏坐金鞍调白羽，纷纷射杀五单于。

汉家君臣欢宴终，高议云台论战功。
天子临轩赐侯印，将军佩出明光宫。

新丰美酒斗十千，咸阳游侠多少年——新丰，故址在今陕西临潼区东北，古以产美酒出名。斗十千，每斗酒值十千钱，形容好酒的名贵。三国魏·曹植《名都篇》："归来宴平乐，美酒斗十千。"咸阳，秦朝旧都，即今陕西咸阳市，此处借指唐都长安。这两句是将"新丰美酒"与"咸阳游侠"对举，一方面表明少年游侠就像这酒中之冠的新丰美酒一般是人中之杰，另一方面，也借美酒衬出少年游侠的豪迈风流。

相逢意气为君饮，系马高楼垂柳边——这两句是写长安的少年游侠意气相投，一见倾心，高楼饮酒，相谈甚欢的豪迈风流。妙处在于"系马高楼垂柳边"一句，充满了画意，酒楼旁的垂柳与马匹乃动中取静之笔，而酒与马则是侠客的象征，从侧面表现了侠客倜傥不羁的形象。以上是第一首。

出身仕汉羽林郎，初随骠骑战渔阳——羽林郎，汉代官名，掌宿卫侍从，即皇帝近卫军官，常选汉阳、陇西、安定、北地、上郡、西河六郡良家子弟充之。骠骑，即骠骑将军，汉武帝时，以霍去病为骠骑将军，秩禄同大将军。唐时为武散职。这里代指军中将领。渔阳，即古幽州，唐时设渔阳郡，相当于今天津蓟州区境。此处泛指北方边塞地区。这两句是以汉代唐，写少年游侠们勇赴国难的英雄气概。

孰知不向边庭苦，纵死犹闻侠骨香——这两句是说，少年游侠虽然深知边疆作战的艰苦与惨烈，却依然视死如归，即使战死沙场，也有侠骨留香。以上是第二首。

一身能擘两雕弧，虏骑千重只似无——擘(bò)，用手拉弓。雕弧，雕刻有花纹的弓。虏骑，指敌人的骑兵。这两句是写少年游侠精湛的武艺。他们能同时拉开两张硬弓，左右开弓在敌阵中冲杀，视敌人的千军万马如无物，神勇无比。

偏坐金鞍调白羽，纷纷射杀五单于——白羽，箭杆后端所系的白色羽毛，这里代指箭。五单于，汉宣帝时，匈奴虚闾权渠单于病死，发生内乱，诸王自立，分为五单于，事见《汉书·宣帝纪》，此处泛指敌人的众将领。这两句是写少年游侠在马背上忽左忽右，腾挪矫健，调试弓箭，将敌人纷纷射杀马下的英姿。以上是第三首。

汉家君臣欢宴终，高议云台论战功——云台，《后汉书·朱景王杜马刘傅坚马传》记载："永平中，显宗追感前世功臣，乃图画二十八将于南宫云台。"即汉代画功臣像的阁台，相当于唐代的凌烟阁。这两句又是以汉代唐，描写战争结束后，君臣欢庆胜利、论功行赏的盛大场面。

天子临轩赐侯印，将军佩出明光宫——临轩，古时天子不居正座而临殿前平台，谓之临轩。明光宫，汉代宫殿名。这两句是说，天子在殿前接见群臣，封赏立下战功之人。在战争中提拔为将军的游侠少年，佩戴着天子所赐的侯印走下大殿，意气风发之状，描摹殆尽。以上是第四首。

清·黄生《增订唐诗摘抄》卷四评《少年行》第一首曰："前开后合格。一言酒，二言人，三、四始说合。相逢意气，言意气相投也。意气二字，是少年人行状。"

明·顾可久曰："通篇(指前后四首)豪侠纵横之气模写殆尽，当于言外得之。"（《唐王右丞诗集注说》）

大凡盛唐诗人，多少都带有豪侠气质，李白最为典型，杜甫、高适、岑参等都有，王维也不例外。盛唐诗人决非只知诵经读史的文弱书生，他们大多赞许"功名马上取"的豪侠精神，他们的豪侠诗也多数包含着对自己人生际遇、处世态度的描写与感慨。王维这四首绝句实际上是组诗，不可分割。第一首写少年游侠的日常生活，突出其"意气"；第二首写少年游侠的军旅生活，突出其"侠骨"；第三首写少年游侠的战斗，突出其英姿；第四首写少年游侠的封赏，突出其"侯印"。平居、从军、杀敌、庆功，这是一个完整的系列过程，标志着唐代游侠诗一种新的创作动向：游侠诗与军旅诗相结合；游侠的胆气与爱国的豪情相结合。在这里，游侠已不再是"以武犯禁"的民间斗士，而是上阵杀敌的国家栋梁。这在一定程度上反映了唐代游侠的角色转换，有重要的认识价值。

夷门歌

这是根据《史记》信陵君的事迹改写的新题乐府诗。历来的论者将此诗列入七言歌行,应不算错。夷门,战国时期魏国都城大梁(今河南开封市)的东门。司马迁曾亲自考察过:"吾过大梁之墟,求问其所谓夷门。夷门者,城之东门也。"(《史记·魏公子列传》)这首诗的创作时间难以确定,根据诗中歌颂的侠客思想,以及王维十九岁改文为诗作《桃源行》的创作习惯推知,此诗可能是青少年时期的作品。

> 七雄雄雌犹未分,攻城杀将何纷纷。
> 秦兵益围邯郸急,魏王不救平原君。
> 公子为嬴停驷马,执辔愈恭意愈下。
> 亥为屠肆鼓刀人,嬴乃夷门抱关者。
> 非但慷慨献奇谋,意气兼得身命酬。
> 向风刎颈送公子,七十老翁何所求!

七雄雄雌犹未分,攻城杀将何纷纷——七雄,指秦、楚、齐、燕、赵、魏、韩七国。何纷纷,多么混乱。这两句写尽七国争霸的战乱局面。

秦兵益围邯郸急,魏王不救平原君——邯郸,赵国国都。平原君,是赵惠文王的弟弟,魏公子信陵君无忌的姐夫。因此,当秦兵围攻赵都邯郸的时候,赵国便向魏国求救。魏王派大将晋鄙领十万大军屯于邺(今河北临漳县),作壁上观。信陵君多次请魏王下令进攻,魏王不听。因此,王维说:"魏王不救平原君。"

公子为嬴停驷马,执辔愈恭意愈下——魏王不救赵,魏公子信陵君想救,却不知道怎么去救。于是,他去访问隐士侯嬴,驾着驷马(四匹马拉的大车)去迎接,侯生故意不客气地坐在魏公子的座位上,观察公子的表情。而公子却牵着马的缰绳〔执辔(pèi)〕,很是恭敬。侯嬴又故意要马车绕到宰猪的市场上去看望一个屠夫,还故意与这个屠夫谈了很久,公子一点也不生气,态度很谦逊。意愈下,即态度愈加谦恭。

亥为屠肆鼓刀人,嬴乃夷门抱关者——其实,那个屠夫叫朱亥,以操刀杀猪为业,却也是一个隐士。而侯嬴只是都城东门的看门人。关,指门闩。抱关者,守门人。这两句是写信陵君礼贤下士,求贤若渴。

非但慷慨献奇谋,意气兼得身命酬——信陵君的行为终于感动了侯嬴,他为公子献了一个"奇谋":请魏王的爱姬盗取兵符,直入晋鄙军营,如果晋鄙听话,事情很好办。如果不听话,就由屠夫朱亥杀死晋鄙,然后亮出兵符,号令三军向秦兵进攻。后来事情的发展是,晋鄙不服,被朱亥所杀。魏国大军攻秦,邯郸之危迎刃而解。而侯嬴并没有与公子同行,他准备以死来报答公子的知遇之恩。

向风刎颈送公子,七十老翁何所求——向风刎颈,指侯嬴自杀。他把一切责任由自己一个人承担下来,好让公子事后向魏王有所交代。七十老翁,指侯嬴。《史记·魏公子传》:"侯嬴,年七十。"

古人评价此诗,重在称许诗人叙事简洁,称许"屠肆鼓刀"与"夷门抱关"的对仗天成,未涉及作者的创作意图。诗人为什么要写这首诗呢?笔者认为,诗人是在歌颂一种为国捐躯的侠义精神。这是王维侠客思想的一个重要特色,而不是一般意义上的路见不平,拔刀相助。试读《少年行》《陇头吟》就很清楚,诗人称颂的侠义精神与为国立功的理想总是结合在一起的。如果说这首诗"有所寄托"的话,寄托的正是青少年时期的王维为国立功,不惜牺牲个人一切的一种渴望。不要因"七十老翁何所求",便误以为是王维晚年的心态。

从军行

一般论者都认为这首诗作于诗人奉使出塞期间。其实不对。开元二十五、六年期间,凉州边塞无大战。而且,王维很称道凉州守将的和平外交,决不会写这种诗歌。笔者认为,这当是诗人早年所作,与《少年行》的创作时间大体相近,重在表现诗人报国立功的理想。《从军行》是乐府古题之一,属相和歌辞中的平调曲。

> 吹角动行人,喧喧行人起。
> 笳悲马嘶乱,争渡金河水。
> 日暮沙漠陲,战声烟尘里。
> 尽系名王颈,归来报天子。

吹角动行人,喧喧行人起——角,军中乐器,吹奏以报时间,作用相当于今天的军号。行人,指出征的战士。喧喧,部队出发的声音。这两句写军营吹动号角来集合部队出发的景象。

笳悲马嘶乱,争渡金河水——金河,今称黑河,因水中泥沙呈金紫色,故名金河,在今内蒙古和林格尔西北土城子一带。这两句是写行军中笳悲马嘶,战事的急迫无形中已跃然纸上,而争渡金河的场面,更使这行军的急迫达到高潮。

日暮沙漠陲,战声烟尘里——陲,边疆。这两句写交战过程,只是从侧面写出沙漠烟尘中传来的阵阵喊杀之声,大漠上是辽阔的夕阳晚景。

尽系名王颈,归来报天子——这两句是说,这一仗大获全胜,著名的匈奴王全数被俘,胜利的捷报直达皇宫。

《从军行》是乐府古题,在唐代以前就逐渐形成了两个主题,一是描绘军威、军容,表现军队驰骋沙场的气概;一是写征战之苦,尤其侧重军旅的艰苦与征人思妇的绵绵情思。在唐代,这两个传统主题都有很出色的发扬,前者如杨炯著名的《从军行》:"烽火照西京,心中自不平。牙璋辞凤阙,铁骑绕龙城。雪暗凋旗画,风多杂鼓声。宁为百夫长,胜作一书生。"后者如王昌龄的《从军行》:"烽火城西百尺楼,黄昏独上海风秋。更吹羌笛关山月,无那金闺万里愁。"王维的这首诗从内容上看属于前一个传统。但它不像王维别的诗一样其中融会着诗画技艺的沟通,它不以静态的视觉形象为主,而更多诉诸听觉的想象,诉诸极富动感的意象,展现战争由出兵到凯旋的过程,这些都是绘画所不能胜任的。

寓言二首

唐诗中以"寓言"为诗题本有十二首,马东田《唐诗分类大辞典》将其归入感遇诗中。第一首讥讽贵族子弟不是凭自己读书练武报效国家,而是凭着封建的世袭关系取得权力与富贵,揭露了他们整天斗鸡走马,歌舞声色的腐朽生活。第二首通过描写他们的豪华生活,揭露这些显贵的特权地位和忘记天下大批寒士的痛苦生活。该诗当是开元年间作于长安。

朱绂谁家子?无乃金张孙。
骊驹从白马,出入铜龙门。
问尔何功德,多承明主恩?
斗鸡平乐馆,射雉上林园。
曲陌车骑盛,高堂珠翠繁。
奈何轩冕贵,不与布衣言。

君家御沟上,垂柳夹朱门。
列鼎会中贵,鸣珂朝至尊。
生死在八议,穷达由一言。

须识苦寒士,莫矜狐白温。

朱绂谁家子?无乃金张孙——朱绂(fú),朱红色画有斧形及"亚"字花纹的衣服。这里指贵族子弟的穿着。金张孙,指权贵的子孙。金,指金日磾(mìdī);张,指张安世,两人都是汉宣帝时的权贵。这两句是说,那些穿戴鲜艳的人是谁呀?大概都是权贵们的纨绔子弟吧!

骊驹从白马,出入铜龙门——骊,纯黑的马。驹,少壮的马。乐府诗《陌上桑》:"何用识夫婿,白马从骊驹。"铜龙门,汉代长安宫门之一,门楼上有铜龙,故名,后世泛称宫门。这里指豪华的门第。这两句是描写这些贵族少爷们过着名马豪宅的奢侈生活。

问尔何功德,多承明主恩——这两句是说,我真想问一问:你们到底有何功何德,能享受那么多的恩泽?

斗鸡平乐馆,射雉上林园——平乐馆,汉代统治者斗鸡跑狗的娱乐场所,在上林苑之内。上林园,即汉代的上林苑,周围三百里,中有离宫、观、馆等七十所,苑中养着许多禽兽,供天子射猎娱乐。这两句是写这些贵族子弟斗鸡走狗,无所事事,极尽享乐之能事。

曲陌车骑盛,高堂珠翠繁——曲陌,弯弯曲曲的街巷。珠翠,妇女的首饰。这里用作妇女的代称。这两句是说,这些纨绔子弟的车马到处都是,大堂里,钗环鬓影,交错其间。

奈何轩冕贵,不与布衣言——轩冕,古代规定大夫以上乘轩服冕,轩冕即卿大夫的轩车和冕服,后常用以代指达官贵人。布衣,指没有官职的读书人。这两句是说,怎奈人家身份高贵,根本不与平头百姓交谈。以上是第一首。

君家御沟上,垂柳夹朱门——御沟,长安皇宫内外有河沟,引终南山水从中流过,故名御沟。这里指达官贵人居住的地方。朱门,长安达官贵人的门皆涂红色。这两句是说,你们的府第都紧邻皇城,绿色的垂柳掩映着朱红的大门,一看便知是显赫的权贵之家。

列鼎会中贵,鸣珂朝至尊——列鼎,陈列盛馔,指古代贵族的宴会。鼎,用铜铸成的三足两耳的贵重炊具。中贵,指显贵的宦官。珂,玉石的一种,戴于马颈上,马行则珂响,故叫鸣珂。这两句是说,他们摆丰盛的酒席宴请达官显贵,骑着佩戴玉石饰物的马去朝见皇帝。

生死在八议,穷达由一言——八议,《汉书·刑法志》上记载周朝的官有八议之法："一曰议亲,二曰议故,三曰议贤,四曰议能,五曰议功,六曰议贵,七曰议勤,八曰议宾。"意思是犯法之人,凡皇帝亲故,有德能的人,有功勋的人,爵位高的人,为国事操劳有功者等,可计议减免罪行。穷达,指穷途或通达。这两句是指其权势之大,掌握人的生死。只要这位贵人一句话,就可以决定一个人的穷困或显贵。

须识苦寒士,莫矜狐白温——狐白温,集狐腋下的纯白毛皮做成的轻裘。《文选·王微〈杂诗〉》:"讵忆无衣苦,但知狐白温。"这两句化用此句之意,意思是那些贵人应了解衣不暖身的寒苦之士,而不要只是夸耀狐白裘的轻薄温暖。以上是第二首。

新评

明·顾可久《唐王右丞诗集注说》评第一首:"有深意。"元·方回评第二首:"此诗有古乐府之意,格调甚高。前四句叙其富贵,五、六言其权势之盛,末句使之怜寒士也。"(李庆甲编集《瀛奎律髓汇评》卷四六)

在古代社会里,"感遇"一直是个不衰的主题。因为不公正的制度、人为因素,使多少英俊沉居下僚,使多少伪君子窃居高位,使多少人因为不遇而潦倒一生,又使多少含着金匙出生的人自炫身世而目中无人!所有靠十年寒窗为自己创造前程的人,面对这种情况,心中的感受,可想而知。真是"冠盖满京华,斯人独憔悴"。

但王维这首诗不同,也许他也有慨叹和不满,但此诗中表现的,却是对那些所谓的权贵们极大的蔑视与嘲讽。且看诗人所说的:"问尔何功德,多承明主恩?"虽然诗人也知道他们很有势力,权力很大,甚至可以"生死在八议,穷达由一言",但在摩诘看来,这些又算得上什么!我劝劝你们,"须识苦寒士,莫矜狐白温"。看看我们这些一切靠自己双手奋斗的人,你们又有什么资格自矜自夸!此诗最动人的,便是这种自负自傲之气。无怪后世有人说此诗可以混入李白的《古风》中去。太白"路逢斗鸡者,冠盖何辉赫",与此诗"朱绂谁家子,无乃金张孙"何其相似!虽然"诗佛"终究不如"诗仙"那么气势凌人,但相同的境遇,却让他们有了共同的情感。人常说艺术多面手,或者就是指摩诘这样的大家,各种情绪都可以收放自如并各放异彩吧!

扶南曲歌词五首

题解

此诗真实反映了鲜为人知的宫女的歌舞生活,当是开元九年(721)王维任太乐丞时所作。

扶南曲,《旧唐书·音乐志》曰:"炀帝平林邑国,获扶南(古国名,在今柬埔寨)工人及其匏琴,陋不可用,但以天竺乐转写其曲,而不齿乐部。"又曰:"《扶南乐》,舞二人,朝霞行缠,赤皮靴。隋世全用天竺乐,今其存者,有羯鼓、都昙鼓、毛员鼓、箫、笛、筚篥、铜拔、贝。"《乐府诗集》列入"新乐府辞",诗题无"歌词"二字。

  翠羽流苏帐,春眠曙不开。
  羞从面色起,娇逐语声来。
  早向昭阳殿,君王中使催。

  堂上青弦动,堂前绮席陈。
  齐歌《卢女曲》,双舞洛阳人。
  倾国徒相看,宁知心所亲?

  香气传空满,妆华影落通。
  歌闻天仗外,舞出御楼中。
  日暮归何处?花间长乐宫。

  宫女还金屋,将眠复畏明。
  入春轻衣好,半夜薄妆成。
  拂曙朝前殿,玉墀多佩声。

  朝日照绮窗,佳人坐临镜。
  散黛恨犹轻,插钗嫌未正。
  同心勿遽游,幸待春妆竟。

  翠羽流苏帐,春眠曙不开——翠羽,翠鸟的羽毛。流苏,以五彩羽毛或丝线制成的穗子,多用作车马、帷帐等的垂饰。这两句是说,春光中天色未明,在翠羽流苏装饰的华美的帷帐中,宫女们正睡得香甜。

  羞从面色起,娇逐语声来——这两句是说,由于起得晚,宫女们脸上露出羞涩之情,而话中带着娇怯之意。

  早向昭阳殿,君王中使催——昭阳殿,汉殿名,在未央宫中。中使,皇宫中派出的使者,多由宦官充任。这两句写出了宫女面露羞涩的原因:早上要到昭阳殿去表演歌舞,君王已经派使者来催促了。以上是第一首。

堂上青弦动,堂前绮席陈——青弦,琴瑟类乐器上的青色丝弦。绮席,华美的坐席。这两句是说,厅堂上弹起了琴瑟,厅堂前摆放着华美的坐席。

齐歌《卢女曲》,双舞洛阳人——《卢女曲》,乐府杂曲歌辞名。洛阳人,古时洛阳多丽人舞女。这两句是说,在《卢女曲》的伴唱声中,一对洛阳美女翩翩起舞。

倾国徒相看,宁知心所亲——倾国,指美女。《汉书·外戚传》李延年歌曰:"北方有佳人,绝世而独立;一顾倾人城,再顾倾人国。宁不知倾城与倾国,佳人难再得。"宁,岂,难道。这两句是说,舞女美极了,但君王只能观赏,不一定能得到她的爱,谁知道她们心中想着谁呢? 以上是第二首。

香气传空满,妆华影箔通——妆华,指宫女身上装饰品的光华。影箔,半透明的帘子。这两句是描写宫女身上散发的香气弥漫于整个舞厅,珠光宝气透射于帘外。

歌闻天仗外,舞出御楼中——天仗,皇帝的仪仗。这两句是说,宫女们的歌声飞过了皇帝的仪仗,舞姿婆娑,仿佛要旋转出御楼。

日暮归何处? 花间长乐宫——长乐宫,汉长安宫殿名,这里泛指宫殿。这两句是说,太阳落山的时候将回到哪里呢? 将回到那鲜花围绕的宫殿里去。以上是第三首。

宫女还金屋,将眠复畏明——金屋,《汉武故事》中云:"(武帝)数岁,长公主嫖抱置膝上,问曰:'儿欲得妇不?'胶东王(武帝)曰:'欲得妇。'长主指左右长御百馀人,皆云不用。末指其女问曰:'阿娇好不?'于是乃笑对曰:'好! 若得阿娇作妇,当作金屋贮之也。'"这就是"金屋藏娇"之典。这里指房屋的华美。这两句是说,宫女们回到华美的房屋中,将要入睡,可又发愁天明宫使又要来催。

入春轻衣好,半夜薄妆成——这两句是说,到了春天不宜穿厚重的衣服,半夜里就穿戴好了薄而轻的服装。

拂曙朝前殿,玉墀多佩声——前殿,皇宫中最前面的殿,古时多以它为正殿。玉墀(chí),指皇宫华美的台阶,并非真用玉石铺成。这两句是说,黎明拂晓时又将到前殿去朝见君王,走在台阶上的宫女们玉佩叮当作响。以上是第四首。

朝日照绮窗,佳人坐临镜——绮窗,装饰有雕刻花纹的窗子。这两句是说,早晨的阳光照在雕琢华美的窗子上,美人坐在明亮的梳妆镜旁。

散黛恨犹轻,插钗嫌未正——散黛,用青黑色颜料画眉。这两句是描写宫女们精心打扮:布黛于眉仍嫌太淡,发髻上的宝钗又总觉得插得不正。

同心勿遽游,幸待春妆竟——同心,指心性相投的同伴。遽游,仓促出游。幸,希望。这两句是说,情投意合的伙伴啊,不要急匆匆出游,等我打扮好了再去。以上是第五首。

明·顾可久曰:"短章亦自婉丽。"清·张谦宜曰:"却是律诗格,但截去二句耳。摩诘晓音律,此曲必是按谱填成,想亦是柔慢靡丽之声。"(《絸斋诗谈》卷五)

《扶南曲歌词》五首是组诗,它描绘了宫中歌女舞女的辛劳和心酸。没有亲人,也没有爱情,没有白天黑夜。尽管一个个珠光宝气,但只是供皇上观赏而已。王维是怀着同情、怜悯的态度来描写他们的,与六朝艳诗决然不同。《扶南曲歌词》是倚声填辞。先有曲,后作辞。从这个意义上讲,它是后来著名的文学样式——词的先声。

晚春闺思

这首诗写宫女的愁思,当作于开元九年(721)诗人任太乐丞之时,创作时间与《扶南曲歌词》相仿佛。

> 新妆可怜色,落日卷罗帷。
> 淑气清珍簟,墙阴上玉墀。
> 春虫飞网户,暮雀隐花枝。
> 向晚多愁思,间窗桃李时。

新妆可怜色,落日卷罗帷——可怜,可爱。这两句是说,当夕阳西下,窗帘卷起的时候,有位宫女刚刚装扮好,在晚霞照映下,特别可爱。

淑气清珍簟,墙阴上玉墀——珍簟(diàn),珍贵的竹席。玉墀(chí),华贵的宫廷台阶。这两句是说,当夕阳的阴影投射到宫廷台阶上的时候,这位宫女的房间里一片温馨,连竹席上也散发出清香。

春虫飞网户,暮雀隐花枝——这两句是说,天色越来越暗,小虫子竟撞到了蜘蛛网上,雀儿早已在花枝间藏着不动了。

向晚多愁思,间窗桃李时——这两句是说,天色晚了,这位宫女反倒思绪纷纷,发愁了,特别是从窗外传来桃李芬芳的香气的时候。

诗意写得很含蓄,始终没有说破这位宫女为什么到了傍晚就精心装扮,也没有说破这位宫女在愁什么。只是写到了她的期待与失望,"怨"字不露痕迹,这是王维宫怨诗的含蓄处,与王昌龄宫怨诗的含蓄在写法上并不相同。王昌龄擅长采用对比的手法造成强烈的反差,从反面衬托宫女的失宠,如"玉颜不及寒鸦色,犹带昭阳日影来"云云。

被出济州

此诗是王维的早期作品之一,作于开元九年(721)。当时,王维进士擢第,解褐为太乐丞。同年秋,因太乐署中伶人舞黄狮子事受牵累,被贬为济州司仓参军。此诗即是诗人离京赴任时所作。这首诗抒发了作者以小小事故遭贬的怨愤之情。出,谪为外官。济州,唐州名,治所在卢县(今山东茌平西南)。《新唐书·地理志》谓济州:"天宝元年更名济郡。领卢、平阴、长清、东阿、阳谷、范六县……天宝十三载郡废。"诗题《河岳英灵集》《全唐诗》作《初出济州别城中故人》。

　　微官易得罪,谪去济川阴。
　　执政方持法,明君无此心。
　　闾阎河润上,井邑海云深。
　　纵有归来日,多愁年鬓侵。

微官易得罪,谪去济川阴——济川阴,济水之南,指济州。这两句是说,自己官位卑微,稍有疏忽就可能获罪,官场险恶,自己不幸被贬。

执政方持法,明君无此心——这两句是说,执政者自己依法行事,而贤明的君王并无处罚自己之意。正如清·沈德潜所说:"亦周旋,亦感愤。"(《唐诗别裁》卷九)

闾阎河润上,井邑海云深——闾阎,指里巷。河润,河水润泽的地方。井邑,市井、邑里。这里指济州近海。这两句是说,这里气候潮湿,整天云雾缭绕。

纵有归来日,多愁年鬓侵——这两句是说,即使将来得到赦免,有幸回归,只恐怕是因愁苦而白发苍苍,年岁较大了。

王维贬官济州的原因很复杂，可能是朝廷斗争的牺牲品，所谓"舞黄狮子"只是一个借口。贬谪诗难写，难就难在有委屈不能明说，"执政方持法，明君无此心"，只是违心地说假话，内心的苦楚可想而知。

宿郑州

这首诗作于开元九年(721)王维贬官济州途中。也有论者认为是开元十九年王维"转官吴越"时途经郑州作。郑州，唐州名，辖境在河南荥阳、郑州、新郑及原阳一带，治所在今荥阳市汜水镇。

> 朝与周人辞，暮投郑人宿。
> 他乡绝俦侣，孤客亲僮仆。
> 宛洛望不见，秋霖晦平陆。
> 田父草际归，村童雨中牧。
> 主人东皋上，时稼绕茅屋。
> 虫思机杼鸣，雀喧禾黍熟。
> 明当渡京水，昨晚犹金谷。
> 此去欲何言，穷边徇微禄。

朝与周人辞，暮投郑人宿——周，指洛阳一带，是东周的都城。郑人，郑州春秋时为郑国之地，故云。这两句是说，自己早晨从洛阳出发，晚上便到了郑州地界。

他乡绝俦侣，孤客亲僮仆——俦侣，伴侣。这两句是说，置身异乡，昔日的伴侣都已隔绝，从故乡带来的僮仆虽与主人有上下之分，这时却觉得格外亲近。从旅人细腻的感情变化见出离乡的孤独寂寞之感，这是"他乡"两句的妙处。

宛洛望不见，秋霖晦平陆——宛洛，即南阳和洛阳，宛与洛为东汉时代两个最繁荣的都市，古诗文中每并称宛洛。霖，三日以上的雨。这两句是说，此去济州不知几时能回，前路茫茫，诗人的心境正像眼前被连绵秋雨笼罩的原野一样阴沉晦暗。

田父草际归，村童雨中牧——这两句是说，农夫从草野归来了，村童仍在雨中放牧。

主人东皋上,时稼绕茅屋——东皋,泛指田野。这两句是说,诗人投宿的主人家住在东边的高地上,应时的庄稼环绕着茅屋。

虫思机杼鸣,雀喧禾黍熟——思,悲,指虫声凄切。杼,织机上的梭。这两句是说,秋虫伴着织机一起鸣叫,鸟雀喧闹着迎接禾黍的成熟。从"田父"句至此,都是描写安闲自在的田园风光。人们种田放牧,耕织忙碌,没有俗事扰身,更无宦途之烦恼。作者以此安闲反衬自己的奔波潦倒。

明当渡京水,昨晚犹金谷——京水,源出荥阳高渚山,郑州以上谓之京水。金谷,涧名,在今河南洛阳附近,晋·石崇曾构园于此,称金谷园。这两句是感慨自己一路风尘仆仆:昨晚还在金谷,明早就要穿越京水了。

此去欲何言,穷边徇微禄——这两句是说,此行是屈从微薄的俸禄而前往偏远之地,还有什么话可说呢?深沉的叹息倾吐出羁旅之中的无限感慨,谪宦的委屈和无奈,也尽在不言之中。有的论者认为,"穷边徇微禄"的具体地点是唐代台州的黄岩县(今浙江台州市黄岩区),未有定论。

明·杨慎《升庵诗话》云:"崔涂《旅中》诗'渐与骨肉远,转与僮仆亲',诗话亟称之。然王维《郑州》诗'他乡绝俦侣,孤客亲僮仆',已先道之矣,但王语浑含胜崔。"明·顾璘云:"浅不近俗,当思其难处。"清·施补华《岘佣说诗》云:"'孤客亲僮仆',语极沉至。后人'渐与骨肉远,转与僮仆亲',衍作两句,便觉味浅……'雀喧'一句亦简妙,可悟炼句法。"明白如话,无句可摘,浑然是陶诗风格。而贬谪途中的凄苦孤独之情,越读越感到浓烈。

早入荥阳界

此诗当作于开元九年(721),诗人贬官路经荥阳时。《宿郑州》作于头天夜晚,此诗则作于翌日清晨。荥阳,据《新唐书·地理志》载,系唐县名,河南道郑州荥阳郡有荥阳县(今河南荥阳市)。此诗不完全是山水田园诗,是诗人途经荥阳的见闻,写出了荥阳的特色,表达了诗人在贬谪途中因前途渺茫而流露出的迷茫、黯淡心情。

泛舟入荥泽,兹邑乃雄藩。
河曲闾阎隘,川中烟火繁。
因人见风俗,入境闻方言。

秋晚田畴盛，朝光市井喧。
渔商波上客，鸡犬岸旁村。
前路白云外，孤帆安可论！

泛舟入荥泽，兹邑乃雄藩——荥泽，古泽名，故址在唐郑州荥泽县(今河南荥阳东北)。雄藩，指地理位置重要的城镇。这两句是说，诗人坐船经过荥泽才来到荥阳这个重要的城镇，点出了作诗的地点以及当地地理位置的重要。

河曲闾阎隘，川中烟火繁——闾阎，老百姓的住所。隘，狭隘，这里是拥挤的意思。川中，指河里面。烟火，指河水中船只上的烟火。这两句是说，河流转弯处房屋密集，河水中的船只来来往往。从岸上和水中两方面写出此地人丁的兴旺。

因人见风俗，入境闻方言——这两句是说，初到荥阳，通过接触，发现这个地方的风俗习惯和方言发音都有自己的特色。

秋晚田畴盛，朝光市井喧——田畴，田地。三国吴·韦昭《国语注》云："谷地为田，麻地为畴。"这两句是说，深秋的季节田地里一片丰收的景象，太阳一出来，市井之中大声喧闹，一片繁华景象。

渔商波上客，鸡犬岸旁村——这两句是说，渔商在水上进行交易，岸边的村子里不时传来鸡犬的叫声。

前路白云外，孤帆安可论——这两句是说，这还不是诗人的目的地，前路尚在天边("白云外")，一片孤帆，形单影只，还有什么可说的。

《唐诗归》云："此句非亲历水害不知("河曲"句下)。"又云："'安可论'三字，说孤帆变幻。"《汇编唐诗十集》云："章法秀整，是右丞本色。"本诗通过对"烟火"、"田畴"、"市井"等意象的描绘，全方位、多角度地展现了荥阳生机盎然的生活场景，在诗中展示了一幅色彩斑斓的生活画卷。这是诗人初到河南荥阳所看到的景象，使贬谪途中诗人孤寂的心情更显突出，越是繁华热闹就越是孤独寂寞。

寄崇梵僧

此诗当作于开元九年(721)诗人贬官济州之时。崇梵，寺名，在唐济州东阳县(今山东阳谷县东北阿城镇)。《全唐诗》注："崇梵寺近东复釜村。"

崇梵僧，崇梵僧，秋归复金春不还。
落花啼鸟纷纷乱，涧户山窗寂寂闲。
峡里谁知有人事，郡中遥望空云山。

崇梵僧，崇梵僧，秋归复金春不还——复金，诗人另有一诗题为《饭复釜山僧》，据此可知，"复金"当为"复釜"之误。这两句是说，自从去年秋天崇梵僧回到复釜村之后，直到今年春天也没有来过济州。

落花啼鸟纷纷乱，涧户山窗寂寂闲——这两句是想象之词。想象崇梵僧回寺以后的安静生活，采用的是以动写静的手法。"纷纷乱"是为了反衬"寂寂闲"。

峡里谁知有人事，郡中遥望空云山——这两句是说，从济州城里遥望复釜寺是望不到的，只看见一座云雾缭绕的空山，却不知山峡之中有人居住。诗人以"空"字突出佛学的根本观点，也表达了诗人归隐山林的心愿。

王维的归隐思想，是从被贬谪济州之后就萌生了的，此诗即是明证。而归隐山林与皈依佛门几乎是同步进行的，此诗亦是明证。

赠东岳焦炼师

东岳即泰山。炼师，据《唐六典》卷四载："道士修行有三号，其一曰法师，其二曰威仪师，其三曰律师，其德高思精，谓之炼师。"焦炼师是一位德高望重的道士。许多唐代诗人都有关于此人的诗作，如李白《赠嵩山焦炼师》，李颀《寄焦炼师》，王昌龄《谒焦炼师》，钱起《题嵩阳焦道士石壁》等。李白称其"生于齐梁时，其年貌可称五六十。常胎息绝谷，居少室庐，游行若飞，倏忽万里。"颇有神人之状。因济州离泰山很近，故此诗应作于王维被贬济州期间。全诗好似为焦炼师作传般描写其种种情状，为读者再现了一位"活神仙"，但作者更多的是表达自己对炼师隐居生活的企羡之情，其归隐之思由此已露端倪。

先生千馀岁，五岳遍曾居。
遥识齐侯鼎，新过王母庐。
不能师孔墨，何事问长沮。
玉管时来凤，铜盘即钓鱼。

竦身空里语，明目夜中书。
自有还丹术，时论太素初。
频蒙露版诏，时降软轮车。
山静泉逾响，松高枝转疏。
支颐问樵客，世上复何如？

先生千馀岁，五岳遍曾居——这两句是说，焦炼师已有一千多岁，五岳之上都留下了此人的足迹。全诗开篇即借传说写出了焦炼师的超凡脱俗，一个活神仙形象扑面而来，树立在读者眼前。

遥识齐侯鼎，新过王母庐——齐侯鼎，据《史记·封禅书》记载："少君见上，上有故铜器，问少君，少君曰：'此器齐桓公十年陈于柏寝。'已而案其刻，果齐桓公器，一宫尽骇，以为少君神，数百岁人也。"王母庐，泰山上在魏晋时代就建有王母池道观，王母池古称"群玉庵"、"瑶池"，三国魏·曹植有"东过王母庐，俯仰五岳间"的诗句（见《仙人篇》）。这两句是承"千馀岁"作铺叙，刻画焦炼师的神通。

不能师孔墨，何事问长沮——问长沮，《论语·微子篇》载："长沮、桀溺耦而耕。孔子过之，使子路问津焉。"这两句是说，焦炼师遵循的不是孔墨之道，因此也就不必四处奔走、惶惶问津。这是羡慕焦炼师逍遥世外，自在随心的生活方式。

玉管时来凤，铜盘即钓鱼——玉管，据《列仙传》载：秦穆公之女弄玉好吹箫，其夫萧史尤擅此道。两人以箫作凤鸣声，凤凰便循声而至，后夫妇二人随凤凰飞去成仙。铜盘，《后汉书·方术列传》载：左元放在曹操的宴会上以铜盘贮水，从中钓得鲈鱼，满座皆惊。这两句是用典故进一步渲染焦炼师的神异。

竦身空里语，明目夜中书——竦身，《淮南子·道应训》云："若士举臂而竦身，遂入云中。"空里语，晋·葛洪《神仙传》卷十载："班孟者，不知何许人，或云女子也。能飞行终日，又能坐空虚中，与人言语。"这两句是说，焦炼师有飞行之术，可在空中与人交谈，还可夜中视物写字。

自有还丹术，时论太素初——还丹术，即道家的炼丹之术。道家认为服食所炼之丹可长生。太素，《列子·天瑞》云："有太易，有太初，有太始，有太素。""太素者，质之始也。"这两句是说，焦炼师精通炼丹之术，长生有道，其年岁虽不可知，但他时常议论万物生长之初的情状，寿辰之高可想而知。

频蒙露版诏，时降软轮车——露版，指不密封的诏策文书。软轮车，以蒲草裹住轮子的车。古时天子征召有重望之老者，常以软轮车表示尊敬。这两句是说，天子频频下诏，以软轮车征召焦炼师入京。可见炼师名望之高，已达圣听，而天子给他之礼遇,更是常人所不能企及。然而这等"美事",炼师竟不放在眼里,否则也不必"频蒙"召见了。这恐怕才是诗人真正佩服炼师之处。

山静泉逾响,松高枝转疏——这两句是说,空山寂静更加衬得山泉之声响亮,越往高处的松枝越显得疏朗。诗行至此,由对人的描写忽然转入对景色的摹绘,看似突如其来,实际却绝非闲笔。诗人以惯用的反衬手法为读者展示了一幅幽静、恬淡、声色俱佳的山景,这便是焦炼师所居之处,有如世外桃源。

支颐问樵客,世上复何如——颐,面颊,腮。这两句是说,焦道士遁迹山中,世事一概不知,故向樵夫问世间情况。诗人选取这一场景,并非为写焦道士欲知世事,"支颐"写出了炼师有如孩童一般纯真的情态,也写出了炼师问世事时的漫不经心。炼师此问仅是随口而发,是其恬静生活中的一个小插曲,"支颐"一问反而愈觉其如桃源中人一般,具有澄明清静的心情。

王维在青年时期,道家思想多于佛家思想,十九岁即写《桃源行》,初露端倪。这里又塑造了一位仙风道骨的道士形象。同写焦炼师,李白以细致刻画胜,李颀以明白晓畅胜,王维则以传神写照,别开生面。

济上四贤咏三首

崔录事

济,济水。这三首诗当是王维开元九年(721)获罪贬官济州时所作。通过对崔录事、成文学、郑、霍四位贤人的歌颂,抒发了他对时事的愤懑,对山林高士的向往。录事,官名,汉称主簿,掌管书记文簿,举善弹恶。这首《崔录事》,写崔录事少年任侠,晚节为儒,罢官归田,隐居海边的人生之路。流露出他愿同崔录事一同归隐的思想。

解印归田里,贤哉此丈夫!
少年曾任侠,晚节更为儒。
遁世东山下,因家沧海隅。
已闻能狎鸟,余欲共乘桴。

解印归田里,贤哉此丈夫——解印,解除官职。此二句意本张协《咏史》:"达人知止足,遗荣忽如无。抽簪解朝衣,散发归海隅。行人为陨涕,贤哉此丈夫。"

少年曾任侠,晚节更为儒——任侠,意为打抱不平,仗义助人。这两句是说,少年时的崔录事颇有豪侠气概,晚年倒成了一位儒家贤士。

遁世东山下,因家沧海隅——遁(dùn)世,即避世。东山,东晋谢安曾隐居东山,后以东山泛指隐居者所居之地。沧海隅,指济州。这两句是说,现在的崔录事过着隐居生活,退隐济州。

已闻能狎鸟,余欲共乘桴——能狎鸟,《列子·黄帝》中记载,海上有一人,好与海鸥戏,海鸥与他非常亲近,其父让他取一只来玩,海鸥便"舞而不下"。乘桴(fú),乘坐木筏。桴,用竹、木做的小筏子。《论语·公冶长篇》载:"子曰:'道不行,乘桴浮于海。'"这两句是说,崔录事已能把自己融化于大自然之中,浑忘世事,心无杂念;诗人也想和他一同归隐江湖。

成文学

文学,唐代宫廷、王府设文学侍从官,为宫廷王府管理图书,供奉文章之职。宫廷设文学三人,正六品上;王府设文学一人,从六品上。这首诗写成文学少年慷慨任侠,中年以后志不得伸的不幸遭际。

> 宝剑千金装,登君白玉堂。
> 身为平原客,家有邯郸娼。
> 使气公卿座,论心游侠场。
> 中年不得志,谢病客游梁。

宝剑千金装,登君白玉堂——千金装,指华贵的服饰。白玉堂,古代诸侯以黄金饰门、白玉饰堂,此处指豪贵之门。这两句是说,成文学昔日宝剑金装,拜谒权贵,志得意满。

身为平原客,家有邯郸娼——平原客,平原君门下的宾客。邯郸娼,邯郸为赵国的国都,赵国女子多习歌舞,因此赵国的乐妓很著名。这两句是说,成文学为贤大夫的门客,家中还有高级歌妓。

使气公卿座，论心游侠场——使气，放任其意气。论心，以心相交，真诚待人。这两句是说，成文学当年曾在公卿大夫座前一身的傲骨，在与游侠的社交中，却是真心交往。

中年不得志，谢病客游梁——梁，即梁园，汉梁孝王(刘武)筑，在今河南开封市东南，为游赏与宴宾之地，当时司马相如、枚乘、邹阳皆为座上客。据《史记·司马相如列传》载，汉代著名辞赋家司马相如，在汉景帝时为武骑常侍，因景帝不喜辞赋，未被重用。后梁孝王来长安，见到司马相如，二人谈得很投机，于是司马相如推病辞官，成了梁孝王的座上客。这两句是说，成文学中年志不得伸，谢病归隐。

郑霍二山人

山人，隐居山林的人。这首诗中所写的是两种人，两种命运。一种是不学无术的纨绔子弟，过着锦衣玉食的生活；另一种却是德才兼备之士，沉沦埋没。诗人感到愤懑不平，大胆站出来仗义执言。

> 翩翩繁华子，多出金张门。
> 幸有先人业，早蒙明主恩。
> 童年且未学，肉食骛华轩。
> 岂乏中林士，无人荐至尊。
> 郑公老泉石，霍子安丘樊。
> 卖药不二价，著书盈万言。
> 息阴无恶木，饮水必清源。
> 吾贱不及议，斯人竟谁论！

翩翩繁华子，多出金张门——繁华子，权贵家的子弟。金张门，指权贵之门。金指金日䃅(mìdī)；张指张安世，二人都是汉宣帝时的权贵。这两句是说，风度翩翩的京华公子，大多都是权贵子弟。

幸有先人业，早蒙明主恩——这两句是说，他们侥幸继承先人的祖业，才能得到天子的恩泽。

童年且未学，肉食骛华轩——肉食，肉食者之省。《左传·庄公十年》："肉食者鄙，未能远谋。"骛(wù)，奔驰。华轩，装有华丽盖子的马车。这两句是说，这些贵族子弟从小不学无术，却能得到高官厚禄。

岂乏中林士，无人荐至尊——中林士，隐居山林的高士。至尊，天子。这两句是说，世上并非缺乏山中高士，怎奈无人为天子推荐。

郑公老泉石，霍子安丘樊——丘樊，山林。这两句是说，由于无人赏识，郑公只能终老于泉石之间，霍先生也只能隐居于山林之中。

卖药不二价，著书盈万言——卖药，借用东汉韩康的典故。韩康，字伯林，长安霸陵人，常采药名山，到长安去卖，三十多年不二价。有一次一个女子买他的药，他不肯还价。女子怒曰："公是韩伯休那？乃不二价乎！"韩康叹曰："我本欲避名，今小女子皆知有我焉，何用药焉？"乃遁于霸陵山中。这两句是说，郑、霍两位贤士也如韩康一般贤名远播，坚持原则。他们学识渊博，著作甚多。

息阴无恶木，饮水必清源——阴，同"荫"，即树荫。这两句隐用"渴不饮盗泉水，热不息恶木荫"之意(见《文选·陆机〈猛虎行〉》)，说明郑、霍二人志趣雅洁，是清高正直的贤士。

吾贱不及议，斯人竟谁论——这两句是说，我虽然官卑位低，但是如果连我也不站出来说句公道话，那么还有谁能为他们说话呢？

作者对贬济州一事，一直颇有微词。他离开长安时所作的《济上四贤咏》实则是诗人的不平之鸣。即便是开元盛世，也做不到"圣代无隐者，英灵尽来归"。社会体制的腐败，滋生种种古怪。此时的王维也正受挫折，所以对这种不公之事极为敏感，禁不住大声疾呼，近乎呐喊。

和使君五郎西楼望远思归

这首诗是开元九年至开元十三年间诗人贬居济州时所作。使君五郎，当指济州刺史裴耀卿，他和王维都是山西人。这是一首写思乡之情的和诗，原诗已不可考。

西楼望所思，目极情未毕。
枕上见千里，窗中窥万室。
悠悠长路人，暧暧远郊日。
惆怅极浦外，迢递孤烟出。
能赋属上才，思归同下秩。
故乡不可见，云水空如一。

西楼望所思,目极情未毕——所思,是指诗人的家乡山西。这两句是写作者登高怀远,眼睛望到了尽头,但思乡之情却没有尽头。这两句开门见山,奠定了全诗的感情基调。

枕上见千里,窗中窥万室——枕上,指西楼的栏杆。这两句写诗人极目远眺,四面山河,千家万户,尽收眼底。

悠悠长路人,暧暧远郊日——暧暧(ài),日光昏暗。这两句是写景。漫漫长路上的行人笼罩在苍茫的暮色里,把诗人的思维引向了远方。这就逼出了下文。

惆怅极浦外,迢递孤烟出——浦外,指水边的平地。迢递,这里是遥远的意思。这两句写诗人的惆怅之情随着目光凝聚在远处的水边,定格在一缕孤烟之上。

能赋属上才,思归同下秩——能赋,《汉书·艺文志》:"登高能赋,可以为大夫。"这里是用来称颂使君五郎的文采。下秩,下等职位,王维当时任司州参军,是州刺史的下属,官职卑微,故云。这两句是说,使君的诗写得好,属上乘之作,诗中流露的思乡之情与我这个当下属的老乡是一致的。

故乡不可见,云水空如一——这两句是说,故乡望不见,目力所极的是天水一色的苍茫。

这首诗无论写景、抒情都很出色。诗一开篇"西楼望所思,目极情未毕",便直接切入主题,"情"字是诗眼,统领全诗。三到八句写目力所极之景,分外分明,历历在目,目的是从反面衬托看不到的远在云水之外的故乡,这就加重了"惆怅极浦外"的感情含量。最后一句,诗人把对"不可见"的故乡的思念之情寄托在"云外",真可谓情归自然,有荡洗空怀的感受。另外,这是一首和诗,碰巧的是原诗的作者与诗人同在外地为官,又都是山西人,因此,"西楼望远思归"的心理活动是相同的,名曰"和诗",实际上是代使君写思乡之情,必能与"使君五郎"产生思想共鸣,这也是全诗构思的妙处。

齐州送祖三

此诗写于开元十三年(725)冬。齐州,唐州名,治所在今山东济南。祖三,即祖咏,开元十三年进士,王维的朋友,盛唐诗人。此诗当是王维居济州期间所作。

送君南浦泪如丝,君向东州使我悲。
为报故人憔悴尽,如今不似洛阳时。

送君南浦泪如丝,君向东州使我悲——南浦,《楚辞·九歌·河伯》:"子交手兮东行,送美人兮南浦。"南朝梁·江淹《别赋》:"送君南浦,伤如之何。"后泛指送别之地。东州,泛指齐州以东的州郡,唐时属边远地区。这两句写送别时的地点和悲苦的心情。"泪如丝"一方面写作者与友人依依惜别之情,另一方面,也暗示了自己仕途失意的惆怅。

为报故人憔悴尽,如今不似洛阳时——为报,代我告诉他们。故人,指诗人自己。这两句是说,你到东州以后,如果见到了友人,就说我这个老朋友憔悴极了,和以前游历洛阳时候的风采大不相同。

王维贬官济州时的心情,于此可见一斑。

此诗在写法上颇有特色:送别诗一般是说被送的人,这首诗却反过来说自己。后来王昌龄贬官江宁,作送别诗云:"寒雨连江夜入吴,平明送客楚山孤。洛阳亲友如相问,一片冰心在玉壶。"就是王维的这种写法,二者在艺术上应有渊源。

寒食汜上作

诗题《文苑英华》作《寒食汜水山中作》,《国秀集》作《途中口号》。寒食,清明前一日或二日为寒食节,其间禁火三日,百姓皆冷食,据说是为了纪念晋国介子推被火烧死之事。汜上,唐时河南府有汜水县(今为河南省荥阳市),汜水在县西三十多里,北流入黄河。此诗是开元十四年(726)作者自济州归,寒食节时经广武、汜水所作。

广武城边逢暮春,汶阳归客泪沾巾。
落花寂寂啼山鸟,杨柳青青渡水人。

广武城边逢暮春,汶阳归客泪沾巾——广武城,古城名,《元和郡县志》载位于唐郑州荥泽县西二十里(今河南郑州市西北广武山)。汶阳,在今山东宁阳县北,古属济州。因诗人被贬济州,从此西归,故自称"汶阳归客"。这两句是说,诗人自济州汶阳西归,途经河南广武城,适逢暮春时节,心情悲伤。面对暮春的衰败景色,诗人胸中既有对逝去光阴的伤感,又有对未来的迷茫,所以他借此抒发"汶阳归客"伤怀落泪的心情。

落花寂寂啼山鸟,杨柳青青渡水人——这两句是说,空山中的鸟啼反而显出落花的寂寥,更衬出诗人的孤单,只有青青的杨柳仿佛与渡水的诗人依依惜别。

所谓"对结体",就是以对仗句结尾的绝句形体。这种形体类似律诗的上半截,所以"最要意尽",否则就像未完成的律诗。王维此诗的核心是写"归客泪沾巾",后两句便展现了"泪沾巾"的具体环境和具体内涵,既是写景,又是叙事,十分形象、感人,诗意不仅很完整,而且很耐人寻味,所以明·谢榛在《四溟诗话》中高度肯定这首诗是"风人之绝响"。

淇上送赵仙舟

此诗作于开元十五或十六年。淇上,淇水边上。淇水,发源于河南,流入卫河,在河南登封。诗人在开元十四年(726)春秩满,自济州离任,到淇上为官,不久弃官,在淇上隐居。赵仙舟,开元天宝时人。诗题底本原作《齐州送祖三》,《国秀集》作《河上送赵仙舟》,《河岳英灵集》、《文苑英华》、《唐文粹》、《唐诗纪事》并作今题。这是一首送别诗,写送朋友乘船远行时的情形,表达了诗人对朋友离别的伤感之情。

相逢方一笑,相送还成泣。
祖帐已伤离,荒城复愁入。
天寒远山净,日暮长河急。
解缆君已遥,望君犹伫立。

相逢方一笑,相送还成泣——这两句是说,刚刚尝到了相逢的喜悦,马上又要经历分别的痛苦。"一笑"与"成泣"形成对照,在悲欢之情的迅速转变中写出了朋友离合的无常之感。

祖帐已伤离,荒城复愁入——祖帐,指饯行时临时在路边搭的小帐篷。荒城,指作者所居之县城秋冬之际草木凋零的荒凉景象。这两句是说,为友人饯行已经感到离别的悲伤,想到自己又要独自回到荒城更感惆怅。

天寒远山净,日暮长河急——这两句是说,山色的空净与遥天的寒意展现了诗人内心的空寂和凄清,沉沉的暮色和湍急的流水,又包含着诗人对时间流逝太快的怨恨。"急"字写流水无情,不解人意。

解缆君已遥,望君犹伫立——这两句是说,一解开缆绳,船就顺流直下,遥遥远去。遥望着远去的朋友,作者久久地伫立在江边,不忍离去。这句与李白的"孤帆远影碧空尽,唯见长江天际流"及岑参的"山回路转君不见,雪上空留马行处"有异曲同工之妙。

清·贺裳《载酒园诗话》云:"写得交谊蔼然,千载之下,犹难忘怀。"明·顾可久《唐王右丞诗集注说》云:"情至宛曲不尽。"清·王寿昌《小清华园诗谈》云:"结句贵有味外之味,弦外之音。言情则如沈休文之'梦中不识路,何以慰相思'……王右丞之'解缆君已遥,望君犹伫立'……是皆'一唱而三叹,慷慨有馀音'者。"清·施补华《岘傭说诗》云:"三联'天寒远山净,日暮长河急',用写景之笔宕开,而情在景中,篇幅遂短而不促,此法宜学。"

这的确是一首很感人的送别诗,与众不同之处在于作者写友人乘船顺流而下,大河奔流,转眼远去,这与陆地上相送又不大一样。"一笑,一哭,一伤,一愁,一急"为全诗的感情脉络,跌宕起伏,曲折多变。

不遇咏

这首七言古诗,细察其描绘的思想与心境,当作于淇上之时。全诗抒发了怀才不遇的感慨、无法排解痛苦的郁闷及"戮力上国,流惠下民"的豪情壮志。

北阙献书寝不报,南山种田时不登。
百人会中身不预,五侯门前心不能。
身投河朔饮君酒,家在茂陵平安否?
且共登山复临水,莫问春风动杨柳。
今人作人多自私,我心不说君应知。
济人然后拂衣去,肯作徒尔一男儿!

北阙献书寝不报，南山种田时不登——阙，古代宫殿前面的门楼，是臣子等候朝见或上书奏事之处。献书，向皇上直呈辞赋或意见。唐有献书拜官之例。寝，搁置。不报，不答复。《汉书·朱买臣传》："朱买臣至长安，诣阙上书，书久不报。"南山，终南山。登，庄稼成熟。不登，无收成。这两句是说，向皇帝献书表明心志，要求建功立业，报效国家，却久久得不到回应。回归南山种田，收获时节竟一无所获。

百人会中身不预，五侯门前心不能——百人会，众多重臣被召的盛会。预，参与。五侯，同时封侯的五人。《汉书·元后传》载，汉成帝封其舅王谭平阿侯、王商成都侯、王立红阳侯、王根曲阳侯、王逢时高平侯，时人称"五侯"。又东汉大将军梁冀擅权，其子梁胤、叔父梁让及亲属梁叔、梁忠、梁戟五人皆封侯。此处泛指豪门权贵。这两句是说，自己没有资格参加皇上召见重臣的盛会，而违心地干谒权贵以求汲引又做不到。那么怎样才能明珠彰显、璞玉发光呢？

身投河朔饮君酒，家在茂陵平安否——河朔，河北。君，陈贻焮《王维诗选》云："君，指诗中抒情主人公所投靠的主人，此人当在黄河以北。"茂陵，汉初为茂乡，汉武帝筑陵葬此，故而称茂陵，在今陕西兴平县东北。《史记·司马相如列传》："相如既病免，家居茂陵。"此处借用其事。这两句是说，我是一个司马相如式的文人，眼下跑到河朔一带来了，心里放不下家住长安的妻室。

且共登山复临水，莫问春风动杨柳——春风动杨柳，指身外之事。这两句是说，暂且把身外之事放到一边吧，登山临水或许能消减内心的忧愁。

今人作人多自私，我心不说君应知——说，通"悦"，快乐。这两句是说，现在的人大多很自私，我内心的苦闷您是知道的。

济人然后拂衣去，肯作徒尔一男儿——济人，救助世人。拂衣，振衣，表示决绝之意。肯，相当于"岂肯"，怎能。这两句是说，我要做一番济世救人的事业，成功之后，拂袖而去，怎能一事无成，枉作五尺男儿？

慷慨激昂，悲壮豪迈，是王维早年诗的风格之一。这首诗的开头，连下四个"不"字，困苦之极。说是移情山水，不问世事，内心深处却想着救世济人。这种愤懑、矛盾、痛苦的心情，当是诗人在淇上为官时的心理写照。

送孟六归襄阳

孟六,孟浩然。襄阳,唐属襄州,在今湖北襄樊市。王、孟二人,同为盛唐山水田园诗开宗立派的人物,在开元十七年(729)相识之后,便结下了深厚的友谊。此诗作于开元十七年冬,孟浩然在长安应试落第,准备返乡,王维作此诗送别,表达了诗人对仕途的厌倦之情以及规劝朋友退隐田园的心愿。

杜门不欲出,久与世情疏。
以此为长策,劝君归旧庐。
醉歌田舍酒,笑读古人书。
好是一生事,无劳献《子虚》。

杜门不欲出,久与世情疏——杜门,闭门。这两句是说,我闲居在家,闭门谢客已经很久了,早已疏远了世俗之情。

以此为长策,劝君归旧庐——长策,高明的谋略。旧庐,故居。这两句是说,我认为这样做是处世的上策,所以奉劝你不要在长安滞留,还是回家隐居吧。

醉歌田舍酒,笑读古人书——这两句是说,退隐田园的生活多自在啊,喝着农家酒,醉了就放声歌唱;读着古人书,会心处就开怀大笑。

好是一生事,无劳献《子虚》——好,恰好,正是。《子虚》,即司马相如的《子虚赋》,这里指献赋求官。这两句是说,隐居是一生的快事,何必学司马相如献赋求官呢!

这首诗是真情相劝、坦率直言。此诗与早年作《送綦毋潜落第还乡》时的心境完全不同,当年是积极上进,所以劝朋友继续努力;眼下已归隐山林,贬官的挫折,社会现实的种种腐败,诗人已经有了较清醒的认识,所以他不再规劝朋友步入仕途。孟浩然也果真听了他的话,从此隐居终生。这首诗,纪晓岚等人评价不甚高,认为写得太直。这其实是一种误解,真正心心相印的知心朋友之间的对话,是不需要讲客气的,贵在真情相告。

东溪玩月

东溪,《水经注·颍水》:"颍水又东,五渡水注之。其水导源崇高县东北太室(嵩山东峰)东溪。"据此当是王维于开元十七年(729)居嵩山时所作。诗中写了山林中月夜的空明之景,寄托了诗人隐居山林的悠闲愉悦之情。

> 月从断山口,遥吐柴门端。
> 万木分空霁,流阴中夜攒。
> 光连虚象白,气与风露寒。
> 谷静秋泉响,岩深青霭残。
> 清澄入幽梦,破影抱空峦。
> 恍惚琴窗里,松溪晓思难。

月从断山口,遥吐柴门端——吐,冒出,露出。这两句是说,月亮从断裂的山坳处升起,远远地在柴门上方露出来。

万木分空霁,流阴中夜攒——分空,半空。霁,雨过天晴。流阴,流动的阴气。中夜,半夜。攒,聚集。这两句是说,明亮的月光照耀着山林,半空中的树木如同雨过天晴一样苍翠,流动的阴湿之气在半夜里聚集在一起,树林便有"空翠湿人衣"之感。

光连虚象白,气与风露寒——虚,天空。象,天象,此指星辰。气,云气。与,偕。这两句是说,月光和天空中的星辰连成一片白茫茫,云气偕同夜里的寒风和露水显得寒气逼人。

谷静秋泉响,岩深青霭残——幽静的山谷中只有秋天的清泉流淌的声音,深邃的山石旁还残留着青色的云气。

清澄入幽梦,破影抱空峦——清朗空明的月光似乎照入我幽深的梦境之中,月下因风起而摇动、破碎的树影映在山峦上,仿佛要将空旷的山峦拥抱。

恍惚琴窗里,松溪晓思难——我坐在放有古琴的窗下,看着窗外的松林和溪水在月光照耀下朦朦胧胧,不觉心神恍惚,再也无法去思考其他事情,一直到天亮。

隐居嵩山的王维还有着希望被提拔、被任用的入仕之心,对世俗人事还有着剪不断的牵挂,但在东溪这一个清朗空明的月夜中,诗人完全沉浸在对山林月色的赏玩之中,树林笼罩着月色,溪水倒映着月影,清风云气与月色融合在一起,如若梦境一般,诗人已无法再想其他烦心之事。在那一刻,整个世界都是清朗的月光,仿佛一幅淡雅的水墨山水画。

山中寄诸弟妹

《唐人万首绝句》中诗题无"诸"字。诗中写了诗人在山中与一班道友结缘共修时的欣悦之情,疑是开元十七年(729)隐居嵩山时作。

> 山中多法侣,禅诵自为群。
> 城郭遥相望,惟应见白云。

山中多法侣,禅诵自为群——法侣,僧侣,禅门中的同道。禅诵,坐禅诵经。这两句是说,云雾缭绕的深山中,一群僧侣在一起坐禅诵经,有如仙境。

城郭遥相望,惟应见白云——从山外的城里远远地向山中眺望,应该只能看到一片云雾迷茫的景象。

清·张谦宜《𦈉斋诗谈》曰:"身在山中,却从山外人眼中想出,妙语绝伦。"诗中后两句变换角度,设想从城里看山中"惟应见白云",构思巧妙,独具匠心,仿佛拉动的镜头,从前两句僧侣们诵经的近景转换为远景——一片白云茫茫。而诗人选取"白云"这一意象有其深厚的文化积淀和丰富的蕴含。南朝宋·陶弘景《诏问山中何所有,赋诗以答》:"山中何所有,岭上多白云。只可自怡悦,不堪持送君。"以纯洁无瑕的白云自况,表现自己弃绝尘俗、超然物外的情操。后世写高人隐士者,亦多借"白云"以明志。王维诗中"云"、"白云"这一意象就屡见不鲜,如《送别》中的"白云无尽时",《终南山》中的"白云回望合,青霭入看无",《终南别业》中的"行到水穷处,坐看云起时"。而"白云"在唐诗中也常被作为禅家闲适自在和清静淡泊生活与心境的象征,如刘长卿《寻南溪常道士》中的"白云依静渚,芳草闭闲门",孟浩然《秋登万山寄张五》中的"北山白云里,隐者自怡悦",贾岛《寻隐者不遇》中的"只在此山中,云深不知处"。对于潜心向佛、隐居深山的诗人王维来说,对方外高人的参访及与意气相投的道友们共修,自然而然成为他日常生活的主要内容。这首诗以角度的变换,"白云"意象的采用,写出了这种隐士生活的超脱。

送赵都督赴代州得青字

题解

这是王维在长安送赵都督赴任代州的宴会上以"青"字为韵作的一首送行诗。代州,唐代州名,即今山西代县。赵都督,即赵含章,原为幽州长史。据《旧唐书·玄宗本纪》载,开元十八年五月,"契丹衙官可汗干,杀其主李召固,率部落降于突厥,奚部落亦随西叛",故而朝廷任命幽州长史赵含章为都督,"率兵讨之"。由此可知,此诗为开元十八年(730)作。

　　天官动将星,汉地柳条青。
　　万里鸣刁斗,三军出井陉。
　　忘身辞凤阙,报国取龙庭。
　　岂学书生辈,窗间老一经。

天官动将星,汉地柳条青——天官,古人认为人间的官员与天上的星座是一一对应的,因此,称天上的星座为天官,这里以天官指代赵都督。将星,《隋书·天文志》说,上天有十二天将星,主兵象,将星动,意味着要打仗。这两句是说,在杨柳青青的时节,赵都督将离开长安赴代州上任,就好像天上的将星出动一样,会有一番大的作为。

万里鸣刁斗,三军出井陉——刁斗,一种白天用来做饭,晚上用来巡逻打更的铜质军用品,因为能盛下一斗米,所以称为刁斗。三军,春秋战国时的制度规定,天子有六军,诸侯有三军,所以后世常以三军代指军队。井陉(xíng),即井陉关,是古代的要塞,在河北获鹿西南太行山上,紧靠山西。这两句是作者的想象,意思是赵都督此去不久就会率领三军穿过井陉关,昼夜不停地奔赴战场,直指敌人的老巢。

忘身辞凤阙,报国取龙庭——凤阙,西汉武帝时在建章宫东面筑起的高二十丈、上有铜凤凰的宫殿,后泛指帝王的宫殿。龙庭,匈奴单于祭天的地方。这两句是诗人对赵都督的赞美,意思是说赵都督这次辞别了大唐天子,豪情万丈地领兵出征,立志要直捣龙庭,打败敌人,报效祖国。

岂学书生辈,窗间老一经——这两句是承接上两句的意思,进一步表明赵都督不会像那些手无缚鸡之力的书生一样坐在窗下,在古籍经书之中消耗掉自己的一生。这里表面上是称颂赵都督,实际上更抒发了王维自己想要投笔从戎,在战场上建功立业的豪迈心情。

　　这首诗的主旨是鼓励赵都督忘身报国、平叛立功,同时也流露出诗人自己想上阵杀敌、建功立业的意愿。最值得称道的是"岂学书生辈,窗间老一经"两句,表现了诗人对边塞立功的向往之情,也是诗人一种新的人生价值取向的流露。不少唐代诗人都对皓首穷经的科举仕途提出过质疑,如唐·李贺的《南园二》:"不见年年辽海上,文章何处哭秋风。"这种质疑的态度也是盛唐气象的一种体现。

登河北城楼作

　　这首诗写诗人登上河北城楼所看到的景色。河北,即唐代河北县,属陕州,在今山西平陆县境。天宝元年(742),太守李齐物开三门以利漕运,得古刃,上有篆文"平陆"二字,遂更名为"平陆"(见《元和郡县志》卷六)。

　　这是王维唯一的一首描写山西景色的诗,创作时间不可考,有的论者认为此诗作于王维被贬至济州的途中,这种说法没有根据。因王维家住山西蒲州,离平陆不远,所以并不能确定该诗的具体创作时间。

> 井邑傅岩上,客亭云雾间。
> 高城眺落日,极浦映苍山。
> 岸火孤舟宿,渔家夕鸟还。
> 寂寥天地暮,心与广川闲。

　　井邑傅岩上,客亭云雾间——井邑,即市井。傅岩,古地名,相传为商代傅说(yuè)隐居之处,唐时在陕州河北县北。客亭,旅客休息之所。这两句是说,市井在险峻的山岩上,客亭在缥缈的云雾间。诗人开篇总体写景,并以"市井"、"客亭"点明了观景之地——高高的城楼上。登楼远眺,村镇井然,远路渺渺。

　　高城眺落日,极浦映苍山——这两句是说,在高高的城楼上远眺落日,远远的水滨映带着苍山。所观之景,此处转为自然之物。夕阳、苍山,构成一幅壮美的画面,极目所穷之处,落日的余晖与河水相连,为全诗绘出了一幅阔大悠远的背景图。

　　岸火孤舟宿,渔家夕鸟还——这两句是说,岸边的渔火照着河畔的小舟,暮色中鸟儿伴着归航的渔帆。在上两句中，诗人写了目中所见之远景。此处，诗人将目光收回，开始如绘画点染一般，选取几个对象做重点描绘。"岸火"、"孤舟"、"渔家"、"夕鸟"作为大背景之中的几个亮点，恰到好处地构成了一幅生动灵秀的画面。

寂寥天地暮，心与广川闲——这两句是说，已到傍晚时分，暮色低垂，天地也显得空旷深远，此时"我"的心情，正如这宽广的河流一般闲适而安宁啊！全诗前六句描写登楼远眺所见之景，最后两句方点明主旨，转入抒情。由一个"闲"字可以看出诗人此刻的心理状态是平和而轻松的。之前所写的种种阔大之景带给作者的感受是豪迈奔放的。因此，诗人的内心也如这天地山川一般，剔除了种种杂念，变得开朗而宁静。

明·顾可久《唐王右丞诗集注说》评此诗曰："情景俱胜。"

王维擅长描写自然景色，他是一个山水画家，因此对自然景物有着非同他人的敏锐感觉。他以一个画家的眼光安排景物，使全诗有一种精心结构的图画之美。这首诗中，他将村镇、客亭作一层远景，落日、苍山作一层中景，孤舟、渔家作一层近景，由远到近，由点到面再到点，构成了一幅层次错落，虚实结合，点面清晰的山川风景图。王维的山水诗，特别善于结合自己的感受来写景，并在景色描写之中表达自己的心情。山水的形貌、神韵与诗人的情致浑然天成，这正是王维山水诗的高妙处。

自大散以往，深林密竹，蹬道盘曲四五十里，至黄牛岭见黄花川

大散，古关名，又称散关，在今宝鸡市西南大散岭上，是川陕交通要冲。蹬道，有踏级的道路。黄牛岭，《大清一统志》卷二三八："黄牛堡，在凤县(今陕西凤县)东北一百一十五里，接凤翔府宝鸡县界。"黄花川，大散水流入之处。这首诗当是王维入蜀途中之作。入蜀时间可能是开元十九年(731)左右。

危径几万转，数里将三休。
回环见徒侣，隐映隔林丘。
飒飒松上雨，潺潺石中流。
静言深溪里，长啸高山头。

望见南山阳，白日霭悠悠。
青皋丽已净，绿树郁如浮。
曾是厌蒙密，旷然消人忧。

危径几万转，数里将三休——三休，多次休息。这两句是说，峭陡的山径千回百转，行不了几里就需要休息好几次。

回环见徒侣，隐映隔林丘——徒侣，同伴。隐映，若隐若现。这两句是说，沿山路盘旋而上，同行伙伴虽然首尾相接，却相隔林丘，身影若隐若现。

飒飒松上雨，潺潺石中流——这两句是说，松叶上雨声飒飒，石头上流水潺潺。

静言深溪里，长啸高山头——晋·陆机《猛虎行》："静言幽谷底，长啸高山岭。"这两句是说，走在深谷里感到压抑，心情郁闷，悄然无语；终于爬到山顶，景致豁然开朗，心情亦随之舒畅，忍不住发出长长的啸声。

望见南山阳，白日霭悠悠——南山，即终南山，今称秦岭。这两句是说，爬到山顶能够看到终南山的南面，远远望去，云雾缭绕，一派悠闲自在的样子。

青皋丽已净，绿树郁如浮——皋，水边之地。这里指黄花川。这两句是说，远远望见黄花川青葱如海，那郁郁葱葱的树林，就像是飘浮在上头。

曾是厌蒙密，旷然消人忧——蒙密，草木茂密四布。旷然，空旷的样子。这两句是说，我哪里是讨厌草木繁茂，恰恰相反，望见这一片绿色，顿时就感到心旷神怡。

明·顾可久《唐诗评选》云："直直写去，景象宛然。中更条理井井，有作法，自是高古。"唐·李白作《蜀道难》，以高、险取胜，多用神话、传说、夸张想象。说是难行，其实他没有走过。王维写蜀道是实写，句句都是亲眼所见，在王维的笔下，蜀道虽然也是难行，但是景色宜人，自有许多乐趣。此诗的诗题，已将王维入蜀的路线说得很清楚，只是入蜀的时间，至今尚无定论。

青　溪

诗题《文苑英华》作《过青溪水作》。由陕入川，过了黄牛岭，便入黄花川。青溪就在黄花川。此诗作于王维入蜀途中。

言入黄花川，每逐青溪水。
随山将万转，趣途无百里。
声喧乱石中，色静深松里。
漾漾泛菱荇，澄澄映葭苇。
我心素已闲，清川淡如此。
请留磐石上，垂钓将已矣。

【新解】

言入黄花川，每逐青溪水——言，助词，无实义。黄花川，见前《自大散以往深林密行蹬道盘曲四五十里至黄牛岭见黄花川》题解。青溪水，即黄花川水。这两句是说，当我来到黄花川，在行程中总是常常和青溪打交道。

随山将万转，趣途无百里——趣，趋。趣途，走过的路程。这两句是说，青溪水随着山势千回百转，而实际路程不足百里。

声喧乱石中，色静深松里——色静，指人的脸色平和，这里是比喻青溪的态势。这两句是说，这条溪流在乱石中喧哗，而它流到森林深处就安静下来了。

漾漾泛菱荇，澄澄映葭苇——漾漾，水波荡漾的样子。泛，漂浮，浮游。菱荇，菱角和荇菜。葭苇，芦苇。这两句是说，飘浮的水草随水波摇荡，清澈的溪水可看到芦苇的倒影。

我心素已闲，清川淡如此——淡，恬静闲淡，内心平静。这两句是说，我内心早已恬静安闲，如同这条澄澈见底的青溪。

请留磐石上，垂钓将已矣——磐石，巨石。垂钓，比喻隐居不仕，暗用姜太公垂钓磐石的典故。这两句是说，请让我留下来，垂钓于磐石，终此一生吧。

明·顾可久《唐王右丞诗集注说》云："澹雅。"清·黄周星《唐诗快》云："右丞诗大抵无烟火气，故当于笔墨外求之。"但《唐贤三昧集笺注》却提出批评："诗亦太淡。"其实，人能做到心境淡泊，实不容易。古人如此，今人也是如此。在今天，争名于朝，争利于市者比比皆是，读王维诗当可洗涤一些俗气。不过，我们今天提倡的心境淡泊，是指淡泊名利、化解私心，而不是淡泊斗志和进取精神，二者不能混为一谈。

纳　凉

这首诗当是王维开元十九年(731)左右入蜀之作。全诗景致清丽恬淡,表达了诗人在青山绿水间的闲适、自在与快意之趣。

乔木万馀株,清流贯其中。
前临大川口,豁达来长风。
涟漪涵白沙,素鲔如游空。
偃卧磐石上,翻涛沃微躬。
漱流复濯足,前对钓鱼翁。
贪饵凡几许?徒思莲叶东。

乔木万馀株,清流贯其中——乔木,高大的树木。这两句是说,苍翠的山林中有上万棵高大青翠的树木,清澈见底的河水从中贯通流过。

前临大川口,豁达来长风——豁达,开阔通达。汉·刘桢《公燕诗》云:"华馆寄流波,豁达来风凉。"这两句是说,前面是大江的出口,空旷阔达,清凉的大风一阵阵拂面而来,甚是清爽。

涟漪涵白沙,素鲔如游空——涟漪,《尔雅》曰:"风行水成文曰涟,水波如锦文曰漪。"指水面细小的波纹。涵,包含。鲔(wěi),鲟鱼。这两句是说,轻轻的细浪拍打着岸边的白沙,水清见底,小鱼儿似乎在空中徜徉。

偃卧磐石上,翻涛沃微躬——偃卧,仰卧。磐石,大石。这两句是说,诗人羡煞水中的鱼儿,便也懒散地躺在水边的大石头上,悠闲自得,翻腾的波涛还不时拍打他的身躯,似乎在给诗人冲凉。

漱流复濯足,前对钓鱼翁——漱流,以流水漱口,用来形容隐居生活。《晋书·隐逸传》:"漱流而激其情,寝巢而韬其耀。"《世说新语》:"孙子荆曰:'枕石漱流,吾所乐也。'"濯足,语出《孟子·离娄上》:"沧浪之水清兮,可以濯吾缨;沧浪之水浊兮,可以濯吾足。"本谓洗去脚污,后谓清除世尘,保持高洁。这两句是说,正当我用清澈的江水漱口、洗脚的时候,前方有一老翁在水边垂钓。

贪饵凡几许?徒思莲叶东——贪饵,鱼儿贪图诱饵。《楚辞》:"知贪饵而近死兮。"《晋书·隐逸传》:"翟庄曰:'贪饵吞钩。'"徒,只,仅仅。莲叶东,古乐府《江南曲》:"江南可采莲,莲叶何田田!鱼戏莲叶间,鱼戏莲叶东,鱼戏莲叶西,鱼戏莲叶南,鱼戏莲叶北。"这两句是说,鱼儿们只想在莲叶间纵情玩耍,没有几个会贪图诱饵而上钩的,同样,钓鱼翁只专注于垂钓过程,至于能钓几条鱼,反倒不是他的兴致所在了。

清·张谦宜《絸斋诗谈》云:"开口如画,已有凉意。"诗题曰"纳凉",诗意则含有"心静自然凉"之意。意思是说,热烘烘乱纷纷的官场弄得心情烦躁,需要纳凉。所以全诗是写大自然的清静秀丽,表达了诗人回归自然的隐逸心情。空灵明净的意境与淡泊恬静的心境契合无间。"贪饵凡几许?徒思莲叶东",清风净水,把诗人陶冶得没有一点点污染。偃卧磐石之时,翻涛沃躬之际,早把个人的宠辱得失全抛到了九霄云外。

晓行巴峡

巴峡,是指重庆附近的小巴峡,古时这一带称巴县,故其峡称巴峡。杜诗名句"即从巴峡穿巫峡",其巴峡即指此。这与长江三峡的大巴峡无涉。这首诗是王维入蜀的名作,创作时间难考。谭优学、陈铁民先生等认为王维在弃官归隐时期入蜀,时间段可能在开元十七年(729)至二十一年(733)间。也有的论者认为是"知南选"时所作,并认为"知南选"的地点在四川,具体时间是开元二十九年(741)。

> 际晓投巴峡,馀春忆帝京。
> 晴江一女浣,朝日众鸡鸣。
> 水国舟中市,山桥树杪行。
> 登高万井出,眺迥二流明。
> 人作殊方语,莺为旧国声。
> 赖多山水趣,稍解别离情。

际晓投巴峡,馀春忆帝京——际,近。际晓,黎明时分。馀春,暮春。这两句是说,天刚拂晓,诗人就乘舟来到了巴峡,正值暮春季节,很想念长安。诗人十五岁进京,所以"忆帝京"可以理解为一种思乡之情。不一定要与"望阙"之心强连在一起。

晴江一女浣,朝日众鸡鸣——浣,洗涤。这两句是写清晨所见:在晴朗的江边,有一位姑娘在洗着什么,太阳已经出来了,可是许多公鸡还在啼叫。

水国舟中市,山桥树杪行——水国,水乡。市,做买卖。树杪(miǎo),树梢。这两句是说,水乡的人们都是在船上做生意。那些桥,修在半山腰上,从下往上看,桥上的行人就好像在树顶上走路。这两句所写,极具重庆一带的地方特色。

登高万井出,眺迥二流明——眺迥,远望。这两句是写诗人离船登山见到的景象:登到高处放眼一望,许多村庄和田地呈现在眼前,远处还有两条河在阳光下闪闪发光。

人作殊方语,莺为旧国声——这两句是说,这蜀川人讲话比北方人大不相同,只有黄莺的歌声还是那么熟悉动听。

赖多山水趣,稍解别离情——这两句是说,幸亏蜀川山水清秀迷人,增添了许多兴致,也稍稍消解了我心中的思乡之情。"别离情"与首联"忆帝京"相呼应。

这首诗最突出的创作经验是:写景诗、山水田园诗,一定要有地方特色。四川就是四川,大漠就是大漠,平原就是平原,山城就是山城,水国就是水国。等无差别地泛泛而谈,便失去了山水的个性和灵性。

这首诗在布局上也井然有序:自然景观,由近及远;人物描写,则由远及近。错落有致显出灵活变化。诗中无一句写长安景色,但每一句都是对照心中的长安景色写不同之处,故而人物景色分外新奇。

过香积寺

香积寺,清·赵殿成援引《陕西通志》,认为"香积寺在长安县神禾原上",又引《长安志》,认为"香积寺在神谷原右",后世学者沿用不疑,都认为在长安县。这其实与诗意不合,无论唐代长安县在何处,不管是皇甫村还是贾里村,均没有"数里入云峰"的寺庙,更谈不上"古木无人径"云云。笔者认为此香积寺在四川涪城县,唐·杜甫有诗《涪城县香积寺官阁》可证:"寺下青江深不流,山腰官阁迥添愁。含风翠壁孤云细,背日丹枫万木稠。小院回廊春寂寂,浴凫飞鹭晚悠悠。诸天合在藤萝外,昏黑应须到上头。"诗中明确写到从"山腰官阁"到"诸天"(即香积寺),还要走到天黑,可见山路难行。而王维的《晓行巴峡》,正是写的涪城县境的巴峡,而且有"登高万井出"的诗句,说明他已下船上山。作为"诗佛",过香积寺便是顺理成章的事。

不知香积寺，数里入云峰。
古木无人径，深山何处钟？
泉声咽危石，日色冷青松。
薄暮空潭曲，安禅制毒龙。

不知香积寺，数里入云峰——这是诗人在四川涪城赴香积寺途中发出的感叹。他在长安等处是见过一些香积寺的，没想到这里的香积寺这么高，在高达数里的云峰山上。

古木无人径，深山何处钟——这两句是说，一路寻去，简直就像在没有路的原始森林里行走，听到了寺里传来的钟声，却不知是从哪个地方传来的。这一联以"何处钟"对"无人径"，韵味倍增。

泉声咽危石，日色冷青松——这两句是说，泉水在高高的石城中穿流，发出呜咽的声音；太阳照在青青的松叶上，似乎有冷的感觉。"咽"字形容水声之细，"冷"字形容环境之幽，极具感情色彩。一动一静，实际还是寓静于动，以动写静。

薄暮空潭曲，安禅制毒龙——这两句是说，弯曲的潭水在傍晚时分更显僻静，我心中的妄念在打坐入定中烟消云散。薄暮，傍晚。潭曲，潭水的弯曲僻静处。安禅，佛家用语，即打坐入定。毒龙，指心中的妄念，也是佛家常用的比喻。

清·赵殿成《王右丞集笺注》云："此篇起句极超忽，谓初不知山中有寺也。追深入云峰，于古木森丛人踪罕到之区，忽闻钟声，而始知之。四句一气盘旋，灭尽针线之迹。非自盛唐高手，未易多觏。泉声二句，深山恒景，每每如此。下一'咽'字，则幽静之状恍然；著一'冷'字，则深僻之景若见。昔人所谓'诗眼'是矣。或谓上一句喻心境之空灵动宕，下一句喻心境之恬淡清凉，则未免求深反谬矣。毒龙宜作妄心譬喻，犹所谓心猿意马者。若会意作降龙实事用，失其解矣。"

赵氏这一段话，精辟至极，远胜于清·王夫之等人对此诗的领会。在王维诗集中，这是诗中含有禅意的代表作之一，以静境来体现诗人排除心中妄念，达到气定神怡的境界，从而摆脱人间的一切烦恼。

送崔兴宗

崔兴宗，王维的内弟。崔兴宗自长安赴洛阳，因此王维作此诗送之。此诗作于开元二十二年(734)。诗人在惜别中流露出对前途不可预测的渺茫之感，同时又有着对仕途的向往之情。

> 已恨亲皆远，谁怜友复稀？
> 君王未西顾，游宦尽东归。
> 塞迥山河净，天长云树微。
> 方同菊花节，相待洛阳扉。

已恨亲皆远，谁怜友复稀——恨，遗憾。这两句是说，亲人都在远方，这已使我感到遗憾，如今你又要走，友人更渐稀少，又有谁来可怜我呢？

君王未西顾，游宦尽东归——君王，指唐玄宗。游宦，指离乡入京求官之人。这两句是说，君王尚在东都洛阳，还未返回长安，离乡入京求官的人们都自长安奔赴洛阳。

塞迥山河净，天长云树微——迥，遥远。净，洁净，干净。微，幽昧，不明。这两句是说，边塞是多么的遥远，山岳河流又是多么清净，天空辽阔，云雾笼罩下的树木朦朦胧胧，看不真切。

方同菊花节，相待洛阳扉——方，将要。扉，门扉。这两句是说，我也将去洛阳，和你一起共度重阳佳节。

此诗以问句开篇，写出了诗人隐居的孤寂处境。由崔兴宗的洛阳之行，诗人想到众人皆往洛阳求官的景况，又从眼前遥远的山河和朦胧的树影想到前途的迷惘，但对洛阳求官的向往之情又占了上风，遂发出"方同菊花节，相待洛阳扉"的约定。这首诗将诗人怅惘、迷茫的心绪同赴洛阳求官的激情相互交错，富有跳跃，鲜明地抒发出诗人内心细微的情绪变化。这首送别诗语言简练、流畅，借景抒情，虚实结合，由现在的分别转到对重逢的期盼，递减了别离的伤感，增加了日后于洛阳共图发展的期待之情。

上张令公

令，指中书令。张令公，指张九龄。此诗作于张九龄升为中书令之后，约在开元二十二年(734)。这是一首干谒诗，诗中赞颂了张九龄的政绩和名望，委婉表达了希望张九龄推荐自己的愿望。

珥笔趋丹陛，垂珰上玉除。
步檐青琐闼，方幰画轮车。
市阅千金字，朝闻五色书。
致君光帝典，荐士满公车。
伏奏回金驾，横经重石渠。
从兹罢角抵，希复幸储胥。
天统知尧后，王章笑鲁初。
匈奴遥俯伏，汉相俨簪裾。
贾生非不遇，汲黯自堪疏。
学易思求我，言诗或起予。
当从大夫后，何惜隶人馀！

珥笔趋丹陛，垂珰上玉除——珥，插。珥笔，侍从之臣插笔于冠侧以备记事。丹陛，古时皇宫前台阶上的空地漆成红色，所以称丹陛。珰，身上的饰物。玉除，玉阶，指皇宫的台阶。这两句是描绘张九龄上朝时的神态：将笔插在礼帽的一侧，身上戴着玉佩等饰物，走上皇宫的台阶。

步檐青琐闼，方幰画轮车——步檐，走廊。青琐闼，皇宫中有装饰的小门。方幰(xiǎn)，方形的车幔。画轮车，跟随天子出行的车辆。这两句是写张九龄出入宫廷，侍从御驾的情形。

市阅千金字，朝闻五色书——千金字，秦相吕不韦作《吕氏春秋》，悬挂在咸阳市门，扬言谁要是能增减其中一字，就奖励千金。五色书，即五色诏，用五色纸写的诏书。这两句是说，张九龄为文高妙，一字千金，人不能及。

致君光帝典，荐士满公车——致君，辅佐君王，使其达到最高水准。光帝典，使帝王的法规发扬光大。公车，官署名，执掌征召等事务，汉朝时被推荐的才士入京后的住所。满公车，形容被推荐的才士极多。这两句是说，张九龄辅佐君王，使帝王的法规发扬光大；他推荐的才士极多，住满了京城的公车署。

伏奏回金驾，横经重石渠——金驾，皇帝出行时所坐的辇车。横经，听讲时横放经书。石渠，阁名，汉时为藏书及诸儒讲论五经的地方。这两句是说，张九龄敢于直言进谏，往往能使皇帝感动，从而改变主意，同时还十分重视讲授儒家经典。

从兹罢角抵，希复幸储胥——角抵，古代角力的游戏，如同今天的摔跤。储胥，宫馆名,汉武帝所筑,在甘泉宫中,后泛指帝王宫殿,这里代指朝廷。这两句是说,张九龄劝说君王,从此不再耽于游乐,希望像从前一样励精图治,处理政务。

天统知尧后,王章笑鲁初——天统,上天赋予的统治天下的权力。王章,王者的典章制度。鲁初,指鲁国初年的礼制。这两句是说,唐帝国与尧舜禹一脉相承,而唐代的典章制度比鲁国建国初年的礼制还要先进。

匈奴遥俯伏,汉相儼簪裾——儼,庄严的样子。簪裾,显贵者的服饰。这两句是说,周边的少数民族纷纷派使臣从遥远的地方来朝拜唐帝国,张九龄作为丞相,穿着朝服,威严地坐在朝堂上接见这些使臣。

贾生非不遇,汲黯自堪疏——贾生,贾谊。汲黯,字长孺,《汉书·汲黯传》:"好直谏,数犯主之颜色。"疏,疏远。这两句是说,自己像贾谊一样被皇上赏识,又像汲黯一样自甘疏远。

学易思求我,言诗或起予——《易·蒙》:"匪我求童蒙,童蒙求我。"《论语·八佾篇》:"子曰:'起予者商也!始可与言诗矣。'"这两句用其字面义,委婉表达了请求张九龄援引之意。

当从大夫后,何惜隶人馀——大夫,指张九龄。隶人,众人。这两句是说,自己应当跟从在张九龄的后面,哪怕是列在众人之末也在所不惜!

这首诗与《献始兴公》相比,更接近于当时流行的干谒诗的普遍体例,即先颂扬当政者的功绩,然后请求提拔自己。诗中前面大段篇幅大量用典,赞扬了张九龄辅佐皇帝,敢于直言进谏的精神和接受外臣朝拜的威仪。但这与其他干谒诗的夸张、逢迎又有所不同,诗中所举张九龄的政绩与史书所载是相符的,因此最后的干谒辞建立在前面实事求是的陈述之上,显得诚恳而坦率。

归嵩山作

此诗作于开元二十二年(734)秋,此时王维暂时隐居嵩山。嵩山,又名嵩高山,在今河南登封北,当时王维之弟王缙正在登封做地方官。

清川带长薄,车马去闲闲。
流水如有意,暮禽相与还。
荒城临古渡,落日满秋山。

迢递嵩高下,归来且闭关。

　　清川带长薄,车马去闲闲——带,围绕。薄,草木丛生的地方。长薄,随山麓延伸的林木丛。晋·陆机《君子有所思行》:"曲池何湛湛,清川带华薄。"闲闲,往来自得的样子。这两句是说,一道青溪沿着山麓长林涓涓出谷,我乘坐的车马在回嵩山的路上从容不迫地前行。

　　流水如有意,暮禽相与还——汩汩的流水仿佛含情相迎,夕阳中的飞鸟好像要与我结伴而归。这两句化用了晋·陶渊明的诗句"山气日夕佳,飞鸟相与还",将不通人事的自然之物涂上了感情色彩,使之人格化。

　　荒城临古渡,落日满秋山——这两句是说,荒凉的城池临靠着古老的渡口,落日的余晖洒满了萧瑟的秋山。这两句刻画精工而又意境博大,荒城古渡与夕阳下的群山,在点与面的结合中,烘托出弥漫天地的寒山秋意。

　　迢递嵩高下,归来且闭关——迢递,这里是形容山高远的样子。闭关,闭门。关,门闩。这两句是说,我又回到高高的嵩山之下,暂且闭门谢客,不再过问世事。

　　我们随着诗人的归途,领略了山中美景,同时也感触到了诗人心情的细微变化,由安详从容到凄清悲苦,再到恬静淡泊,表现了诗人对辞官归隐既有闲适自得、积极向往的一面,也有愤慨不平、无可奈何的一面。诗人似乎随意写来,不加雕琢,但写得真切动人,含蓄隽永。清·沈德潜说:"写人情物性,每在有意无意间。"元·方回说:"不求工而未尝不工。"正道出了这首诗不工而工、恬淡清新的特点。

献始兴公

　　始兴公,张九龄于开元二十三年(735)封始兴县伯,故称始兴公。张九龄执政后,推荐王维为右拾遗。这首诗是王维被任命为右拾遗之前写给张九龄的一首干谒诗。诗中表达了对张九龄正直人格的高度赞颂和希望受到起用的愿望。

宁栖野树林,宁饮涧水流。
不用坐梁肉,崎岖见王侯。
鄙哉匹夫节,布褐将白头!

任智诚则短，守仁固其优。
　　侧闻大君子，安问党与仇。
　　所不卖公器，动为苍生谋。
　　贱子跪自陈，可为帐下不？
　　感激有公议，曲私非所求！

【新解】

　　宁栖野树林，宁饮涧水流——这两句是说，宁愿隐居荒山野林中，宁愿喝山中水沟里流淌的清泉水，过着隐士一样清苦的生活。

　　不用坐梁肉，崎岖见王侯——坐，因为。梁肉，美味佳肴。这两句是说，用不着为了得到荣华富贵，而惴惴不安地去请求王侯的提拔。

　　鄙哉匹夫节，布褐将白头——鄙，鄙野，这里指不世故。布褐，穿着粗布衣服。这两句是说，我有着普通百姓毫不世故的气节，哪怕就这样穿着粗布衣服，终老一生。

　　任智诚则短，守仁固其优——任智，靠权术来生活。守仁，坚守仁义的操守。固，本来。这两句是说，靠权术来生活的确是我之所短，但坚守仁义的操守本是我之所长。

　　侧闻大君子，安问党与仇——侧闻，从旁听说。大君子，对张九龄的尊称。安问，哪管。这两句是说，我听说您用人公正，不管是朋友还是仇人。

　　所不卖公器，动为苍生谋——公器，公有之物，这里指国家的官爵。《旧唐书·张九龄传》载，开元十三年，"九龄言于说曰：'官爵者，天下之公器，德望为先，劳旧次焉。'"这两句是说，您不出卖国家的官爵，总是为百姓着想。

　　贱子跪自陈，可为帐下不——贱子，作者自谦之辞。帐下，下属。不，通"否"，念平声。这两句是说，我跪着向您表明心迹，我能不能成为您的下属呢？

　　感激有公议，曲私非所求——公议，公论，公正的评议。曲私，偏袒，以权谋私。这两句是说，如果您以公正的标准任用我，我将感激万分；如果有所偏私，则不是我所希望的。

　　明·钟惺《唐诗归》云："不读此等诗，不知右丞胸中有激烈悲愤处。"作为一首古诗，本诗将古体"咏怀"精神发挥得十分深透。全诗没有具体铺叙，而是句句围绕节操和公心来抒写。开篇峻急的句式将自己抗俗自立的傲骨烘托得无比鲜明，直接继承了魏晋风骨的凛然气质。诗人刚正不阿的节操与张九龄公正无私的胸襟，在诗中交相辉映，将希望张九龄提携自己的干谒之情表现得磊落光明。

留别山中温古上人兄并示舍弟缙

题解

上人，对僧人的敬称。温古上人，嵩岳沙门，与王维交好。缙，王维弟王缙，时在河南登封做官。此诗应是开元二十三年(735)王维拜右拾遗后即将离嵩山赴任时所作。诗中充满了告别嵩山隐居生活的无限留恋之情。

解薜登天朝，去师偶时哲。
岂惟山中人，兼负松上月。
宿昔同游止，致身云霞末。
开轩临颍阳，卧视飞鸟没。
好依盘石饭，屡对瀑泉歇。
理齐少狎隐，道胜宁外物。
舍弟官崇高，宗兄此削发。
荆扉但洒扫，乘闲当过拂。

解薜登天朝，去师偶时哲——薜，薜荔，香草名，《楚辞·九歌·山鬼》："若有人兮山之阿，被薜荔兮带女萝。"后因以薜荔或薜萝称隐者之服。师，指温古上人。偶时哲，与当代的贤哲(指朝中之官)为伍。这两句是说，我脱下隐者的衣服去朝廷做官，与当代的贤哲们一起共事。

岂惟山中人，兼负松上月——惟，只，单单。负，辜负。这两句是说，自己的出仕，不仅有负于温古上人，而且有负于山间优美的月色。

宿昔同游止，致身云霞末——宿昔，早晚，表示时间之短。止，语气词。这两句是说，我们曾不分早晚一同游玩，置身于云雾霞光的顶端。

开轩临颍阳，卧视飞鸟没——轩，有窗槛的长廊或小室。颍阳，唐县名，属河南府，本名武林，开元十五年更名颍阳，在嵩山附近。这两句是说，打开窗子便可看到颍阳城，躺在屋中看着飞鸟消失在天边。

好依盘石饭，屡对瀑泉歇——盘石，即磐石。这两句是说，喜欢依靠在大石头上吃饭，常常在飞瀑清泉旁休息。

理齐少狎隐，道胜宁外物——理齐，指学佛与隐居事理相同。少狎隐，指温古上人年少时即亲近隐者。道胜,佛道战胜了追求富贵的欲望。宁,宁愿。外物,忘物。这两句是说,温古上人年少时便亲近隐者,懂得了学佛和隐居的道理是一样的;佛道战胜了追求富贵的欲望,情愿忘记身外之物。

舍弟官崇高,宗兄此削发——崇高,汉县名,武帝时设立,唐时称登封县。宗兄、族兄或同姓兄,这里指温古上人兄。此削发,在嵩山为僧。这两句是说,我的弟弟王缙在登封县做官,而温古上人兄你在嵩山出家为僧。

荆扉但洒扫,乘闲当过拂——荆扉,指温古上人在嵩山的住所。过拂,至,到。这两句是说,你只管把你的住所打扫干净,我在忙完公务有空闲时,会到你那里去看望你。

诗人将离开隐居之地嵩山去洛阳赴任,这正是他壮志得酬的时刻,他应该是兴奋、激动的,但从这首写给兄弟和朋友的留别诗中看到的,却是诗人对隐居生活的留恋与不舍。诗人的气质使王维对大自然景物有着深厚的感情,但身在古代社会,儒家出仕的正统思想又使他向往做官兼济天下。儒家与禅宗的思想总在诗人心中矛盾着,隐居时希望有人赏识、提拔,机会来临时却又放不下投入大自然的闲情。松间明月,飞瀑清泉,云霞飞鸟,山林中这一切美好的景物构成一幅美丽的画卷,怎不教诗人留恋?只好说"乘闲当过拂",仍徘徊于出仕与归隐的夹缝中。

韦给事山居

给(jǐ)事,给事中的省称,属门下省,为侍从顾问谏诤之官。韦给事,指韦嗣立,他有骊山别第,称为东山别业,即诗中所指的韦给事山居。此诗疑作于开元二十五年(737),诗中极力称赞韦给事山中居室及环境的幽雅。

> 幽寻得此地,讵有一人曾。
> 大壑随阶转,群山入户登。
> 庖厨出深竹,印绶隔垂藤。
> 即事辞轩冕,谁云病未能。

幽寻得此地,讵有一人曾——讵,岂。这两句是说,寻访幽美景物的人不曾有一个到过像韦给事山居这样幽静的胜地。

大壑随阶转,群山入户登——这两句是说,韦给事的山居建在山中,山谷随着阶梯的走向曲折延伸,窗户紧挨着山峰,仿佛跳出窗子便可登上山。

庖厨出深竹,印绶隔垂藤——印绶,印章和绶带,是官员的凭信,这里是代指处理公事的厅室。这两句是说,步入院落,并不见厨房,或者野味飘香,或者炊烟升起,方才发现厨房就在竹林深处;公事厅外悬挂着青青的垂藤,这是多么的清幽雅致啊!

即事辞轩冕,谁云病未能——即事,指居住如此胜地。轩冕,官员的轩车和冕服,借指官位爵禄。病未能,汉·枚乘《七发》中写楚太子患病,不能起床游玩。这里是反用其意,说得到这样好的地方,应该尽兴畅游。

元·方回《瀛奎律髓汇评》云:"此诗善用韵,曾、登二韵,险而无迹。'群山入户登'一句尤奇,比之王介甫'两山排闼送青来'尤简而有味。"明·冯舒《瀛奎律髓汇评》云:"幽奇深秀。"清·黄周星《唐诗快》卷八:"不知山居若何,但觉幽碧深寒,苍翠满眼。"这首诗以赞叹的语句开篇,用"曾、登"险韵,配以五言句二、二、一的音节,不觉其拗涩,只觉顿挫生姿。颔联只说登阶入户的感受,不描绘房屋的结构,但其房屋厅堂回环曲折的景象,如在眼前。颈联写食住环境之幽雅,"出"、"隔"二字巧妙写出居室的幽深、雅致。结尾用典,进一步烘托出山居之格外引人。

观 猎

此诗创作年代不确,可能是开元年间所作。诗中通过对壮观的狩猎场面的描写,凸显了将军的神武风采。

风劲角弓鸣,将军猎渭城。
草枯鹰眼疾,雪尽马蹄轻。
忽过新丰市,还归细柳营。
回看射雕处,千里暮云平。

风劲角弓鸣,将军猎渭城——角弓,用兽角作装饰的硬弓。渭城,指咸阳旧城,在长安西渭水北岸。这两句是说,将军在渭城打猎,劲风中传来开弓射箭的声响。

诗人采用先声夺人的手法,未见其人,先闻其声。风是反衬,一般人在劲风中射箭难以中的。

草枯鹰眼疾,雪尽马蹄轻——这两句写猎鹰和马,是从侧面描绘将军的神武。他的猎鹰眼光敏锐,尽管猎物有枯黄的杂草作保护色,也逃不脱它的眼睛;他的马,神奇无比,在残雪融化的泥泞路上显得那么轻快。"草枯"、"雪尽"也是反衬。

忽过新丰市,还归细柳营——新丰市,地名,在今陕西临潼区东北。细柳营,汉代名将周亚夫的兵营,在今陕西长安区。这两句是写将军行动的迅捷:像一阵风似的,快速地驰过新丰市,一会儿就回到了兵营。

回看射雕处,千里暮云平——雕,塞外猛禽,高飞难射,故称神箭手为"射雕手"。平,满。这两句是说,回首看将军打猎的方向,不见任何飞禽,只见暮色苍茫,暮云千里,将军的威猛之气似乎久久没有散去。

清·王夫之曰:"后四语奇笔写生,毫端有风雨声。"(《唐诗评选》卷三)清·黄生曰:"起法雄警峭拔,三四音复壮激,故五六以悠扬之调作转,至七八,再应转去,却似雕尾一折,起数丈矣。"(《增订唐诗摘抄》)这的确是一首展示盛唐气象的力作:首联是倒装,突出"角弓鸣",未见其人,先闻其声,起到先声夺人的作用。颔联是写其攻击动作的准确、敏捷。颈联是写其行进迅速,如天马行空,游龙戏水,往来飘忽,跨度很大。尾联是写其神威千里,飞禽不敢近前。全诗通过细节描写、侧面烘托与夸张的艺术手法,从"观猎"的角度描写将军的英武神威,以动态传神取胜,至于相貌如何,任凭读者想象。王维真堪称诗苑的"射雕手"。

渭川田家

这首五言古诗当作于开元二十四年(736)张九龄罢相后不久。诗作通过对乡村黄昏特有风光的描绘,寄托了作者厌倦官场、志在隐逸的心情。渭川,即渭水,黄河主要支流之一,发源于甘肃清源县西北鸟鼠山,东流至陕西潼关入黄河。

斜光照墟落,穷巷牛羊归。
野老念牧童,倚杖候荆扉。
雉雊麦苗秀,蚕眠桑叶稀。
田夫荷锄至,相见语依依。

即此羡闲逸,怅然吟《式微》。

  斜光照墟落,穷巷牛羊归——斜光,夕阳投下的光辉。墟落,村落。穷巷,深巷。诗歌一开篇,首先摹写夕阳馀晖斜照村落的景象,渲染暮色苍茫的浓烈气氛,作为总背景统摄全篇。接着诗人一笔落到"归"字上,描绘出牛羊回村,没入深巷的场景。使人不由联想到《诗经》中"日之夕矣,牛羊下来。君子于役,如之何勿思"的诗句。

  野老念牧童,倚杖候荆扉——野老,老农。这两句由写景转至写人。一位慈祥的老人拄杖站在柴门外,正等候着放牧归来的孩子。诗人以自然朴素的笔调,生动地刻画出一幅恬淡温馨、温情脉脉的生活场景。

  雉雊麦苗秀,蚕眠桑叶稀——雉,野鸡。雊(gòu),雄雉的鸣叫,又泛指雉的鸣叫。秀,麦苗抽穗。此句是化用晋·潘岳《射雉赋》"麦渐渐以擢芒,雉鷕鷕而朝雊"的诗句。蚕眠,蚕蜕皮时不吃不动,像睡眠一样,所以叫蚕眠。这两句是说,苗壮的麦苗正在开花抽穗,野鸡在麦丛中欢快地鸣叫;蚕开始吐丝作茧,树上桑叶已经稀稀落落。诗句细致入微地捕捉到初夏乡村中最具代表性的景物,不仅写出了丰收在即的农家风貌,更将思归的意绪扩展至整个自然界。野鸡欢鸣,那是在呼唤配偶的归来;蚕儿结茧,那是在营造自己的归宿。自然界的生物尚且如此,何况人呢?

  田夫荷锄至,相见语依依——这两句是说,田野上,农夫们三三两两,扛着锄头下地归来。在田间小路偶然相遇,正亲切地攀谈。诗句不仅仅是描绘农夫荷锄闲聊的场景,更在于营造出人与人之间淳朴真挚、和睦相处的关系,而这是作者在尔虞我诈、相互倾轧的官场所无法感受到的。

  即此羡闲逸,怅然吟《式微》——《式微》是《诗经·邶风》中的一篇,诗中反复咏叹"式微,式微,胡不归"。诗人此处借用《诗经》句意,从而抒发了自己羡慕闲适恬淡的乡野生活,却又身不由己,无法归隐的惆怅之情,不仅在意境上与首句"斜光照墟落"相呼应,而且在内容上也落在"归"字上,使写景与抒情契合无间,浑然一体,画龙点睛式地揭示出全诗的主旨。

  清·王夫之《唐诗评选》云:"通篇用'即此'二字括收前八句,皆情语,非景语。"清·黄培芳《唐贤三昧集·笺注》云:"此瓣香陶柴桑……('野老'二句)纯挚朴茂,语臻自然。"诗人不事雕琢,以白描的艺术手法,生动细致地描摹出一幅充满生活情趣的农家晚归图。然而诗人的意图又不仅仅在于描摹生活画卷,诗歌尾句卒章显志,揭示出诗旨所在。贯穿全诗的核心在于一个"归"字。前文写了众多的"归",实际上都是反衬,以人皆有所归,反衬自己欲归不能;以人皆归得及时、亲切、惬意反衬自己沉浮于官场的苦闷与无奈。高步瀛《唐宋诗举要》评此诗"天趣自然,踵武靖节",正是抓住了此诗的实质。(详见笔者在《唐诗鉴赏辞典》中的分析)

冬日游览

此诗当作于安史之乱前,是诗人冬日出长安城门游览之作。这首抒情诗抒发了诗人因仕途失意而心中苦闷的情怀。

步出城东门,试骋千里目。
青山横苍林,赤日团平陆。
渭北走邯郸,关东出函谷。
秦地万方会,来朝九州牧。
鸡鸣咸阳中,冠盖相追逐。
丞相过列侯,群公饯光禄。
相如方老病,独归茂陵宿。

步出城东门,试骋千里目——骋,放开。千里目,远望之意。这两句写诗人从长安东门出城游览远眺。

青山横苍林,赤日团平陆——团,圆。平陆,平坦的陆地。这两句是写"出城东门"所见之景:青山横亘在一片苍翠的森林之上,平坦的大地上升起一轮红日。

渭北走邯郸,关东出函谷——走邯郸,奔赴邯郸。邯郸在今河北邯郸市。这两句是说,渭水之北可直通邯郸,走出函谷关即是广袤的关东地区。

秦地万方会,来朝九州牧——九州牧,泛指诸州长官。这两句是写长安是全国的中心,万方来会,九州来拜。

鸡鸣咸阳中,冠盖相追逐——咸阳,秦都,此借指长安。"中",《唐诗正音》作"市"。冠盖,官吏的服饰和车乘,借指官吏。这两句以两个简单却又极具代表性的意象——"鸡鸣"、"冠盖"写出了长安城中热闹繁华的景象:既有下层社会的生活气息,又有上流社会的富贵豪奢。

丞相过列侯,群公饯光禄——过,拜访。光禄,指光禄卿。唐光禄寺置卿一员,从三品,负责掌管邦国酒醴、膳馐之事。这两句写朝廷大员们礼尚往来的情景,这些景物可能并非作者游览时所见,而是由眼前之景所引发的联想。

相如方老病,独归茂陵宿——相如,司马相如。这两句用因病免官闲居在家的司马相如比喻失意的寒士,慨叹其生活的孤寂。

宋·刘须溪云:"平实悲壮,古意雅辞,乐府所少。"又曰:"('青山'二句)下字佳。"(《须溪先生校本唐王右丞集》)这首诗的写法是:由远及近,由表及里,由物及人,越说越近。最后一句"相如方老病,独归茂陵宿",多少含有自己的生活影子。而这最后一句的孤寂与上文写到的壮观、繁华、热闹形成鲜明的对比。在谋篇布局上,与卢照邻《长安古意》相仿佛,也是一种不平之鸣。

寄荆州张丞相

这是一首思念故人的诗。开元二十五年(737)四月,张九龄被贬为荆州长史,王维写下了这首诗表达对张的思念。荆州,唐州名,治所在今湖北江陵市。张丞相,即张九龄。李林甫多次在皇帝面前诋毁张九龄,开元二十四年十一月,张九龄罢相,次年四月,又被贬为荆州长史。

所思竟何在?怅望深荆门。
举世无相识,终身思旧恩。
方将与农圃,艺植老丘园。
目尽南飞雁,何由寄一言!

所思竟何在?怅望深荆门——所思,指张丞相。荆门,山名,在荆州。南朝梁·沈约《临高台》:"所思竟何在,洛阳南陌头。"南朝梁·刘孝绰《歌行》:"所思竟何在?相望徒盈盈。"这两句是说,我思慕的朋友如今在哪里?我惆怅地南望荆门山,心中的悲伤比荆门湍急的流水还要深。这是以乐府语调开篇,写得情韵绵绵。一个"深"字,流露了诗人对朋友的厚意与深情。

举世无相识,终身思旧恩——旧恩,指张九龄对诗人的信任和提拔。《新唐书·王维传》:"张九龄执政,擢右拾遗。"这两句是说,自从您走了以后,在这广漠的人海中,我已经没有了知己,我终生也不会忘记您过去对我的恩典。诗人感叹自己"举世无相识",这并不是刻意夸大,而是诗人内心茫然、失望情感的真实流露。从知音难遇的角度来感念张九龄的恩情,这就使诗意没有流于一般人情琐屑,而是注入了鲜活动人的真情。

方将与农圃,艺植老丘园——与农圃,做耕田种菜之事,指隐居躬耕。艺植,种植。老丘园,终老于田园。这两句流露出作者在黑暗、浑浊的政治环境中产生的归隐之情,意为"我准备今后辞去官职,跟农夫们一起耕田种菜,在田野间终老一生"。这两句更加深了前两句的诗意,世无知音,前途黯淡,不如归隐田园,终老一生。

目尽南飞雁,何由寄一言——这两句与开篇遥相呼应,写自己遥望南天,对故人思念不已之情:望着南飞的大雁越飞越远,怎样才能给您寄去我的思念呢?首尾呼应,一气呵成。

清·翁方纲《石洲诗话》云:"格调既高,而寄兴复远。"

作为一首五律,这首诗采用了平淡自然的风格,以古体的调式运篇,不讲求格律的严谨,语言流畅而不雕琢。全诗既能化用乐府神韵,抒写绵绵情思,又能在其中饱含知音相惜的精神骨力,自然中蕴含情韵,平淡中充满壮逸。

使至塞上

这是一首极负盛名的边塞诗。开元二十五年(737)三月,河西节度副使崔希逸大败吐蕃于青海。同年夏,王维以监察御史身份奉命出使河西,宣慰将士,并在河西节度使幕府兼任判官。这首诗是王维在出塞途中所作。使,奉命出使。塞上,边塞。

> 单车欲问边,属国过居延。
> 征蓬出汉塞,归雁入胡天。
> 大漠孤烟直,长河落日圆。
> 萧关逢候骑,都护在燕然。

单车欲问边,属国过居延——单车,单车独行,不带随从。欲,方,将要。问,慰问。属国,即附属国。《汉书·武帝纪》颜师古注:"凡言属国者,存其国号而属汉朝,故曰属国。"居延,地名,汉有居延泽,唐后称居延海,在凉州北面,与凉州接界。这两句是说,我轻车简从到边塞宣慰将士,已经穿越了居延属国的边界。

征蓬出汉塞,归雁入胡天——征蓬,随风飘扬的蓬草。汉塞,秦汉以来设关备胡,故称汉塞。这两句是写边境线上特有的景象:由于敌我相邻,风一吹,蓬草就离开了汉塞;归雁北飞就进入了胡天,这是内地无法见到的奇景。

大漠孤烟直,长河落日圆——大漠,广阔无际的大沙漠。孤烟直,直上的燧烟。边地报警,夜举火,叫烽;白天烧狼粪,举烟,叫燧。这两句乃千古名句,写了沙漠中的典型景物:放眼大漠,茫茫一片,不见村落,只见一炷孤烟,直上云霄;遥望长河,不见树木,只见一轮红日落在天边的河面,格外浑圆。点、线、面的巧妙结合,构成苍莽辽阔的画面,表现出塞上黄昏之时特有的奇景和诗人由此触发的豪迈情怀,是描绘大漠风光的千古名句,同时也为尾联蓄势。

萧关逢候骑,都护在燕然——萧关,古关名,在今宁夏固原东南。王维赴河西并不经过萧关,此处萧关可能是从南朝梁·何逊《见征人分别》诗中的"候骑出萧关,追兵赴马邑"句演化而来,并非实指。候骑,骑马的侦察兵。都护,官名,汉宣帝时设西域都护,为驻西域地区的最高长官,其后废置。唐初先后设置安西、安北等六大都护府,每府各置大都护一人,副都护两人,负责掌管辖区的边防、行政及各族事务。燕然,古山名,即今蒙古杭爱山。后汉车骑将军窦宪大破北单于,在此刻石记功而还。这两句在展现大漠黄昏的莽苍画面之后,不写继续前进,而以路遇候骑,喜闻捷报收尾,充满了大捷后的喜悦之情。

清·张谦宜《绚斋诗谈》卷五曰:"'大漠孤烟直,长河落日圆',边景如画,工力相敌。"从诗中写到的景色看,诗人"使至塞上"的路线,当是穿过凉州西北部的沙漠,入石羊河而抵凉州。或谓"长河"指黄河,大错。凉州一带统称河西走廊,在黄河之西甚远。从实际地理看,"长河"指石羊河,当时的石羊河是能行船的(详见后《双鹄歌送别》新解)。诗人自东至西,越沙漠而西望长河见落日,才有"大漠孤烟直,长河落日圆"的奇景。"大漠孤烟直,长河落日圆",是唐代诗人描写大漠风光最具特色的名句,大漠空旷、壮丽、一览无馀的坦荡胸怀和直上云天的恢弘气度,带有西北少数民族的性格特征;而诗人的立体构图的设计,又特别能体现"诗中有画"的鲜明特色。

凉州赛神

《全唐诗》原注为:"时为节度判官,在凉州作。"时间是开元二十五年(737),

与《凉州郊外游望》同年作。这首诗写的是军中的祭神活动,将边地的军队生活写得欢乐而自在。

> 凉州城外少行人,百尺峰头望虏尘。
> 健儿击鼓吹羌笛,共赛城东越骑神。

凉州城外少行人,百尺峰头望虏尘——百尺峰,泛指高峰,形容烽火台之高。望虏尘,眺望敌人动态。这两句一开始就给人萧条的景象,将边地的特点紧紧抓住,渲染紧张的形势:敌军的骑兵部队扬起的尘土远远可见,敌人已越来越近。

健儿击鼓吹羌笛,共赛城东越骑神——健儿,唐时军士的名目。赛,祭祀酬神。越骑神,是骑兵之神或主骑射之神。这两句是写虏骑在望,健儿依旧从容赛神,表现了唐军士的高度自信。

这首诗独特的地方就在于将欢乐、自在的民俗活动置于紧张、严峻的形势中,把边塞将士的乐观、自信用白描的手法绘出。所谓"盛唐气象",于此可见一斑。此诗开句即妙。"凉州城外少行人",人哪去了?人烟本来稀少,加之敌情紧迫,还有就是参与、观看军民联合主办的赛神活动。"共赛"的"共"字不是没有来由。

凉州郊外游望

凉州,即今甘肃武威市,是唐代西部的军事重镇,也是丝绸之路河西走廊段的门户。唐代河西节度使所在地即在凉州。据《旧唐书·地理志》载,唐代先后在凉州设立总管府、中都督府、大都督府,统管凉、甘(张掖)、肃(酒泉)、瓜(安西)、沙(敦煌)等州,人口达十二万以上,是一个经济繁荣、人烟稠密的城市。岑参诗云"凉州七里十万家",元稹诗云"吾闻昔日西凉州,人烟扑地桑柘稠"。王维开元二十五年(737)以监察御史的身份出使凉州,任河西节度判官,先后两年,他的边塞诗多作于此时。这首诗描写凉州郊区农民秋收后祭祀土地神的欢乐情景,栩栩如生地再现了当地的风俗民情,是一首难得的描写我国西部民俗的边塞诗。

> 野老才三户,边村少四邻。
> 婆娑依里社,箫鼓赛田神。

洒酒浇刍狗,焚香拜木人。
女巫纷屡舞,罗袜自生尘。

野老才三户,边村少四邻——野老,这里代指边地的住户、人家。边村,边塞一带的村落。这两句是写边塞地广人稀的特点。

婆娑依里社,箫鼓赛田神——婆娑,起舞的样子。里社,村中的土地祠。赛田神,用祭祀的方式来报答土地神赐给人们的福泽,一般在秋收后进行。这两句是说,尽管地广人稀,但当地农民还是不废农耕,每有所获,总是不忘祭祀。"婆娑起舞"也是西部民族的一个重要文化特征。

洒酒浇刍狗,焚香拜木人——刍,干草。刍狗,用干草扎成的狗,当是向神祈福的祭品。木人,木刻的神像。这两句是写赛田神的具体做法,与内地同中有异,虔诚的神情宛若眼前。

女巫纷屡舞,罗袜自生尘——纷,形容女巫人数之多。屡,多次,形容舞蹈的频繁。这两句是写祭祀的一个场面:众多的女巫频频起舞,她们的轻盈舞姿如洛神一般"凌波微步,罗袜生尘"(三国魏·曹植《洛神赋》)。"生尘"二字,恐怕也是实话实说。

这首民俗诗的可贵之处在于:其一,它反映了西部边塞百姓对农耕的重视。这实质上是反映了中华民族在大融合的过程中游牧文化与农耕文化的融合。这是诗人的高明之处,如果仍旧是写战争,就不足为奇了。其二,它反映了甘肃一带少数民族能歌善舞的特点,这其实是我国西部民族的共同特点,不仅仅是新疆如此,甘肃、云南、内蒙古也同样异彩纷呈。其三,今天来讲,"赛神"当然是一种迷信活动,但从中也可窥测当时边地百姓"知恩图报"的淳朴品性。

出塞作

此诗原注为:"时为御史,监察塞上作。"时间是开元二十五年(737)秋。这首诗以出征将士的奋勇豪情与边塞战场的旷阔肃杀氛围为直接描写对象,展现了边塞题材中最激动人心的场景与最激昂奋发的精神内容。

居延城外猎天骄,白草连天野火烧。

暮云空碛时驱马，秋日平原好射雕。
护羌校尉朝乘障，破虏将军夜渡辽。
玉靶角弓珠勒马，汉家将赐霍嫖姚。

居延城外猎天骄，白草连天野火烧——居延城，见前《使至塞上》解释。天骄，指匈奴。《汉书·匈奴传》："胡者，天之骄子也。"这里用来指吐蕃。猎天骄，即天骄猎，指匈奴人在举行校猎活动，这是游牧民族组织训练队伍的一种方式。白草，西域特有的一种牧草，又名芨芨草，形似莠草，茎细，干时呈白色。野火烧，指与打猎活动相联系的放火烧荒，称为"猎火"。这两句是说，吐蕃将领在居延城外打猎，猎火烧到了天尽头。这固然是唐诗借汉喻唐的习见手法，但也未尝不是对吐蕃气焰骄人、不可一世的形容。诗人下笔，以草原猎火、火光冲天的惊心动魄场面开头，不仅表明声势浩大的狩猎活动即将开始，而且意味着一场大规模的军事行动就在眼前。

暮云空碛时驱马，秋日平原好射雕——碛(qì)，沙漠。雕，一名鹫，似鹰而大，鸷猛剽疾，十分难射。故匈奴人称善射者为"射雕手"。这两句写吐蕃狩猎的场景：暮云低垂、空旷无边的沙漠，秋高气爽、牧草枯黄的平原，以开阔的笔势勾勒出敌兵的强悍勇猛。虽是写敌兵，但诗中没有一丝贬抑和丑化，而是写出了其纵横驰骋的气势。

护羌校尉朝乘障，破虏将军夜渡辽——护羌校尉，汉代武官名，奉命保护西羌。乘，登。障，指边塞险要之处修筑的城墙，有将士把守。破虏将军，汉代三国时临时设立的将军名号，孙坚曾为破虏将军。渡辽，《汉书·昭帝纪》："元凤三年……冬，辽东乌桓反，以中郎将范明友为渡辽将军，将北边七郡军二千骑击之。"这里借用此典故，是说唐军善用计，以夜袭的方法主动出击，取得全胜。这一联出句写侦察敌情，对句写大获全胜，省略了运筹帷幄这一中间环节，但上下两句都是为了烘托这一致胜的关键所在。

玉靶角弓珠勒马，汉家将赐霍嫖姚——玉靶，有玉饰的马辔头。角弓，用兽角装饰的长弓。珠勒马，泛指鞍辔华丽的马。珠勒，用珍珠装饰的带嚼子笼头。霍嫖姚，指西汉名将骠骑将军霍去病，霍曾任嫖姚校尉，故称霍嫖姚。这两句写奖励胜利之师，水到渠成。胜利之将同时获得三件宝：宝马、雕弓、英雄名号。

明·王世贞《艺苑卮言》卷四云："'居延城外猎天骄'一首，佳甚。非两'马'字犯，当足压卷。然两字俱贵难易，或稍可改者，'暮云'句'马'字耳。"清·金人瑞《金圣叹选批唐诗》云："前解写天骄是真正天骄，后解写边镇是真正边镇。"又曰："前解不写得如此，便不足以发我之怒；后解不写得如此，便不足以制彼之骄。"

王维的这首《出塞作》是一首带有浓厚歌行意味的七律。一般律诗在八句之间，要讲求起承转合，而这首诗虽然中间两联用对仗，但诗的前四句写敌军的气焰，后四句写汉军的胜利，诗意完全分成两半来写。这就带有歌行铺叙转换之风。从句法和字法来看，五、六两句，用官名对仗，结尾上句连用三个雕饰华丽的名词，这都是带有歌行铺叙的语言特色。全诗读来，音韵铿锵，声调响亮。这种浓烈的诗意、气氛，与融会歌行铺排渲染的特色很有关系。在唐诗中，歌行与律诗相互影响、彼此借鉴处甚多。如高适《燕歌行》就在歌行中安排了许多对仗句。而这一首则是在律诗中移植歌行的写法，与一般七律的起、承、转、合四个层次迥然不同。王维堪称诗坛的"射雕手"。

陇西行

此诗作于出使凉州期间。《陇西行》是乐府古题之一，属相和歌辞瑟调曲。

十里一走马，五里一扬鞭。
都护军书至，匈奴围酒泉。
关山正飞雪，烽戍断无烟。

十里一走马，五里一扬鞭——十里，五里，古时在道旁封土为堠(hòu)，用来计里程，五里置一堠，十里置双堠，所以有"五里"、"十里"之称。这两句写递送军书、驿马急驰的情状：马鞭一扬就跑了五里，一阵狂奔就是十里。一个个的路标在扬鞭走马时一闪而过。

都护军书至，匈奴围酒泉——酒泉，郡名，即今甘肃酒泉市。这两句是说，为什么快马传书？原因是吐蕃包围了酒泉，紧承上两句。

关山正飞雪，烽戍断无烟——烽戍，守望烽火的哨所。这两句是说，由于漫天飞雪，边境的烽火台无法举火或燃烟报警，只好以快马驰报敌兵来犯的消息。

唐·杜甫有诗云："十日画一水，五日画一石。"(《戏题王宰画山水图歌》)是说画得慢，从容不迫，精雕细刻。王维此诗"十里一走马，五里一扬鞭"，则是说马跑得快,急如风火,刻不容缓。同样是数词,"十"、"五"相对,效果大不相同,读者当细察。此诗写军情紧急,先写飞马扬鞭的场面,极度夸张。然后再补叙原因,实实在在。谋篇布局,井然有序。诗句的多少完全由内容来定,六句就六句,不一定要凑足八句。唐·祖咏的《终南望馀雪》是试帖诗,按规定要写十二句,但他只写了四句便觉"意尽"而止,交卷走人,传为千古佳话。王维与祖咏是极好的朋友,他们对诗歌艺术的领会有相通之处。

陇头吟

本诗疑作于开元二十五、二十六年居河西期间,是王维著名的边塞诗之一。《陇头吟》即《陇头》,乐府古题之一,属横吹曲辞汉横吹曲,李延年造。此题在乐府中多用来抒写边地征戍之情。本篇题目一作《边情》。陇头,即陇山,又名陇首、陇坂,在今陕西陇县至甘肃平凉一带。

  长安少年游侠客,夜上戍楼看太白。
  陇头明月迥临关,陇上行人夜吹笛。
  关西老将不胜愁,驻马听之双泪流。
  身经大小百馀战,麾下偏裨万户侯。
  苏武才为典属国,节旄空尽海西头。

  长安少年游侠客,夜上戍楼看太白——戍楼,此处指陇关关楼。太白,即金星,又名启明星,古人以为主兵象,由其出没情况可以预测战事的吉凶、胜负。这两句是说,那朝气蓬勃的少年侠士,在夜里登上陇关的关楼,想从太白金星的变化中看出边塞战事的发展情况,希望有机会可以上阵杀敌、建功立业。

  陇头明月迥临关,陇上行人夜吹笛——迥,高远的样子。这两句是说,在这样凄清的夜里,明月高高照在陇头关上,而远处仿佛传来行人幽幽的笛声。

  关西老将不胜愁,驻马听之双泪流——关西,指函谷关以西,即今陕西、甘肃一带。关西古时为秦地,人民习尚武勇,故谚语有云:"关西出将,关东出相。"这两句写一位关西老将满腹愁苦,听到了笛声禁不住泪流满面。

  身经大小百馀战,麾下偏裨万户侯——麾下,部下。麾,军中主将的旗帜。偏裨(pí),偏将,副将。万户侯,汉代设置了二十等爵位,最高一等名通侯,大的通侯食邑万户,所以又称万户侯。这里是以万户侯指代食邑众多的侯爵。这两句是说,关西老将身经百战,累立战功,部下都纷纷列土封侯,而自己却一直得不到升赏。是对上联"双泪流"的解释。

苏武才为典属国,节旄空尽海西头——典属国,官名,掌管民族交往的事务。节旄,使者所持信物,以竹为节柄,上缀以旄牛尾。空尽,徒然落尽。海,北海,即今贝加尔湖。这两句以苏武的典故抒发了作者对关西老将的无限同情。意思是苏武在匈奴十九年,一心忠于汉朝,然而归国后只被封了个小小的典属国,那些节旄上的牛尾真是白白在北海边落尽了。

清·沈德潜《唐诗别裁》云:"少年看太白金星,欲以立边功自命也;然老将百战不侯,苏武只邀薄赏,边功岂易立哉!"诗中塑造的两个形象:急欲上阵杀敌、立功报国的少年游侠与功高位低、悲愤难言的老将,表面上看是两个人,实际上却是一个人。少年游侠是老将青年时的真实写照,老将的现状又隐喻了少年游侠不可避免的未来。赏赐不公、用人不当,这是盛唐边防建设中存在的一个严重的问题,但此诗多少还包含着诗人更广泛的社会思考:许多优秀人才壮志难酬、功高位低的现象,恐怕不仅仅局限于边塞。

老将行

本篇当是王维开元二十五、二十六年居河西期间所作,描写了一位身经百战的老将,少年时武艺高强英勇无敌,后被弃置。闲散的生活使他因苦闷而迅速衰老,但当他听到边烽燃起时,仍怀着报国热情想去请缨杀敌。通过这位老将不公平的际遇,诗人揭露了统治者的赏罚不明、刻薄寡恩,同时满怀激情赞扬老将高度的爱国心。这首诗受南朝宋·鲍照《代东武吟》很深的影响,但比鲍诗思想内容更复杂深刻,格调更悲凉慷慨。

少年十五二十时,步行夺得胡马骑。
射杀山中白额虎,肯数邺下黄须儿。
一身转战三千里,一剑曾当百万师。
汉兵奋迅如霹雳,虏骑崩腾畏蒺藜。
卫青不败由天幸,李广无功缘数奇。

自从弃置便衰朽,世事蹉跎成白首。
昔时飞箭无全目,今日垂杨生左肘。
路傍时卖故侯瓜,门前学种先生柳。
苍茫古木连穷巷,寥落寒山对虚牖。
誓令疏勒出飞泉,不似颍川空使酒。
贺兰山下阵如云,羽檄交驰日夕闻。
节使三河募年少,诏书五道出将军。
试拂铁衣如雪色,聊持宝剑动星文。
愿得燕弓射天将,耻令越甲鸣吾君。
莫嫌旧日云中守,犹堪一战取功勋。

少年十五二十时,步行夺得胡马骑——"步行"句,汉名将李广为匈奴骑兵所擒,当时已受伤,便即装死。后于途中见一胡儿骑着良马,便一跃而上,将胡儿推在地下,疾驰而归(见《史记·李将军列传》)。这两句是说,在不到二十岁的少年时光,我徒步行走,就能夺得胡兵的战马。

射杀山中白额虎,肯数邺下黄须儿——"射杀"句,应是指李广为右北平太守时,多次射杀山中猛虎的事。白额虎(传说为虎中最凶猛的一种),晋名将周处除三害,南山白额虎是其中之一(见《晋书·周处传》)。肯数,怎么能够提到。邺下,曹操封魏王时,建都在邺(今河北临漳县西)。黄须儿,指曹彰,曹操第二子,须黄色,性刚猛,曾亲征乌丸,颇为曹操爱重,曾持彰须曰:"黄须儿竟大奇也。"这两句是说,老将曾射死过山中最凶猛的白额虎,武艺比邺下的黄须儿更高强。

一身转战三千里,一剑曾当百万师——这两句是说,南征北伐我转战过三千多里,英勇无敌,单枪匹马抵挡过雄师百万。这是老将自豪的回忆。

汉兵奋迅如霹雳,虏骑崩腾畏蒺藜——崩腾,形容纷乱。蒺藜,本是有三角刺的植物,这里指铁蒺藜,战地所用的障碍物。这两句是说,麾下的军士出击时有如迅雷般神奇,敌人的骑兵遇上布下的铁蒺藜顿时便惊慌逃窜。

卫青不败由天幸,李广无功缘数奇——卫青,汉武帝时名将,汉武帝皇后卫子夫之弟,以征伐匈奴官至大将军。卫青的外甥霍去病,也曾远入匈奴境,却未曾受困折,因而被看作"有天幸"。"天幸"本来指霍去病,但古代常卫、霍并称,这里因卫青而联想到霍去病的天幸。奇,单数,偶之对称,奇即不偶,不偶即不遇。李广曾屡立战功,汉武帝却以他年老,不让他抵挡匈奴,因而最终也没有封侯。这两句是说,卫青临阵不败,是靠着天赐的幸运,而李广却命运不济,屡次战胜而没得到应有的功名。这里暗指朝廷对老将的不公待遇,反映了统治者的赏罚不明。

自从弃置便衰朽,世事蹉跎成白首——蹉跎,光阴白白地过去。这两句是说,自从被朝廷抛弃不用,我便迅速衰老,在这无所事事的岁月中头发已经斑白。这就从对过去的回忆写到了老将现在寂寥的生活。

昔时飞箭无全目,今日垂杨生左肘——飞箭(一作"飞雀")无全目,唐·李善注引《帝王世纪》:吴贺使羿射雀,贺要羿射雀左目,却误中右目。强调羿能使雀双目不全,可见其射艺之精,这里是老将以羿的射箭技术自比。垂杨生左肘,《庄子·至乐》:"支离叔与滑介叔观于冥柏之丘,昆仑之虚,黄帝之所休,俄而柳生其左肘,其意蹶蹶然恶之。"清·沈德潜以为"柳,疡也,非杨柳之谓",并认为王诗的垂杨"亦误用"。他的意思是说,庄子的柳生其左肘,柳本来即疡之意,王维却误解为杨柳之柳,因而有垂杨云云。而高步瀛说:"或谓柳为瘤之借字,盖以人肘无生柳者。"这里高步瀛的说法更为可取。这两句是说,从前一箭能射中飞鸟的眼睛,而如今左边的手臂像生了疡瘤一样,又僵又硬。这是对老将武艺的今昔对比,反映了老将失落而又郁闷的心情。

路傍时卖故侯瓜,门前学种先生柳——故侯瓜,《史记·萧相国世家》:"召平者,故秦东陵侯,秦破,为布衣,贫,种瓜于长安城东。瓜美,故世俗谓之东陵瓜。"先生柳,晋·陶潜退隐后曾著《五柳先生传》以自况:"先生不知何许人也,亦不详其姓字,宅边有五柳树,因以为号焉。"这两句是说,只好像东陵侯那样自己种瓜,自己到路旁叫卖;像陶渊明那样在门前栽上柳树,隐居田园。这两句是对老将生活现状的具体描写。

苍茫古木连穷巷,寥落寒山对虚牖——虚牖,敞开的窗户。这两句是说,苍茫的古木掩映在深僻的里巷,冷寂的门窗面对着寥落的寒山。这两句是对老将居住环境的描写,凸显了老将寂寥的心情。

誓令疏勒出飞泉,不似颍川空使酒——疏勒,指汉疏勒城,在今新疆疏勒县,非疏勒国。飞泉,后汉耿恭与匈奴作战,据疏勒城,匈奴于城下绝其涧水,恭于城中穿井,至十五丈犹不得水。他仰叹道:"闻昔贰师将军(李广利)拔佩刀刺山,飞泉涌出,今汉德神明,岂有穷哉?"旋向井祈祷,过了一会,果然得水。恭令士卒扬水以示匈奴,匈奴以为有神助,遂引去(见《后汉书·耿恭传》)。使酒,恃酒醉发脾气。将军灌夫,汉颍阴人,为人刚直,失势后颇牢骚不平,常恃酒逞意气,后被诛。这两句是说,老将内心依然希望能请缨杀敌,发誓要像耿恭驻守疏勒城而让井中涌出清泉那样,而绝不学颍川的莽灌夫,徒然酗酒,在酒后胡言乱语。这两句体现了在郁郁不得志的时候老将依然心系国家,想为国家建功立业。

贺兰山下阵如云,羽檄交驰日夕闻——贺兰山,在今宁夏回族自治区中部。

羽檄，调兵遣将的紧急文书，本以木简为书，长尺二寸，有急事插羽毛在檄上，表示紧急。这两句是说，如今贺兰山下战阵密布，像云涛一样，紧急军书早晚传来传去，每天都能听到。这两句从老将的生活又写到了目前的国家战事。

节使三河募年少，诏书五道出将军——节使，使臣。三河，指河南（今河南南部、湖北北部）、河东（今山西）、河内（今河南北部）。五道出将军，《汉书·常惠传》有"五将军分道出"，唐·颜师古注："祁连将军田广明、蒲类将军赵充国、武牙将军田顺、度辽将军范明友、前将军韩增。"这两句是说，天子派人到三河去招募青年，将军们受了诏命从五路向敌人进军。这是对战事调度的描写，反映了战事的紧急，也体现了老将对战事的密切关注。

试拂铁衣如雪色，聊持宝剑动星文——聊持，且持。星文，指剑上所嵌的七星文。这两句是说，且把铠甲擦拭得像白雪一样洁净，试舞起尘封的宝剑，剑上的七星花纹仍闪耀着光芒。这两句是老将在听到战事紧急之后为出征做的准备工作，体现了老将兴奋激动，想上阵杀敌的迫切心情。

愿得燕弓射天将，耻令越甲鸣吾君——燕弓，古时燕地所产角弓十分著名。"耻令"句，《说苑·立节》中记载，越国甲兵入齐，雍门子狄请齐君让他自杀，因为越国的甲兵惊动了国君，自己应当以身殉之，遂自刎死。意谓以敌人甲兵惊动国君为耻。这两句是说，但愿能得到燕地的劲弓去射杀敌军首领，不让敌兵去惊动朝廷。这里体现了老将请缨卫国杀敌的衷肠。

莫嫌旧日云中守，犹堪一战取功勋——云中，汉郡名，在今内蒙古托克托东北。云中守，汉文帝时云中太守魏尚，极得军心，匈奴不敢进犯，因斩获不多，被削为平民。冯唐对文帝说这是赏罚不公，乃复职。这里是老将以旧日的云中太守魏尚自比，意思是请不要嫌弃旧日的云中太守，我还能奋勇战斗立大功！

明·顾璘曰："老当益壮，须用云中守结，方有力。"明·顾可久《唐王右丞诗集注说》云："善使事，雄浑老劲。"清·张实居《诗友诗传录》云："七言长篇，宜富丽，宜峭绝，而言不悉。波澜要宏阔，徒起徒止，一层不了，又起一层。卷舒要如意警拔，而无铺叙之迹，又要徘徊回顾，不失题面，此其大略也。……如王摩诘《老将行》……最有法度。"清·张谦宜《絸斋诗谈》云："《老将行》填健语，欲令雄装，正是不足处，此在骨子内辨。"清·沈德潜《唐诗别裁》云："此种诗纯以对仗胜。学诗者不能从李、杜，入右丞，常诗，自有门径可寻。"

全诗三十句，每十句同一韵，一韵一个层次，共分三层。先写将军年轻时的英雄业绩，赫赫战功；次写将军被弃置、受冷落的蹉跎潦倒；最后写将军"烈士暮年，壮心不已"的强烈报国心愿。诗中老将形象的塑造,显然有廉颇和李广等古代名将的影子在,还有现实生活中更多人才的不幸遭遇在。细读全诗,其诗意有为河西老将崔希逸鸣不平之意。崔希逸被李林甫调入内地,未几含恨而死。王维哀其不幸而作《老将行》,是顺理成章的事。

双黄鹄歌送别

【题解】

题下原注:"时为节度判官,在凉州作。"具体时间当是开元二十六年(738)秋。朝廷要将凉州节度使崔希逸调往内地,由李林甫兼任节度使。崔希逸的幕僚们包括王维在内,都有"秋风正萧索,客散孟尝门"(《送岐州源长史归》)的悲伤,有的已开始考虑另谋出路。这首送别诗正是在这种背景下创作的,所送者何人,已不可考。

　　天路来兮双黄鹄,天上飞兮水上宿,
　　抚翼和鸣整羽族。
　　不得已,忽分飞,家在玉京朝紫微。
　　主人临水送将归,悲笳嘹唳垂舞衣,
　　宾欲散兮复相依。
　　几往返兮极浦,尚徘徊兮落晖。
　　岸上火兮相迎,将夜入兮边城。
　　鞍马归兮佳人散,怅离忧兮独含情。

　　天路来兮双黄鹄,云上飞兮水上宿,抚翼和鸣整羽族——黄鹄(hú),即天鹅。晋·左思《蜀都赋》有"鸿俦鹄侣"、"云飞水宿"之语,当是王维此句所本。羽族,指羽毛。这三句是说,诗人送朋友离开凉州,他首先想到的是一年前他们像一对天鹅似的,云上飞,水上宿,才来到这里。彼此"抚翼和鸣",心心相印,十分要好。

　　不得已,忽分飞,家在玉京朝紫微——玉京,这里是指京城长安。紫微,指朝廷。这三句是说,由于形势的变化(详见"题解"),迫不得已,只好分离。而朋友的家也和诗人一样,住在长安,他也是朝官,要回到朝廷去。

　　主人临水送将归,悲笳嘹唳垂舞衣,宾欲散兮复相依——主人,指凉州节度副使崔希逸,他主张与吐蕃和睦相处,不想用兵,故而得不到重用。后来被调往河南,"自念失信于吐蕃,内怀惭恨,未几而卒"(《资治通鉴》卷二一四)。嘹唳(liáolì),形容声音响亮而漫长。这三句是说,送别之时,崔节度使亲自带领众人将这位朋友送到河边,送别时演奏的胡笳声嘹亮漫长,宾客们难舍难分,刚走开又走近,不忍分离。

几往返兮极浦,尚徘徊兮落晖——诗人,当然还有别的送行者,多次在极远的水边往返,直到"孤帆远影碧空尽",还在夕阳下徘徊。

岸上火兮相迎,将夜入兮边城——夜幕降临,河岸上有人举起火把来寻找诗人和宾客们回去,送行者将在黑夜里才能回到凉州城。

鞍马归兮佳人散,怅离忧兮独含情——离忧,遭遇忧愁。《史记·屈原列传》:"离骚者,犹离忧也。"这两句是说,回到凉州,人都散了,惟有诗人孤零零地怀着满腔的忧愁。诗人愁什么呢?本来到边塞入幕,不失为一条出路。现在看来,这条路是走不通了。该怎么办呢?为什么总躲不过李林甫的身影呢?不久,诗人便回到长安,无奈地过着半官半隐的生活。

张九龄被贬,李林甫执政,盛唐的开明政治到此画上了句号。正直善良的诗人王维感到无处可以立身,不仅在朝廷无以立足,在边塞立功亦成泡影。"怅离忧兮独含情",这不仅仅是与朋友分离的忧愁。为什么诗人要用"骚体"来写这首送别诗,是大有深意的。

汉江临泛

这是一首著名的山水诗,是王维描写南方山水的力作,创作时间是开元二十八年(740),与《哭孟浩然》同年作。诗题有的论者从《瀛奎律髓》,作《汉江临眺》,非。"临眺"是站在岸上看,而"临泛"是坐在船上。诗中所写之景,均是泛舟所见所感,故"临泛"为是。

楚汉三湘接,荆门九派通。
江流天地外,山色有无中。
郡邑浮前浦,波澜动远空。
襄阳好风日,留醉与山翁。

楚汉三湘接,荆门九派通——三湘,沅湘、潇湘、蒸湘的合称,泛指湖南。九派,众多的支流。九,指多数。这两句是说,诗人一坐到汉水的船上,立刻就感到与三湘、九派一脉相通,联系在一起。

江流天地外,山色有无中——这两句写汉江水势浩大,奔腾向前,似乎直流到天地之外;而远处的山色隐隐约约,似有似无。这是画家的笔意和构图的层次感。历来被引用为王维"诗中有画"的例证。

郡邑浮前浦,波澜动远空——这两句写坐在船上的感受。由于波涛澎湃,水面很宽,所以使舟行人在视觉上产生错觉,不是水在动船在动,而是房子在起伏,郡邑在浮动,远处的天空在波动。这种独特的感受,光"临眺"是感受不到的,必须"临泛",方得此奇景。

襄阳好风日,留醉与山翁——山翁,即晋代的山简,镇守襄阳,甚有政绩,特别喜欢饮酒。这两句是说,襄阳的风光如此美好,如果山简还活着,真该与他开怀畅饮,大醉一场。此时的王维,与守静奉佛的王维判若两人,他豪情满怀,似乎变成了李白,这是"襄阳好风日"熏陶的结果,在整个王维诗作中,很少写得如此放浪。

此诗历代评价甚多,宋·陆游、元·方回、清·王夫之、清·查慎行、清·纪晓岚、清·管世铭均有点评。如明·王世贞云:"江流天地外,山色有无中,是诗家俊语,却入画三昧。"

我读王维诗,极佩服他能以精彩的一联两句诗,突出某一处山水景物的地方特色。写大漠则"大漠孤烟直,长河落日圆",写江浙则"日落江湖白,潮来天地青",写四川则"山中一夜雨,树杪百重泉",写汉水则"江流天地外,山色有无中"——有夸张但不失神韵,取一点而不及其馀,盛唐诸公,鲜有敌手。

哭孟浩然

这是王维悼念故友孟浩然的诗。诗的原注云:"时为殿中侍御史,知南选,至襄阳有作。"时间是开元二十八年(740)秋冬之际。

故人不可见,汉水日东流。
借问襄阳老,江山空蔡州。

故人不可见,汉水日东流——王维"知南选"的地点是四川黔州,回来的路上绕道湖北襄阳,显然是想看望他的老朋友孟浩然。没想到孟浩然竟已去世,故人不可见了！这一句脱口而出，近乎惊呼。而"汉水日东流"，则是化用孔子的话"逝者如斯"的含意，形象地描绘了诗人伫立汉水岸边见水思人的悲哀。

借问襄阳老，江山空蔡州——襄阳老，即孟浩然，他常以襄阳老自称。蔡州，地名，在襄阳附近，汉代蔡瑁所居之地，故名。这里代指襄阳。这两句是说，我向人们打听孟浩然的情况，大家都很悲痛，深感孟浩然的去世，襄阳人才为之一空，襄阳山水为之失色。

清·黄培芳《唐贤三昧集笺注》云："王、孟交情无间，而哭襄阳之诗只二十字，而感旧推崇之意已至。"王、孟是盛唐山水诗派的代表，一在北，一在南，南北呼应，共同把盛唐山水诗的创作推向了顶峰。不幸的是，孟浩然去世了，南方山水田园诗的创作顿失神来之笔。山水虽好，无人描绘也是空好，"江山空蔡州"的"空"字，准确地反映了诗人对孟浩然的倚重和期待落空的悲绝之痛。

送邢桂州

邢桂州即桂州刺史邢某，名不详。或谓邢桂州即桂州刺史邢济，疑有误。这首诗当是开元二十九年(741)，王维知南选北返途中游历江南时所作。而邢济任桂州刺史在二十年后，此时王维没有到过江南。

铙吹喧京口，风波下洞庭。
赭圻将赤岸，击汰复扬舲。
日落江湖白，潮来天地青。
明珠归合浦，应逐使臣星。

铙吹喧京口，风波下洞庭——铙吹，即铙歌，原本是军乐，后来在庆祝活动中也用。京口，即今江苏镇江市，因城东有京山，故名京口。洞庭，指洞庭湖。这两句是说，送行的鼓乐在京口热闹异常，朋友的船只将在风波中直指湖南洞庭。

赭圻将赤岸，击汰复扬舲——赭圻(zhěqí)，城名，故城在今安徽繁昌县西，西临大江，呈赭红色。将，与、和。赤岸，指江苏六合的赤岸山。击汰，以桨击水。舲(líng)，有窗户的船。这两句是说，船夫奋力划桨，击起水波无数，整个船好像要飞起来一样，就这样经过了赭圻和赤岸。清·沈德潜在《说诗晬语》中评论："对仗固须工整，而亦有一联中本句自为对偶者。五言如王摩诘'赪圻将赤岸,击汰复扬舲'。"

日落江湖白,潮来天地青——这是王维描写江南风光的名句,清·沈德潜在《唐诗别裁》里称赞为"奇警"。这两句是说,南方的江水气势宏大,日落时江水银光闪闪一片白色,潮水来时,海天一色,一片青蓝。"白"字、"青"字最为传神,渲染了南方山水磅礴的气势。

明珠归合浦,应逐使臣星——合浦,即今广西合浦县。相传这里不产谷物,只产珍珠,但原先郡守贪婪成性,滥采珍珠,导致蚌珠迁移到别处。孟尝到任之后进行了改革,迁走的蚌珠又回到了合浦(事见《后汉书·孟尝传》)。使臣星,东汉和帝时常派使者去各地微服私访,有两位微服私访的使者来到益州,住在李郃家。李郃夜观天象,见有两颗使臣星向益州相应的星座方位靠近,所以他猜测有使者来益州了(事见《后汉书·李郃传》)。因此,后人称使者为使星,或使臣星。这两句是王维对邢桂州的勉励,希望邢桂州在桂林任上能百废俱兴,开创一片"合浦珠还"的新气象。

赠别之诗,多从眼前景物写起,借景抒情,表达送行人的依依惜别之情。但王维这首诗用意不在惜别,而在于劝勉,因此一上来就先从诗人想象中的沿途风景写起。出京口,指洞庭,经赪圻,过赤岸,奋力击汰扬舲,经历了日出日落、潮涨潮退。"喧"、"击"、"扬"这些词都隐隐体现了一种积极开朗的思想情绪,最后诗人寓劝勉和厚望于尾联的典故之中,希望邢桂州此去桂州,会有一番大的作为。因此,清·沈德潜《唐诗别裁》曰:"'潮来'句奇警,末讽以不贪也。古人用意,曲折微婉。"名句"日落江湖白,潮来天地青"与"江流天地外,山色有无中"、"山中一夜雨,树杪百重泉",可并称为王维描绘江南山水风采的"鼎足三绝"。

登辨觉寺

辨觉寺,在庐山。关于此诗的创作时间,陈铁民先生认为是在开元二十九年王维"知南选"北返途中所作。但王辉斌先生认为是开元十九年"转官吴越"时期所作。(详见《山西大学学报》2004年第5期《王维转官吴越考略》)

竹径从初地,莲峰出化城。
窗中三楚尽,林上九江平。
软草承趺坐,长松响梵声。

空居法云外,观世得无生。

竹径从初地,莲峰出化城——初地,即欢喜地,为大乘菩萨十地之中的第一地。《华严经·十地品》:"今明初地义,是初菩萨地,名之为欢喜。"此处指佛寺下方最初的台阶。莲峰,庐山莲花峰。化城,佛教用语,指佛幻化成的城郭,这里用来比喻辨觉寺。这两句是说,竹林中一条幽静的小路连接辨觉寺的台阶,辨觉寺就像佛所幻的"化城"一般,耸立在莲花峰上。

窗中三楚尽,林上九江平——三楚,秦汉时分战国楚地为西、南、东三楚。这里指江淮大地。上,边,侧畔。九江,指注入彭蠡的湖汉九水。这两句是写诗人登上辨觉寺后,远近之景尽收眼底。广袤的三楚大地,郁郁葱葱的竹林以及绵延的江流,分明是一个大千世界。这实际上是渲染了辨觉寺的佛教氛围。

软草承趺坐,长松响梵声——趺(fū)坐,即跏趺坐,是一种佛家坐姿。梵声,念诵佛经的声音。这两句是说,众僧在软草地上打坐、习禅、念经的情形,是那么自在安然,诵经之声似与松涛相伴。

空居法云外,观世得无生——空,独。法云,佛家语,喻佛法之涵盖一切。无生,指佛理。《最胜王经》卷一:"无生是实,生是虚妄。愚痴之人,漂溺生死,如来体实,无有虚妄,名为涅槃。"这两句是写僧人自居寺中,修习佛法,俯瞰尘寰,顿悟大道的习禅体会。

元·方回《瀛奎律髓汇评》云:"此似庐山僧寺。三、四形容广大,其语无雕刻,而'窗中'、'林外'四字,一了数千里,佳甚。"明·谢榛《四溟诗话》云:"('窗中三楚尽,林上九江平'二句)旷阔有气。"清·纪昀《瀛奎律髓汇评》云:"五、六句兴象深微,特为精妙。"清·何焯《瀛奎律髓汇评》云:"题云'登',则寺在峰之巅,故目尽三楚,坐瞰九江。玩三、四自见。"无名氏《瀛奎律髓汇评》云:"佳在无雕刻,若专取广大,便堕明七子。"此诗在构思上有两点很突出:其一,极写辨觉寺之高,暗示它"跳出三界外,不在五行中"。其二,以梵声、松声之动,反衬内心习禅之静。

终南别业

王维开元末年曾隐于终南山,本诗当作于是时。诗题《河岳英灵集》、《文苑英华》、《唐文粹》均作《入山寄城中故人》,《国秀集》作《初至山中》。终南别业,指长安南郊终南山上作者的一座别墅。

中岁颇好道，晚家南山陲。
兴来每独往，胜事空自知。
行到水穷处，坐看云起时。
偶然值林叟，谈笑无还期。

中岁颇好道，晚家南山陲——道，指佛家的学说。晚，晚年。家，筑室居住。陲，边。这两句是诗人自叙中年以后十分喜好佛理，想要超脱这个烦扰的尘世，可是直到晚年才在终南山边建别墅住下来。

兴来每独往，胜事空自知——胜事，愉快的事。这两句诗明显承接上句的"晚家南山陲"，写诗人兴致来时，独自前往别业，往往能自得其乐，也不祈求这种愉快的心情能被外人所了解。"兴"与"胜事"对应的是"独往"、"自知"，也说明诗人晚年已看淡了官场名利，真的是达到了不以物喜，不以己悲，只有秀丽、安详。

行到水穷处，坐看云起时——穷，尽。这两句是王维历来被人称道的名句。诗人溯溪而上，不知不觉走到了溪水的尽头，于是索性坐下来，观赏一朵朵白云从山岫中冉冉升起。这里不仅写出了诗人随走随看，处处可观的从容闲适心情，同时也是诗人随缘任运、随遇而安的佛学思想的形象写照。而且，水尽云起，万物此消彼长、生生不息，是诗人于无意中体会到的禅机。清·俞陛云在《诗境浅说》中说："行至水穷，若已到尽头，而又看云起，见妙境之无穷。可悟处事变之无穷，求学之义理亦无穷。此二句有一片化机之妙。"从艺术效果来看，这两句更描绘了一幅天然流动的山水画，与他的"白云回望合，青霭入看无"有异曲同工之妙。

偶然值林叟，谈笑无还期——值，遇到。这两句是说，诗人于山林中偶遇一老翁，谈笑甚洽，竟忘记了回家的时间。这里就将诗人随遇而安的适意心境表达得更为淋漓尽致了。

清·王尧衢在《唐诗合解笺注》中评论："此诗不必粘题，也不必分解，清微之至。""行止自在，全是学道人气象。"

此诗是写诗人晚年隐居终南山，悠闲自得的生活情趣。王维晚年住在终南别业，游兴来了便自出外。对山水景物的兴致，常常要刨根问底，寻水要行到"水穷处"，看云要看"云起时"，水穷则见云起，各种景观此消彼长，生生不灭，变化无穷。

这种"胜事",官场上争名利的人岂能得到?只有我王维"自知"。诗人在终南山下潇洒走一回的时候,常在"谈笑无还期"的乐趣里发出一声"胜事空自知"的感叹,这一"空"字,多少流露出诗人在名利场中找不到"知音"的寂寞,但诗的主旨仍然是表达自己随遇而安的禅学思想,这就是人们常说的王维诗中的禅意。

早秋山中作

【题解】

这首诗当作于开元末年,有的论者疑此诗作于辋川隐居期间,则与"东溪故篱"不合,欠妥。

无才不敢累明时,思向东溪守故篱。
岂厌尚平婚嫁早,却嫌陶令去官迟。
草间蛩响临秋急,山里蝉声薄暮悲。
寂寞柴门人不到,空林独与白云期。

无才不敢累明时,思向东溪守故篱——累,辜负。明时,指圣明的朝代。东溪,据《水经注·颍水》"颍水又东,五渡水注之,其水导源崇高县东北太室(嵩山东峰)东溪"可知,东溪位于嵩山地界。王维在开元十九年至二十二年(731—734)曾隐居于此。这两句写自己没有杰出的才能,不敢连累圣明的朝代,所以早就想着要弃官回嵩山东溪隐居。当然,"无才"是作者的愤激反语,流露了自己怀才不遇的情绪;"明时",表面上看是颂扬,但也不无讥讽。

岂厌尚平婚嫁早,却嫌陶令去官迟——岂厌,不厌。尚平,指汉代尚长,他性情中和,隐居不仕,在儿女婚嫁之事完毕之后,就同朋友一道出游名山大川。陶令,指陶渊明,陶渊明曾任彭泽县令,但他不为五斗米折腰而辞官归隐。这两句直抒胸臆:我并不厌弃尚平早早办完了儿女婚嫁之事就出游山川的行为,相反我还觉得陶渊明弃官归隐有点太迟。

草间蛩响临秋急,山里蝉声薄暮悲——蛩,指蟋蟀。薄暮,傍晚。这两句写蟋蟀因到了秋天,叫声特别急促,而山间的知了也在傍晚时分发出悲凉的鸣叫。这一联景中寓情,一语双关。蟋蟀急叫,知了悲鸣,既写山间环境的孤寂、凄清,又暗示诗人内心的孤独、悲凉。"临秋"、"薄暮"既是指自然的季节、时间的变化,也象征着诗人行将暮年而抱负还没有实现,内心当然更加焦虑不安了。

寂寞柴门人不到,空林独与白云期——期,约会。这一联承上联而来,写柴门寂寞，人烟稀少，环境是如此凄清，所以作者只好与山林为伍，与白云做伴了。这其中既表达归隐山林的坚决志向，但也夹杂着诗人从自身遭遇而引发的不平和牢骚。

这首诗从自我、社会写起，进而写到了归隐山林。既然世事难料，社会黑暗，那么何不退隐田园呢？这是中国文人一向遵奉的处世原则，达则兼济天下，穷则独善其身，这种"独善"并非是文人衷心愿意如此，而是无奈之下的别无选择。所以这首诗直抒胸臆，情感真挚，颇具上古文人的慷慨与豁达。

新晴野望

新晴，雨后初晴。这是王维山水田园诗的精品之一，创作时间不详，或许比辋川诗作早一些，是开元末年的作品。

　　　　新晴原野旷，极目无氛垢。
　　　　郭门临渡头，村树连溪口。
　　　　白水明田外，碧峰出山后。
　　　　农月无闲人，倾家事南亩。

新晴原野旷，极目无氛垢——这两句是写雨后野望的总体特征：雨后初晴，天空蔚蓝，原野空旷，放眼远望，一切是那么明净新鲜，没有一点点尘埃。

郭门临渡头，村树连溪口——郭门，外城的城门。古代的城郭，城在内，郭在外，有"五里之城，十里之郭"的说法。这两句是说，远处的郭门临靠着渡口，近处村边的树向溪流的入河口延伸，简直就是一条绿色的通道，把村庄、溪流、河水连接在一起。

白水明田外，碧峰出山后——这两句写景，有四个层次：近处是农田，农田之外是河流，河流之外是山，山外是碧峰。从颜色上讲也有讲究：田与水，是一绿一白；山与峰是一浅一深。这一切之所以那么清晰，皆得力于"极目无氛垢"。

农月无闲人，倾家事南亩——农月，北方当指春夏之交农事繁忙的时节。南亩，泛指农田。这两句是说，这是农忙季节，庄户人家不分男女老少，都在为耕种忙碌。

"无氛垢"三字是全诗的精髓。无氛垢就是纯净,碧峰白水,分外鲜明;无氛垢也指人无杂念,无机心,"倾家事南亩"的农民是多么的淳朴。无氛垢,用佛家的偈语来讲,就是"身是菩提树,心如明镜台。时时勤拂拭,勿使有尘埃"。这就是本诗的禅意所在。有的论者认为此诗是"诗中有画"的典型,但无禅意,欠妥。"诗中有画"不错,无论是构图、设色,分明体现了画家的眼光,但对净境的描写,又分明是"诗佛"的审美情趣。

终南山

这首诗约作于开元、天宝之交,王维在他的终南别业过着亦官亦隐生活的时期。终南山,又称秦岭或中南山、太乙山,在今陕西长安区南五十里。诗题宋蜀本作《终南山行》,《文苑英华》作《终南山》。

太乙近天都,连山到海隅。
白云回望合,青霭入看无。
分野中峰变,阴晴众壑殊。
欲投人处宿,隔水问樵夫。

太乙近天都,连山到海隅——太乙,即太乙山(乙也写作一),是终南山的主峰,这里以"太乙"指代终南山。天都,传说中玉帝居住的地方。隅,海边。这两句是说,终南山雄奇壮阔,直立云霄,快要挨到天宫了,而峰峦相连,逶迤延伸,似乎要一直延伸到海边。作者这里是用夸张的手法来表现终南山的高大。

白云回望合,青霭入看无——这两句是说,山中分明是云雾缭绕,可是走到跟前,却不见踪影;走到山下再回头一望,又是一片白云缭绕的景象。这是从不同的角度描绘山中云雾的变化。

分野中峰变,阴晴众壑殊——分野,古代以九州与天上的二十八星宿相对应,谓之分野。中峰,即太乙峰。这两句是说,诗人站在终南山最高峰上四面遥望,看到终南山地域广大,竟占据了几个分野,山谷中沟壑纵横,向阳的山谷与背阴的山谷阴晴各不相同。这里极写终南山的广大,与首联的"连山到海隅"相照应。

欲投人处宿,隔水问樵夫——这两句是说,诗人经过一天的游玩,虽意犹未尽,但必须得找个投宿的地方了,于是远远地遥问水对面的樵夫。在这两句中,诗人由单纯的写景转向写人,不但出现了诗人本身,还出现了樵夫的形象。"隔水问樵夫"不仅生动地写出了樵夫口答手指、诗人侧面遥望的情景,而且凸显了终南山的辽阔荒远,意蕴深厚,令人回味无穷。

此诗描绘终南山的整体风貌。"近天都"言其高,"到海隅"言其远,"分野中峰"言其大,"白云青霭"言其变,"隔水问樵"言其空旷。而诗人观察终南山的角度也在不断变化,时高时低,时近时远,正所谓"远近高低各不同"。中国传统画法有一种技法叫"散点透视",即是多角度写景状物,"阴晴众壑"都能关照,尽收眼底。这是王维诗"诗中有画"的又一例证。清·黄培芳《唐贤三昧集笺注》点评此诗:"神境!四十字中无一字可易,昔人所谓如四十位贤人。"评得活灵活现,别有滋味。但是否"无一字可易",也不尽然。如"分野"对"阴晴"即欠工。

听宫莺

【题解】

此诗当作于开元或天宝年间王维在朝中任职之时。宫莺,宫廷的黄莺。这是一首优秀的咏物诗,表达了诗人困于官场不得自由,思念家乡的情怀。

> 春树绕宫墙,宫莺啭曙光。
> 欲惊啼暂断,移处哢还长。
> 隐叶栖承露,排花出未央。
> 游人未应返,为此思故乡。

春树绕宫墙,宫莺啭曙光——宫莺,《全唐诗》作"春莺"。啭,宫莺婉转的鸣唱。这两句写绿树环绕的宫殿,在宫莺的欢唱声中迎来了又一个春日的清晨。诗人选用"宫墙"、"春树"这些特定的景物烘托鸟鸣的环境,暗示诗人在朝为官。

欲惊啼暂断,移处哢还长——欲,正在。哢(lòng),指黄莺的鸣唱。这两句是写突然受到惊吓,黄莺的歌声暂时停止,然而不久,它又飞到别的地方,继续纵情放歌。诗人选用这样的场景,暗指朝中的种种惊扰。

隐叶栖承露,排花出未央——承露,承露盘。汉武帝刘彻曾在长安铸金铜仙人,手托承露盘,收集露水,和玉屑服食,求长生不老。排,推开。未央,未央宫,汉宫殿名,这里代指唐宫。这两句写宫莺的自由,时而隐在绿叶中,时而栖息在承露盘上,甚至可以推开花丛,飞出宫殿。诗人以"隐"、"栖"、"排"、"出"一系列动词描绘了宫莺的动态,构成了一幅自由无束的图景,用以反衬自己因官场困扰不得自由的心情,与杜甫"信宿渔人还泛泛,清秋燕子故飞飞"有异曲同工之妙。

游人未应返,为此思故乡——游人,宦游人,这里指出外做官的诗人。未应,不曾。"思故乡",《全唐诗》作"始思乡"。这两句写诗人见此景虽未返回,却因此触发了深切的思乡之情。此处将描写角度由物转向人,实现景情转换,点明主旨,实为画龙点睛之笔。

全诗采用对比手法,将宫莺与自己处处相照:同是身在宫门,同是才华横溢,同样时时受到惊扰,然而宫莺却有双翼,自由飞翔,可以无拘束地"出未央",而自己却不得不小心为官,如履薄冰,身心俱困,思乡归隐之情油然而生。这里的思乡不似宋之问"近乡情更切,不敢问来人"的直白,而是表达含蓄、细腻。

诗人构思巧妙,前三联均写物景,尾联写人,前三联的写物都为尾联的抒情作铺垫。以角度的转换将物与人相联系,见景思人,见物生情,达到情景交融。

与卢员外象过崔处士兴宗林亭

卢员外象,即员外郎卢象,盛唐颇有名气的诗人,曾先后官拜司勋员外郎、膳部员外郎、主客员外郎。据陈铁民先生考证,此诗当作于天宝三载(744)夏,卢象时任膳部员外郎。崔兴宗,王维的内弟,此时尚未出仕,故称处士。过,拜访。

> 绿树重阴盖四邻,青苔日厚自无尘。
> 科头箕踞长松下,白眼看他世上人。

绿树重阴盖四邻,青苔日厚自无尘——这两句是说,崔兴宗的林亭有一棵高大的树,枝繁叶茂,重重覆盖着四周。而树荫下青青的藓苔一天比一天厚实,自然不见有任何尘土。

科头箕踞长松下,白眼看他世上人——科头,不戴帽子把头发盘在头上。箕踞,一种傲慢的坐姿,双腿伸展而坐,其形如箕。白眼,一种轻蔑鄙视的眼神。《晋书·阮籍传》:"籍又能为青白眼,见礼俗之士,以白眼对之。"这两句是说,崔兴宗坐在这棵大松树下,帽子也不戴,两腿向前伸开坐着,傲慢地翻着白眼,鄙视人世间的世俗小人。

宛然如画。诗人还真的为崔兴宗画过肖像,见《崔兴宗写真咏》。这里却是以诗代画,活生生地画出了崔兴宗强烈的爱憎,不拘俗礼、为人正直坦荡的精神风貌。那棵大树,虽然只是背景,却也是崔兴宗刚直纯真人格的写照。

青雀歌

这是一首咏禽诗。创作时间可能和《与卢员外象过崔处士兴宗林亭》同时,即天宝三载(744)。同题咏者有卢象、王缙、崔兴宗、裴迪,并录如下。

青雀翅羽短,未能远食玉山禾。
犹胜黄雀争高下,唧唧空仓复若何?
——王　维

啾啾青雀儿,飞来飞去仰天池。
逍遥饮啄安涯分,何假扶摇九万为?
——卢　象

林间青雀儿,来往翩翩绕一枝。
莫言不解衔环报,但问君恩今若为?
——王　缙

青扈绕青林,翾翾陋体一微禽。
不应长在藩篱下,他日凌云谁见心?
——崔兴宗

动息自适性,不曾妄与燕雀群。
幸忝鹓鸾早相识,何时提携致青云?
——裴　迪

青雀翅羽短,未能远食玉山禾——青雀,一种小鸟。玉山,西王母所在地。南朝宋·鲍照《空城雀》:"诚不及青鸟,远食玉山禾。"这两句是说,青雀是一种翅膀短的小鸟,不能像西王母的使者青鸟那样飞得那么远,能在玉山食谷。

犹胜黄雀争上下,唧唧空仓复若何——这两句是说,青雀虽然不及青鸟,却比黄雀强多了。黄雀争食,你争我斗,唧唧喳喳,在一座空仓里叫个不停,简直拿它没有办法。

五位诗人也是五位朋友,以青雀自喻,各言其志,均是好诗。王维的诗意是说自己虽然得不到皇上的重用,却不屑于在官场上明争暗斗。卢象的诗意大致相同,安分守己,不准备去学大鹏展翅了。王缙则颇有怨气,似在为兄长的遭遇鸣不平。而崔兴宗与裴迪,均有凌云之志,不甘于现状。

诗歌的写法,均学王维,以青雀自喻,以问句结尾,句数、字数完全一致,可见王维这种自由诗性质的诗体得到了同道的认可。这种笔会性质的同题创作,对唐诗的发展具有重要作用。

赠李颀

李颀,盛唐著名诗人,曾任新乡县尉。开元二十九年后,长期居住在洛阳。天宝五、六载或稍后的几年中,曾一度至长安(傅璇琮《唐代诗人丛考·李颀考》)。陈铁民《王维集校注》认为此诗作于李颀到长安之时。

> 闻君饵丹砂,甚有好颜色。
> 不知从今去,几时生羽翼?
> 王母翳华芝,望尔昆仑侧。
> 文螭从赤豹,万里方一息。
> 悲哉世上人,甘此膻腥食。

闻君饵丹砂,甚有好颜色——饵,服食。丹砂,道士炼的丹药。这两句是说,我听说你服食丹药,气色变得很好。

不知从今去,几时生羽翼——生羽翼,意思是成仙。三国魏·曹丕《折杨柳行》:"与我一丸药,光耀有五色。服药四五日,身体生羽翼。"这两句是说,不知道您今天离开后,什么时候就成为仙人呢?

王母翳华芝,望尔昆仑侧——翳(yì)华芝,指用华丽的车盖遮蔽。这两句是说,您成仙之后就能见到西王母了,和仙人们一道生活在昆仑山,我是多么地想念您啊!

文螭从赤豹,万里方一息——文螭(chī),有花纹的龙。一息,呼吸一次,形容时间极短。这两句是进一步想象李颀成仙后的飘逸之游:乘纹龙、骑赤豹,一瞬间便飞越万里之遥。

悲哉世上人,甘此膻腥食——膻腥食,指牛羊鱼等肉食。结尾两句,由仙境直落人间,形成对比:可怜世上的人啊,还把充满膻腥味的牛肉、羊肉当作美味佳肴呢!

王维信佛,同时也受道教的影响,有时他阐释禅理时还引用道家的话。比如他用道家的"道无不在"来解释"佛性论",就极为简明扼要。这首诗反映了诗人对道家所信奉的得道成仙的理想甚为向往。诗歌采用浪漫主义的表现手法,颇近李白,与王维的多数诗歌在写法上有所不同。

赠刘蓝田

这是一首赠给友人的五言律诗。刘蓝田,指蓝田县令刘某,名未详。寻绎诗意,此诗应为王维居辋川时所作,《河岳英灵集》录此诗,它当作于天宝十二载前。诗中希望刘蓝田能过问农事,关心百姓疾苦,表达了诗人对繁重捐税重压下的劳苦人民的同情。

> 篱中犬迎吠,出屋候柴扉。
> 岁晏输井税,山村人夜归。
> 晚田始家食,馀布成我衣。
> 讵肯无公事,烦君问是非。

篱中犬迎吠,出屋候柴扉——这两句是说,家犬在篱笆间对着人们吠叫,于是(家里人)就走出屋门,倚靠着柴扉等候那前去交税的亲人归来。"篱中犬迎吠"的"迎"字用得十分恰当,"迎"本是人的动作,可是却用来修饰"犬",既写出犬对主人归来大献殷勤,又写出犬的迫不及待,犬且如此,更何况人,所以一听到狗叫,家里人便出屋候柴扉;同时也暗示了家人等待中的那种浓重的焦虑和担心。

岁晏输井税,山村人夜归——岁晏,岁末,指到了年末。输,缴纳。井税,井、指井字田,泛指田地,井税即指田税。这两句是说,农夫们到了年末,照例去缴纳田税,夜已很深了,他们才回到村庄。这两句呼应上联,进一步点明家犬迎吠、家人等候的是晚归的家人,而且指出是"输井税"才晚归的,暗示了农民生活的艰辛。

晚田始家食,馀布成我衣——晚田,指晚熟之田的收获。馀布,指纳调之后剩下的布。调,指唐时每丁每年需缴纳一定数量的布或绫、绢等物。这两句是说,晚熟之田的粮食才可以供自家食用(早熟之田的收获已交租),纳调后剩下的布方可以为自己做衣。这一联紧承颔联,写山村人们"输井税"的具体内容,以及老百姓缴纳税租的苦难生活。

讵肯无公事,烦君问是非——讵肯,怎么能够。公事,指刘县令的公务。是非,这里指上文提到的老百姓缴纳苛捐杂税之事,也即老百姓艰难困苦的生活。这两句是说,你身为县令怎么能够没有什么公事可做呢?烦劳您过问一下农民的疾苦吧!这是王维在看到百姓输税纳调生活极度困苦之后而发出的肺腑之言,也是对刘县令的衷心劝告。

这首诗写老百姓租税的繁重,生活的艰难,却没有从农人缴租,官吏征税的场面写起,而是别开生面写家犬迎吠,家人出候,然后才引出农人缴租晚归的叙述,这样写不仅使得全诗含蓄有味,而且给读者造成悬念,同时也更突出了主题思想,可谓一石三鸟。《唐诗成法》曾评"气味淳正,笔法疏落,从陶诗中涵咏深者"。明·顾可久《唐王右丞诗集注说》云:"急征繁苦之意,见于言外。"这首诗虽然也是王维居于辋川时作,但却一反常态,没有写辋川秀丽的山水,也没有写农村宁静幽美的风光,而是写官府的"急征繁苦",反映老百姓的苦难生活,这对于身为朝官的王维来说,的确是难能可贵的。

故人张谭工诗善易卜,兼能丹青草隶,顷以诗见赠,聊获酬之

张谭(yīn),王维的朋友,早年隐居嵩山,后来做过刑部员外郎,明《易》象,善草隶。工丹青,尤擅长画山水。《历代名画记》、《唐才子传》等书录其事。易卜,(精通)《易经》和占卜。草隶,草书、隶书。诗题的意思是,我的朋友张谭不仅会写诗,而且在《易经》、占卜、绘画、书法各方面的造诣都很深。他写了一首诗给我,我以此诗回赠他。此诗当作于天宝中。

不逐城东游侠儿，隐囊纱帽坐弹棋。
蜀中夫子时开卦，洛下书生解咏诗。
药栏花径衡门里，时复据梧聊隐几。
屏风误点惑孙郎，团扇草书轻内史。
故园高枕度三春，永日垂帷绝四邻。
自想蔡邕今已老，更将书籍与何人？

不逐城东游侠儿，隐囊纱帽坐弹棋——隐囊，类似靠枕。纱帽，南北朝至隋代显贵者所戴的一种帽子，至唐时已成为一种便帽。弹棋，古代的一种游戏。《西京杂记》记载：汉成帝好蹴鞠，但这种游戏累人，于是臣下就仿此给他制作了一种搏击的游戏，即弹棋。其法今已失传。这两句是写张谔不与游侠儿为伍，而偏好参加"弹棋"游戏。

蜀中夫子时开卦，洛下书生解咏诗——蜀中夫子，指严君平，是汉代成都著名的占卜家。洛下，指洛阳。据《世说新语》记载，"洛下书生"吟咏诗歌很特殊，晋人爱其咏而争效之。这两句借严君平和"洛下书生"比喻张谔善卜卦、善吟诗。

药栏花径衡门里，时复据梧聊隐几——药栏，即芍药的围栏。花径，花丛中小路。衡门，柴门。据梧，靠琴而眠。典出《庄子·德充符》。隐几，靠在茶几之类的小桌子上。这两句是说，张谔的隐居生活很悠闲自在，在自己的院子里时而倚琴而眠，时而隐几而坐。

屏风误点惑孙郎，团扇草书轻内史——屏风误点，唐·张彦远《历代名画记》载："曹不兴，吴兴人也。孙权使画屏风，误落笔点素，因就成蝇状，权疑其真，以手弹之。"团扇草书，在团扇上写草书。《晋书·王羲之传》记载，王羲之善草、隶，官右军将军、会稽内史。曾见一老妇人卖扇，羲之在她的扇面上题了几个字。老妇人刚开始很生气，王羲之告诉她，你就说是王右军写的，肯定可以卖个好价钱。结果"人竞买之"。这两句是说，张谔的画很有魅力，而草书的成就，在他自己看来，可能还在王羲之上。

故园高枕度三春，永日垂帷绝四邻——三春，孟春、仲春、季春的合称。这两句是说，张谔在故园隐居，整个春天足不出户，整天垂着帘子，连邻居也不来往。

自想蔡邕今已老，更将书籍与何人——蔡邕，字伯喈，汉代人。博学多才，好辞章、术数、天文，善鼓琴，又工书画。《三国志·魏书·王粲传》载，王粲到长安去，蔡邕见而奇之。有一次，蔡邕家中高朋满座，他一听说王粲来了，急急忙忙迎了出去，鞋子都穿反了。人们一看王粲，年龄还小，个子也很矮，外表很不起眼，都很惊讶。蔡邕指着王粲说："这是灵帝时司空王畅的孙子,有奇才,我不如他。我要把我家的书籍文章都送给他。"与,给。这两句以蔡邕比喻张谔,意思是说,张谔的年岁也不小了,不知道他的传人是谁?

张谔是王维的好朋友,二人以兄弟相称。王维诗集中有《戏赠张五弟谔三首》、《送张五归山》、《送张五谔归宣城》等诗,都是写给张谔的。这首诗以用典精当取胜,如"蜀中夫子"、"洛下书生"、"屏风误点"、"团扇草书"、"蔡邕传书"等,都从不同侧面高度肯定了张谔的成就,而对他颇有个性的隐居生活,更是欣赏不已。细读王维此诗,实际上也是对自己的一种评估和肯定。王、张二人确有许多相同之处。

秋夜独坐怀内弟崔兴宗

从诗中看,此诗当作于天宝九、十载间崔兴宗即将出仕之时。这是作者秋夜独坐,因思念他而作的一首诗。崔兴宗,王维的内弟,是个处士,出仕后官至右补阙。与王维关系很好。

> 夜静群动息,蟪蛄声悠悠。
> 庭槐北风响,日夕方高秋。
> 思子整羽翮,及时当云浮。
> 吾生将白首,岁晏思沧洲。
> 高足在旦暮,肯为南亩俦?

夜静群动息,蟪蛄声悠悠——群动,指各种响动。蟪蛄,蝉的一种,体较小,青紫色,又名"伏天儿"。这两句是写夜静。以"声悠悠"反衬夜的安静。

庭槐北风响,日夕方高秋——这两句是说,北风吹得庭槐作响,这正是深秋的傍晚时分。

思子整羽翮,及时当云浮——翮(hé),翎的茎,指翅膀。云浮,飞翔于空中。这两句以鸟的振翅欲飞比喻崔兴宗即将出仕。

吾生将白首,岁晏思沧洲——岁晏,岁末。这里指秋天,兼指人的晚年。沧洲,泛指沧海洲渚,指隐者所居之地。这两句是写自己年纪大了,已生归隐之意。

高足在旦暮,肯为南亩俦——高足,《古诗十九首·今日良宴会》:"何不策高足,先据要路津!"指的是骏马。这里是指内弟即将出仕。肯,岂。南亩,代指隐居。俦,伴侣。这两句是说,崔兴宗你很快就会高升,将来还会作我隐居的朋友吗?

夜静而思绪不宁,我静而内弟思动,在交叉对比中显出诗人无奈、孤单、怅然若失之情。诗中"夜静群动息,蟪蛄声悠悠"与散见于他诗的"夜静群动息,时闻隔林犬"、"夜坐空林寂,松风直似秋"等,均是以动写静、寓静于动的会心佳句。

敕赐百官樱桃 时为文部郎中

天宝十一载(752)四月一日,唐玄宗在宫中会聚百官,颁赐樱桃,此诗当作于是时。文部郎中,即吏部郎中。天宝十一载改吏部为文部,至德二年复名。

芙蓉阙下会千官,紫禁朱樱出上兰。
才是寝园春荐后,非关御苑鸟衔残。
归鞍竞带青丝笼,中使频倾赤玉盘。
饱食不须愁内热,大官还有蔗浆寒。

芙蓉阙下会千官,紫禁朱樱出上兰——芙蓉阙,谓宫门前阙楼状如芙蓉,这里代指宫旨。紫禁,代指皇家。朱樱,深红色樱桃。上兰,汉宫观名,此处借指唐禁苑。这两句是破题,直叙唐玄宗在皇宫将禁苑樱桃颁赐百官。

才是寝园春荐后,非关御苑鸟衔残——寝园,指先帝陵园。春荐,古时春日敬献樱桃于宗庙。唐·李绰《岁时纪》曰:"四月一日,内园进樱桃,寝园荐讫,颁赐百官各有差。"这两句是说,这是"春荐"的祭品,很新鲜,而不是仲夏时节莺鸟衔食的残品。

归鞍竞带青丝笼,中使频倾赤玉盘——青丝笼,系着青丝绳的笼子。此处指盛樱桃的篮子。中使,颁发樱桃的宦官。赤玉盘,《太平御览》引《拾遗录》曰:"汉明帝于月夜宴赐群臣樱桃,盛以赤瑛盘,群臣视之月下,以为空盘,帝笑之。"这两句正面描写颁赐樱桃的盛况。

饱食不须愁内热,大官还有蔗浆寒——内热,《衍义》云:"樱桃,小儿食之过多,无不作热。"大(tài)官,又作太官,唐代掌供百官膳食之官。蔗浆,甘蔗汁。这两句是说,就是吃多了樱桃也不怕上火,太官还准备了下火的甘蔗汁。

宋·胡仔《苕溪渔隐丛话》云:"摩诘诗'归鞍竞带青丝笼,中使频倾赤玉盘',退之诗'香随翠笼擎初重,色映银盘泻未停',二诗语意相似。摩诘诗浑成,胜退之诗。"清·沈德潜《唐诗别裁》云:"词气雍和,浅深合度,与少陵《野人送樱桃》诗,均为三唐绝唱。"笔者认为,此诗微含讽刺,尤其是尾联,讽意甚明。这在当时已属大胆,十分难得。

西施咏

此诗见于《河岳英灵集》,故当作于天宝十二载(753)之前。诗题或写作《西施篇》。西施的事迹,见于《吴越春秋》、《越绝书》、《十道志》、《陶朱新录》等,是古代越国的著名美女,唐代李白、杜甫、李贺、司空图、罗隐、唐彦谦、韦庄、吕岩、贯休等均有题咏。但王维此诗,当是有感而发,非泛泛而论。

> 艳色天下重,西施宁久微?
> 朝为越溪女,暮作吴宫妃。
> 贱日岂殊众,贵来方悟稀。
> 邀人傅脂粉,不自着罗衣。
> 君宠益骄态,君怜无是非。
> 当时浣纱伴,莫得同车归。
> 持谢邻家子,效颦安可希?

艳色天下重,西施宁久微——宁,岂。微,微贱。这两句是说,普天之下的君主皆重美色,像西施这样的绝色美女,哪能长久微贱,不为人所知呢?

朝为越溪女,暮作吴宫妃——越溪,据传说是浙江若耶溪,西施在此处的苎萝村卖柴浣纱。吴宫妃,指西施被越王勾践看中,献给了吴王。据《吴越春秋》载,西施在吴王宫中训练了三年之久,而这两句却以"朝"、"暮"来形容,是夸张之辞,借以印证"宁久微"的判断。

贱日岂殊众，贵来方悟稀——这两句是说，西施在越溪浣纱、卖柴的时候和一般人似乎没有什么不同，而显贵之后大家才意识到西施是绝色美女。

邀人傅脂粉，不自着罗衣——这两句是写西施进入吴宫后骄奢的生活，连梳妆打扮都有人伺候，自己一动也不动。

君宠益骄态，君怜无是非——这两句是说，吴王越是宠幸，西施越是娇媚，而西施越是娇媚，吴王则越是怜爱，以至于为美色所迷惑，达到了是非不分的程度。诗人这样写，并非过分，事实上吴王的确中了勾践的美人计，从此，便对勾践放松了警惕，使勾践得以"十年生聚、十年教训"，卧薪尝胆，终于一举灭吴。

当时浣纱伴，莫得同车归——这两句是说，西施入宫之后，当时在农村一起浣纱的女伴再也不可能与西施同乘一辆车回家了。

持谢邻家子，效颦安可希——邻家子，指东施。《庄子·天运篇》载：西施东邻有一丑女(后人称为东施)，见西施心痛时抚胸皱眉的样子，以为很美，就学她，结果越学越丑，"东施效颦"即指此。颦(pín)，皱眉。安可希，哪能看，很丑。这两句意在告诫后人，西施那一套是学不来的，想走她的路成为第二个西施，结果适得其反。

笔者在《王维、孟浩然、高适、岑参诗精选》中对此诗诗意曾讲过这样几句话："此诗未必是真咏西施。咏史诗大多是借古讽今之作。这首诗中的西施很自然地使人联想到杨贵妃。'邀人傅脂粉，不自着罗衣'，与'侍儿扶起娇无力'(《长恨歌》)何其相似；'君宠益骄态，君怜无是非'，与'姊妹弟兄皆列土，可怜光彩生门户'如出一辙。杨贵妃当年的情景是：'遂令天下父母心，不重生男重生女。'企羡者、效颦者想必很多，于是诗人有感而发。此说若可取，那么从诗意看，诗人对玄宗、贵妃都婉约地提出了批评。"按照上述思路去解读《西施咏》，或可聊备一说。

送秘书晁监还日本国

秘书晁监即晁衡，日本人，原名阿倍仲麻吕，开元五年以遣唐使来中国，"慕中国之风，因留不去，改姓名为晁衡"(《旧唐书·东夷传》)。至天宝十二载(753)，晁衡官至秘书监(从三品)兼卫尉卿。唐玄宗命其以大唐使臣身份陪同日本遣唐大臣回国。至此，晁衡在中国生活长达三十七年。临行之时，王维、赵骅、包佶等均有诗相送，晁衡亦作《衔命还国作》回赠。这是中日文化交流史上的一件盛事。不料晁衡归国途中遇大风，船只漂流至安南，李白等人还以为晁衡已死，作诗吊念。

天宝十四载,晁衡又回到长安。上元年间,擢为左散骑常侍,安南都护。《旧唐书》谓"衡留京师五十年",则至唐代宗永泰年间,尚在中国。

> 积水不可极,安知沧海东。
> 九州何处所,万里若乘空。
> 向国惟看日,归帆但信风。
> 鳌身映天黑,鱼眼射波红。
> 乡树扶桑外,主人孤岛中。
> 别离方异域,音信若为通。

积水不可极,安知沧海东——积水,指海。《荀子·儒效》:"积土而为山,积水而为海。"这两句是说,大海无边,不知道您如何回到大海之东的日本去呢?

九州何处所,万里若乘空——这两句是想象晁衡归国途中在大海航行的情景:在茫茫大海上,分不清中国在哪里,万里清波,船好像在空中航行。

向国惟看日,归帆但信风——这两句是说,大海上没有别的参照物,回国的航向只朝着太阳升起的地方走就行了,船只前进,也只能凭借风力。

鳌身映天黑,鱼眼射波红——鳌(áo),传说中的巨型龟鳖一类动物。这两句是说,晁衡此行,可能遇到风险。大海中的鳌跃出水面,连天空也映成一片黑色,那大鱼的眼睛放出光来,连海浪也映得通红。

乡树扶桑外,主人孤岛中——扶桑,古代神话传说中的大树,是太阳升起的地方。这两句是说,您的家乡远在扶桑之外的孤岛上。

别离方异域,音信若为通——若为,怎么。这两句是说,别离之后,从此天各一方,怎么样才能互通音信呢?

全诗充满关切、惆怅之情,是王维送别诗中的又一首力作。王维并没有航海的经历,可是对航海的描绘,那种孤独感、神秘感、恐惧感,却感同身受。明·顾璘《批点唐音》云:"送日本无过之者。"评价极高,但不过分。

送友人归山歌二首

据末四句之意,此诗当作于天宝末。诗题《楚辞后语》作《山中人》。

(一)

山寂寂兮无人，又苍苍兮多木。
群龙兮满朝，君何为兮空谷？
文寡和兮思深，道难知兮行独。
悦石上兮清泉，与松间兮草屋。
入云中兮养鸡，上山头兮抱犊。
神与枣兮如瓜，虎卖杏兮收谷。
愧不才兮妨贤，嫌既老兮贪禄。
誓解印兮相从，何詹尹兮可卜！

山寂寂兮无人，又苍苍兮多木——这两句是写友人将要归隐的山景：安安静静的山林满是郁郁葱葱的树木。

群龙兮满朝，君何为兮空谷——群龙，喻贤臣。这两句是设问：满朝都是贤臣，以您的才德，也该在朝中效力啊，为什么来到这座空山呢？

文寡和兮思深，道难知兮行独——这两句是代为回答：由于文章的思想深刻，能理解的人就少；由于自己的理想和主张不为一般人所知，所以自己的言行显得很独特，没有人跟着做。这实际上就是说，哪里是贤臣满朝，而是奸臣当道。

悦石上兮清泉，与松间兮草屋——与(yǔ)，赞美。这两句写友人惬意的隐居生活：喜爱石上的清泉，赞许松间的草屋。

入云中兮养鸡，上山头兮抱犊——养鸡，汉·刘向《列仙传》载：祝鸡翁，洛阳人。居尸乡北山，养鸡数百年。一千多只鸡，他给每只都取了名字，晚上它们睡在树上，白天则散开。想找它们，只要叫名字，它们就过来了。抱犊，山名。相传有位隐士抱一犊(小牛)到山上耕种，故得名。山在今山东枣庄东北。这两句连用两个典故，将友人的隐居生活写得颇有几分神奇色彩。

神与枣兮如瓜，虎卖杏兮收谷——枣如瓜，《史记·封禅书》载，李少君言："臣尝游海上，见安期生食巨枣，大如瓜。"虎卖杏，据晋·葛洪《神仙传》载，董奉，字君异，居于庐山，为人治病不收钱，而是让病人病愈后在山上载一棵杏树，数年之后，得杏树十万馀株。等到杏熟的时候，董奉在林中置一草仓，告诉人们，想要买杏的拿等量的稻谷交换就可以了。有个人贪心，多拿了一点杏子，不料一只老虎吼叫着来追赶他。他心中害怕，急忙逃回，一路上掉了不少。回家一量，所剩杏子正好与自己拿去的稻谷等量。董奉后来成了仙，他的妻子和女儿继续卖杏，仍然得到老虎的保护。这两句依然是借典故写友人山居生活的惬意舒适并将友人的隐居生活进一步神奇化。

愧不才兮妨贤,嫌既老兮贪禄——这两句由写朋友转为写自己:我没有才干,堵塞了贤路,内心很惭愧;年岁大了,还不退位,真是贪心太重啊。

誓解印兮相从,何詹尹兮可卜——解印,去职。詹尹,国家掌管卜筮的官。这两句是说,我一定会辞职离朝,跟随您归隐山林,一点也不迟疑,用不着占卜算卦。

这是对话体骚体诗。前四句是"我"问,中间八句是友人的回答,后四句是"我"说的话。三个层次,极为分明。

诗的内容将隐逸生活与神仙生活结合在一起,反映了诗人受道家思想的影响,即便到了天宝后期,依然很强烈。

(二)

山中人兮欲归,云冥冥兮雨霏霏。
水惊波兮翠菅靡,白鹭忽兮翻飞,
君不可兮褰衣!
山万重兮一云,混天地兮不分。
树晻暧兮氛氲,猿不见兮空闻。
忽山西兮夕阳,见东皋兮远村。
平芜绿兮千里,眇惆怅兮思君!

山中人兮欲归,云冥冥兮雨霏霏——冥冥,阴暗的样子。霏霏,雨雪密密麻麻的样子。这两句写友人归山时的天气。

水惊波兮翠菅靡,白鹭忽兮翻飞,君不可兮褰衣——翠菅(jiān),青茅。褰(qiān)衣,指提起衣服下摆涉水而行。这三句是写近距离雨景,由于天气不好,劝朋友暂时不要起程。

山万重兮一云,混天地兮不分——这两句由近及远,写雨中的全貌:漫天阴云笼罩着千山万岭,天与地变成一色,分辨不清。暗示友人已经远去。

树晻暧兮氛氲,猿不见兮空闻——这两句是写远处的雨景:树木都是灰蒙蒙的一片,看不见猿的踪影,却传来猿的叫声。晻暧(ǎn ài),阴暗的样子。氛氲,雾濛濛的样子。

忽山西兮夕阳,见东皋兮远村——东皋,东面的水边高地。这两句承雨景,写忽然云开日出，雨后的斜阳照得东边高地上的村庄一片鲜明，历历在目。

平芜绿兮千里，眇惆怅兮思君——平芜，杂草丛生的原野。眇，极目远视。这两句写诗人对已经远去的朋友的思念。诗人久久地站立着，极目远眺，眼前是平芜千里，却看不到友人的踪影，诗人的心情变得分外惆怅。

清·沈德潜《唐诗别裁》云："'山万重兮'以下，写去后情事，如被画图。"此诗奇妙之处是雨景。在写法上由近及远，由阴到晴，视角的转换暗示了友人的行迹，而诗人的心绪也随着友人的行迹在不断变化。

《送友人归山歌》共二首，第一首是浪漫色彩写法，整体上是想象虚构，景色却分外鲜明。第二首是写实手法，眼前景色都是实景，却写得空濛迷茫。实景及虚，虚景及实；虚实变化，匠心独运，令人叹服！

叹白发

此诗作者一作卢象。按，《王维集》宋元诸刻本俱录此诗，《唐诗品汇》亦作王维诗。此诗当作于天宝末年。宋蜀本、述古堂本、元本俱作《叹白发二首》，其一即此诗，另一首即七绝《叹白发》。

> 我年一何长，鬓发日已白。
> 俛仰天地间，能为几时客。
> 怅惘故山云，徘徊空日夕。
> 何事与时人，东城复南陌。

我年一何长，鬓发日已白——这两句是说，我的年龄已经很大了，须发一天天地白了。

俛仰天地间，能为几时客——俛仰，《庄子·在宥》："其疾，俛仰之间而再抚四海之外。"俛仰，即俯仰、周旋的意思。这两句是说，我在天地间存活，就像在人间当客旅，能有多少日子啊！

怅惘故山云，徘徊空日夕——怅惘，《全唐诗》作"惘怅"。故山，疑指蓝田山居。这两句是说，想起故山的白云，我内心就感到惆怅不已。时下我还在官场上徘徊，日子过得空荡荡的。

何事与时人，东城复南陌——这两句是作者进一步扪心自问：我为什么还在官场上和别人一道城东城南地奔波呢？语气强烈，充分表达了诗人决心彻底归隐的焦虑心情。

王维年少时即笃信佛教，到了晚年更一心向佛。无奈官务缠身，放弃一切全心清修的愿望总是难以实现。因此，这种身心分离的矛盾与痛苦，总是困扰着诗人，常常焦虑不安。这首诗即是诗人这种半官半隐生活的特殊心态的真实写照。

送张五归山

张五即张諲(yīn)，兄弟排行第五，官至刑部员外郎，擅长画山水，与王维、李颀等人为丹青之友。张諲于天宝中辞官归隐山林，本诗也应该作于此时。张五事王维为兄，此诗之前王维曾作《戏赠张五弟諲》三首和《答张五弟》，两人以兄弟相称，亲如手足。这首诗表达了诗人送张五时引发的归隐之情。

送君尽惆怅，复送何人归？
几时同携手，一朝先拂衣。
东山有茅屋，幸为扫荆扉。
当亦谢官去，岂令心事违。

送君尽惆怅，复送何人归——这两句是说，我送你归隐，内心极为惆怅，不知道下一位是谁，也要离开朝廷，舍我而去？天宝后期，政治黑暗，许多正直之士不愿在朝为官，所以诗人才有这种预感。

几时同携手，一朝先拂衣——几时，曾几何时，谓时间不长。唐·刘希夷《代悲白头翁》："宛转蛾眉能几时，须臾鹤发尽如丝。"拂衣，弃官归隐。这两句是说，我们在一起的日子还不长，不料你很快就弃官归隐了。

东山有茅屋，幸为扫荆扉——东山，东晋·谢安曾隐居东山，后泛指隐者所居之地。此指张五的隐居地。从文意推断，此处的东山，当指蓝田山或嵩山。幸，希望之词。这两句是说，你此行所去的东山，有我的茅屋，希望代为我打扫一下。

当亦谢官去，岂令心事违——这两句是说，我不久也会辞官归隐，哪能长久地混迹官场，违背自己的初衷呢！

明·顾可久评此诗云:"情话成文,冲淡高古,不可句摘。"(《唐王右丞集注说》)这是从王维诗歌的风格来立论的。笔者认为这首诗的可贵之处,是真实地反映了王维在天宝中后期的心态。在杨国忠把持朝政的日子里,王维心情苦闷,不欲为官,看到与自己志同道合的朋友一个个离开朝廷,他就产生一种拂衣而去的冲动。但王维至天宝末也没有辞官,这可能与他用佛理来化解心中的委屈有关。

皇甫岳云溪杂题五首(选三)

鸟鸣涧

《皇甫岳云溪杂题五首》是类似于《辋川集》的五言绝句,也是王维山水田园诗的力作之一,创作时间可能与《辋川集》相近。皇甫岳,开元、天宝时期人,唐·王昌龄有诗《至南陵答皇甫岳》可证,与中唐时期的皇甫岳无涉。云溪,当是云溪别业之省称。五首小诗的诗题皆为云溪别业的景点地名。以景点名称命题,与《辋川集》相同。

人闲桂花落,夜静春山空。
月出惊山鸟,时鸣春涧中。

人闲桂花落,夜静春山空——人闲,不少选本甚至权威教材均作"人间",错。闲的繁体为"閒",与"间"形似而讹。这两句是对仗句,"人闲"对"夜静",均为主谓结构,很对称。若作"人间",在词性上就失对了。闲与静相对,词义相同。"人闲"与"夜静",是互文见义,可以互换位置,即可理解为"夜静桂花落,人闲春山空"。这两句是说,静悄悄的夜,静悄悄的人,白天热闹的春山,到了夜里,静得连桂花落地的声音都听得见。

月出惊山鸟,时鸣春涧中——在静悄悄的夜里,山鸟早已归巢栖息了,但是月亮一出来,山鸟受到强烈光线的刺激,误以为遭遇偷袭,惊得飞起来在春涧上空盘旋,时不时发出一声惊叫。当它搞清楚这原本是一场误会以后,便气定神闲地归巢栖息,山谷又重新归于平静。

这是王维以动写静,寓静于动的典型诗例。前两句正面写静,后两句从反面以动来反衬静。这一手法,虽然导源于南北朝诗人王籍的"蝉噪林逾静,鸟鸣山更幽",但诗人王维运用得最为娴熟,在艺术上获得了极大的成功。

胡应麟、黄周星、沈德潜等明清学者均从禅意的角度评价此诗,也很有见地。对宁静境界的追求,本来就是禅意的重要体现。至于"读之身世两忘,万念皆寂"(《诗薮》),今天的读者则未必会产生这种效果。

莲花坞

莲花坞与鸟鸣涧、鸬鹚堰、上平田、萍池均是皇甫岳云溪别业的景点名称。

> 日日采莲去,洲长多暮归。
> 弄篙莫溅水,畏湿红莲衣。

日日采莲去,洲长多暮归——这是写诗人在莲花坞游览时的情景。他看到姑娘们天天在那里采莲,沿着长长的沙洲到傍晚才归来。

弄篙莫溅水,畏湿红莲衣——她们用篙撑船,诗人在心里呼喊:"你们小心一点撑篙,不要把水花溅到莲花上。它们多可爱呵,就像一个个妙龄少女。"畏湿,是担心被水溅湿的意思。

诗人的用意是写对荷花的喜爱,却不正面用笔,而是把自己写成一个护花使者,守护在荷花的身旁,不许旁人对它有丝毫的侵扰。更妙的是:这个"它"已被诗人转换成"她",更增添了许多情意。

萍 池

依题立意,重点写萍。

春池深且广，会待轻舟回。
靡靡绿萍合，垂杨扫复开。

春池深且广，会待轻舟回——这两句是说，一池春水，深而广的池水，当是等待小舟归来。

靡靡绿萍合，垂杨扫复开——水面上布满了翠绿的浮萍，多情的春风舞动垂杨的柔条，轻轻地把浮萍扫开，空出一条道来，好让小舟经过。可是，顽皮的浮萍不听话，刚刚扫开，它们又密密麻麻地合拢了，好像故意在与春风、垂杨开玩笑。靡靡，是密密的意思。

一池萍水，一株垂杨，本来平淡无奇，诗人却写得何等风趣。本来是静境，却处处在动，而愈是动，则愈见其静。

在这里，人、舟、水、萍、杨柳、春风，是多么亲近和谐地生活在一起。王维的山水田园诗展现了人与自然亲密相处的和谐美，这也是王维诗的一大特色。

辋川集并序

余别业在辋川山谷，其游止有孟城坳、华子冈、文杏馆、斤竹岭、鹿柴、木兰柴、茱萸沜、宫槐陌、临湖亭、南垞、欹湖、柳浪、栾家濑、金屑泉、白石滩、北垞、竹里馆、辛夷坞、漆园、椒园等，与裴迪闲暇，各赋绝句云尔。

《辋川集》是王维最著名的一组山水田园诗，共二十首，全是五言绝句，每首的诗题都是辋川的一个景点名称。景点是依照游览路线排列的，故而诗的排列显得自然成趣。而且，每一首诗都有裴迪的和作。《旧唐书·王维传》："维得宋之问蓝田别墅，在辋口。辋水周于舍下，别涨竹洲花坞。与道友裴迪浮舟往来，弹琴赋诗，啸咏终日。尝聚其田园所为诗，号《辋川集》。"《辋川集》的创作时间大体上可定为开元末至天宝初，以第一首所云"新家孟城坳"来看，当作于诗人营建辋川别业之初。辋川，在陕西蓝田县之辋谷，辋谷水贯流而下，并入灞水。因王维在辋川隐居之前，曾在终南山隐居，并置有终南别业，而辋川也在终南山麓，故有的学者认为终南别业即辋川别业，恐非是。

孟城坳

据《蓝田县志》载,南朝宋武帝曾在辋谷筑思乡城,从裴迪和诗可知,此城已废。坳(ào),此处是指山间低洼之处,常在两峰之间。

> 新家孟城坳,古木馀衰柳。
> 来者复为谁,空悲昔人有。

新家孟城坳,古木馀衰柳。来者复为谁,空悲昔人有——诗的大意是说,我在孟城的口子上新安了一个家,这里原本是初唐著名诗人宋之问的别墅,而现在,宋之问已去世多年了,当年的柳树也衰朽成古木了。不知我死之后又有谁来住呢?他一定会为别墅的旧主人悲叹吧,但这种悲叹有何意义?只不过是"空悲"而已。昔人,既指宋之问,也指王维自己。

诗的旨意是说人生如寄,身外之物皆是"空"。诗人明显地将"有"与"空"对举,是说"有"即是"空",这是佛家的"色空"观念,或许正是这首小诗的禅意所在。

华子冈

> 飞鸟去不穷,连山复秋色。
> 上下华子冈,惆怅情何极!

飞鸟去不穷,连山复秋色。上下华子冈,惆怅情何极——这首诗写诗人登览华子冈景色的感受。诗人看到一望无边的秋色,山连着山,似乎连飞鸟也受不了,越飞越远。此刻,诗人的惆怅之情达到了极致。

从裴迪的和作可知,诗人登冈之际,正是日落之时,与《山居秋暝》的写景时刻相同,但心情却完全不同。《山居秋暝》云:"随意春芳歇,王孙自可留。"而这里却说:"上下华子冈,惆怅情何极!"由此可见,诗人的隐居生活,心情是复杂的,不完全是有远离官场的腐败、回归自然的欢乐，同时也有受排挤，不得已而为之的苦闷。连山的秋色是引发诗人惆怅之情的一个导火线，不是根本的原因。清·张谦宜《絸斋诗谈》云："根在上截。"有的学者认为王维是写"悲秋"，似乎理解得浅了一些。无边的秋色与无穷的惆怅只是表面上的因果关系，而在艺术上，则是虚实相应，将看不见的情感物化得色彩鲜明。

文杏馆

文杏裁为梁，香茅结为宇。
不知栋里云，去作人间雨。

文杏裁为梁，香茅结为宇。不知栋里云，去作人间雨——诗的大意是说，文杏馆结构精美，以文杏为栋梁，以香茅作屋檐。而且，文杏馆筑在高高的山顶上，从栋梁飞出的云彩，便化为人间的雨。文杏，一种有文采的珍奇杏树。汉·司马相如《长门赋》："刻木兰以为榱兮，饰文杏以为梁。"宇，屋檐。栋，房屋的大梁。

裴迪的和诗云："迢迢文杏馆，跻攀日已屡。南岭与北湖，前看复回顾。"极言馆高。古人与当代学者也认为王维此诗与裴迪诗意相同。但笔者认为，王维以禅喻诗，含有言外之意。文杏、香茅，是《离骚》笔法，写其高洁。栋里云，是说文杏馆高入云天，远离尘世。重点是"去作人间雨"，说明还是忘却不了尘世的苦难。这不正是诗人高洁的情操、亦官亦隐的生活、既想出世、又难以忘却世情的形象写照吗？裴诗浅而王诗深，高下自现。

斤竹岭

檀栾映空曲，青翠漾涟漪。
暗入商山路，樵夫不可知。

檀栾映空曲，青翠漾涟漪——这两句是说，来到斤竹岭，便看到了漫山遍野的竹林竹海，无论是山顶还是山谷，都呈现一片风姿绰约的景象，那高低起伏的无边翠绿,就像是大海的波纹。檀栾,是形容竹的姿态优美。空曲,空是指山顶的空旷处;曲是指山谷的幽深处。

暗入商山路,樵夫不可知——这两句是说,斤竹岭有一条山路可通商山,但茫茫竹海,陌生人看不见;斤竹岭上常有打柴的樵夫,也是因为茫茫竹海,看不到樵夫的身影。商山,在陕西商县,而商县与蓝田县交界。

这是一首描写竹海的好诗,全诗无一竹字,却处处是竹。明·顾可久在编辑王维诗集的时候评点说:"模写竹林深处,正不在雕琢。"意思是诗人只是剪辑了四个自然的镜头,没有作刻意的修辞和炼字。但此诗的深意,不止写竹海,而是写人与自然的和谐。这里并不是一片原始竹海,有路有人。人自行行,竹自葱葱,人与竹,和谐相处,浑然一体。和谐美是王维山水田园诗最本质的美学特征,也是《辋川集》反复吟咏的主题。

鹿　柴

柴(zhài),通"寨",即围栏、篱障的意思。陕西、山西一带至今有许多村落叫某某寨,如大寨(在山西昔阳)等,含有军事性村堡的意思。而鹿柴,顾名思义是养鹿场的意思,是否古代真的在此养鹿,不得而知。

空山不见人,但闻人语响。
返景入深林,复照青苔上。

空山不见人,但闻人语响——这两句是说,鹿柴一带树木繁茂,看不到人的踪影,表面上判断似乎是一座空山,但实际上有人活动,能听到人们说话的声音。清·张谦宜《絸斋诗谈》谓"不见人"之人,即主人也,正确。主人是王维,"人语响"是指山里人说话的声音。

返景入深林,复照青苔上——景,同"影"。返景,指夕阳。这两句是说,鹿柴之东,或许因高山所阻,旭日东升,阳光难及深处,而西山较为低矮,故返影能入深林。大凡鹿群出没处,必是草木繁盛处。无草则无鹿,无阳光则无青草。诗人说,即便是密林深处,无法长草的地方也有一抹夕阳,长出了青苔,空旷处的青草则不待言。这是诗人观察生活的细致处,紧紧围绕"鹿柴"来展开描绘。

古代学者评价这首诗,常以"无言而有画意"、"写出幽深之景"称之,当然是不错的。今人反倒刻意求异,附会出种种禅意,令人难以信服。笔者认为,这首小诗只是写宁静之景,"人语响",是王维惯用的寓静于动的写法,而返影复照青苔,则是宁静之极。如果说有禅意,禅意正在这里。因为宁静之景反映了诗人摒除虚妄后的平和心态。但这首小诗的丰富内涵还不止此,诗人要表达的意思是,在辋川、在鹿柴,不仅人与自然融为一体,而且世间万物生长有序,皆有生机,即便是密林深处的青苔,也能得到阳光的温暖,大自然是一个和谐的整体生态。诗人在这里再一次强烈地表达了他高度咏赞的和谐美的理想。

木兰柴

秋山敛馀照,飞鸟逐前侣。
彩翠时分明,夕岚无处所。

秋山敛馀照,飞鸟逐前侣——敛,收。馀照,夕阳。这两句是说,秋天的傍晚,太阳即将落山的时候,阳光逐渐向山顶移动,看上去就像太阳在慢慢收回它的光线似的;这时飞鸟已经感觉到白天即将结束了,在加快速度追赶前面的伴侣,准备归巢。

彩翠时分明,夕岚无处所——彩翠,指晚霞渲染的青山和青山上的红叶,此刻分外绚丽夺目,而夕岚——山谷里升腾起来的暮霭,一团团,一线线,飘流不完,煞是好看。

诗人是以画家敏锐的观察力,捕捉太阳落山前一刹那间的自然美景,妙处是各种美景都在活动、变化,阳光、飞鸟、彩翠、夕岚,呈现出大自然婀娜多姿的风采。明·顾可久评点此诗:"一时景色逼人,造化尽在笔端矣。"他没有去理会诗中是否还有禅意,极有见地。

茱萸沜

茱萸(yú),植物名,有浓烈香味,可入药。古代风俗:重九登高,佩茱萸囊避邪。

王维《九月九日忆山东兄弟》诗云:"遥知兄弟登高处,遍插茱萸少一人。"同时,以茱萸、甘菊入酒而饮,也是重阳节登高饮酒的习惯。沜(pàn),同"泮",半月形水池。

　　　　结实红且绿,复如花更开。
　　　　山中倘留客,置此茱萸杯。

　　结实红且绿,复如花更开。山中倘留客,置此茱萸杯——倘,假如。茱萸杯,《全唐诗》作"芙蓉杯",今从清·赵殿成《王维集笺注》改。诗的大意是说,茱萸的果实红红绿绿,远远望去,就像红花绿叶,梅开二度似的。如果有客人来我的山居访问,我一定用茱萸酒招待他。

　　诗人名为"诗佛",实则多情好客。拟用茱萸酒待客,既表达了对客人的思念之情,也含有祝福客人平安幸福的意义,质朴、诚挚、纯净、和谐。

宫槐陌

　　　　仄径荫宫槐,幽阴多绿苔。
　　　　应门但迎扫,畏有山僧来。

　　仄径荫宫槐,幽阴多绿苔。应门但迎扫,畏有山僧来——诗的大意是说,密密的宫槐树下有一条窄窄的路,由于难见阳光,显得幽深阴暗,上面长着青苔,还覆盖着槐叶。守门人应该好好清扫,恐怕有哪位山僧会来走访呢。仄径,小路。宫槐,槐树中的一种。应门,看门人。

　　"应门但迎扫",不是指迎扫青苔,而是槐叶。裴迪诗说得很清楚:"门前宫槐陌,是向欹湖道。秋来山雨多,落叶无人扫。"裴诗透出萧瑟、荒冷,王诗透出静穆、热情、纯真。后者和谐,前者相反。是谁在辋川真正得到了回归自然的乐趣,读者自知。

临湖亭

轻舸迎上客,悠悠湖上来。
当轩对樽酒,四面芙蓉开。

轻舸迎上客,悠悠湖上来。当轩对樽酒,四面芙蓉开——诗的大意是说,诗人在轻盈的大船上迎接贵宾,自由自在地向临湖亭划过来。他们一边饮酒,一边向窗外眺望,只见四面都是盛开的荷花。舸(gě),大船。悠悠,形容船缓缓而行,自由自在的样子。轩,这里是指船窗。

有论者认为"轻舸迎上客"是诗人派人驾船迎客,似不妥。诗人若不在船上,则无"四面芙蓉开"的体验。裴迪诗云"当轩弥㴉漾",正是坐船的感觉。所谓"上客",就是裴迪。

"四面芙蓉开"是极力礼赞辋川之美,美在圣洁无染,是诗人心中的"净土",而舸与湖、主人与上客,与"四面芙蓉开"的大背景融为一体,净化的心灵与洁净的荷花表里相映,这才是诗人最为称道的和谐美。

南 垞

轻舟南垞去,北垞淼难即。
隔水望人家,遥遥不相识。

轻舟南垞去,北垞淼难即。隔水望人家,遥遥不相识——诗的大意是,驾舟到南垞去游览,一湖之隔的北垞难以相近。只能远隔湖水遥望不相识的人家。南垞(chá),景点名,垞是小山丘。即,及,到达。从诗意看,南垞与北垞之间,相隔一湖,是否真的浩淼到难以接近,则未必,当是夸张之词。

辋川山水,诗人是当作世外桃源来描绘的。如《辋川六言》所云:"杏树檀边渔父,桃花源里人家。"这里说的隔水人家,遥遥不识,也正是"鸡犬之声相闻,老死不相往来"之意,是桃源生活的特征。

欹 湖

这是一首送客诗,与《临湖亭》迎客诗相映成趣。欹(yī)湖,当在南垞与北垞之间。欹,叹美之词。顾名思义,欹湖的含义是美丽的湖。

吹箫临极浦,日暮送夫君。
湖上一回首,青山卷白云。

吹箫临极浦,日暮送夫君。湖上一回首,青山卷白云——诗的大意是说,诗人在天色将晚的时候,乘舟来到很远的湖岸上,吹着箫送朋友离去。当他再坐船返回之时,回头一看,辋川的景色只是白云缭绕的青山而已。极浦,很远的水边。夫(fú)君,指友人。唐·孟浩然《游精思观回王白云在后》诗:"衡门犹未掩,伫立望夫君。"(这里的夫君,指友人王白云。)

"青山卷白云",是指辋川在遥望中的整体形象,而这一形象正是辋川这个世外桃源的外部特征。诗人在《桃源行》中说:"峡里谁知有人高,郡中遥望空云山。"这与"青山卷白云"的意境吻合。因此这首小诗的旨意,还是在赞美辋川——诗人心中的桃花源。

柳 浪

这是一首咏柳的咏物诗。所谓"柳浪",当是指一行行的柳树枝条迎风起伏,宛如波浪。

分行接绮树,倒影入清漪。
不学御沟上,春风伤别离。

分行接绮树,倒影入清漪。不学御沟上,春风伤别离——诗的大意是说,这里的柳树多美啊,一行行紧密相连,它的倒影映在清清的水纹里,何等地安宁自在!

它不学御沟的同类,总是在春风里为人们的离别而伤心。绮(qǐ)树,美树,指柳。清漪,清澈的波纹。御沟,又名御河,长安皇城外的护城河,那里柳树成荫,人们往往在此折柳赠别。唐·王之涣《送别》:"杨柳东门树,青青夹御河。近来攀折苦,应为别离多。"

咏柳即咏人,或者说咏柳即咏己。诗人的意思是,他在辋川的隐居生活,心态平和,摆脱了许多尘世间的烦恼。应该说,这是一首颇具禅意的咏物诗。

栾家濑

飒飒秋雨中,浅浅石溜泻。
跳波自相溅,白鹭惊复下。

飒飒秋雨中,浅浅石溜泻。跳波自相溅,白鹭惊复下——诗的大意是说,在绵绵的秋雨中,在急急而泻的石滩下面,白鹭静静地立在浅水中捕鱼,而溅起的水珠有时打在白鹭身上,惊得它立即起飞,当它明白这是一场虚惊之后,又飞下来立在水中,恢复了平静。飒飒(sà),风雨声。浅浅(jiān),流水很急的态势。石溜,水从石上、石间流过。跳波,流水自上而下碰撞在石头上溅起的水珠。白鹭,鹭科飞禽,羽毛白色,颈长、足高、嘴尖,主食鱼贝。

这是王维以动写静的名作,与《鸟鸣涧》异曲同工,一个是写白天,一个是写夜晚,所使用的艺术手法都是寓静于动,以动见静。笔者在《唐诗鉴赏辞典》中曾说过:"通过'白鹭惊复下'这一场虚惊来反衬栾家濑的安宁和静穆。在这里,没有任何潜在的威胁,可以过无忧无虑的宁静生活。这正是此时走出政治漩涡的诗人所追求的理想境界。"

金屑泉

日饮金屑泉,少当千馀岁。
翠凤翔文螭,羽节朝玉帝。

日饮金屑泉,少当千馀岁。翠凤翔文螭,羽节朝玉帝——诗的大意是说,只要每天都饮用金屑泉之水,少说也要活千多岁。说不定还会乘着翠凤之车,由无角龙驾着,用仙人的仪仗去朝拜玉帝呢。金屑泉,当是辋川著名的泉水,当地必有饮此泉能长生的传说。翠凤,指车。文螭(chī),指驾着翠凤之车的无角龙。羽节,仙人的仪仗。(见晋·王嘉《拾遗记》)

不要误以为王维真的相信长生不老。年轻时的王维或许对道家的长生术颇为向往,但后来他失望了。"白发终难变,黄金不可成。欲知除老病,唯有学无生。"(《秋夜独坐》)"学无生"是指学佛。这首诗的本意只是通过道家的传奇色彩来称颂金屑泉的水质好,有益于健康。深层的意思是,辋川山好水好,没有任何的污染,与腐败的官场截然不同。

白石滩

清浅白石滩,绿蒲向堪把。
家住水东西,浣纱明月下。

清浅白石滩,绿蒲向堪把。家住水东西,浣纱明月下——诗的大意是说,白石滩的流水清澈、浅显,水边的蒲分蘖出许多分枝,如果用手去握,一根蒲草将近一把。在明亮的月光下,一些姑娘们在浣纱,她们的家就在河水的东岸和西岸。白石滩,景点名。从裴迪诗句"日下川上寒"看,此处当有一条河,而东西两岸都有人家。

明·顾可久《唐王右丞诗集注说》云:"为此白石滩,安得不浣纱?有清斯濯缨之意。"这是完全错误的理解。所谓"清斯濯缨",见于《孟子·离娄上》:"有孺子歌曰:'沧浪之水清兮,可以濯吾缨;沧浪之水浊兮,可以濯吾足。'孔子曰:'小子听之!清斯濯缨,浊斯濯足矣。自取之也。'"意思很明显,是说世道清明则做官,世道浑浊则退隐。孔子要弟子们自己去抉择。如果按照顾可久的理解,王维诗中歌唱"沧浪之水清",是想做官了。可是分明是在写退隐之乐,写辋川生活的宁静和谐。辋川的清水、白石、绿蒲、明月,是何等纯净,与官场的污泥浊水截然不同;

浣纱之女,庄户之家又是何等的淳朴,俨然是一幅世外桃源图,又似乎是西施的苎萝故里,溪水的纯净与人的淳朴和谐一体。这哪里有什么濯缨之恋!

北 垞

北垞湖水北,杂树映朱栏。
逶迤南川水,明灭青林端。

北垞湖水北,杂树映朱栏。逶迤南川水,明灭青林端——诗的意思是说,北垞(chá)的位置在欹湖北岸,多种树木的绿叶簇拥着红漆栏杆的台榭,红绿交相辉映。从北垞向南眺望,湖的南边,有一条河,弯弯曲曲,在青翠的树林中或隐或现。北垞,是与南垞隔湖相望的一个景点。湖,欹湖。湖之北为北垞,湖之南为南垞。两处皆有民居,故诗人在《南垞》诗中说:"隔水望人家,遥遥不相识。"逶迤,弯弯曲曲的样子。明灭,或隐或现。

诗人写南北二垞,以望中远景取胜。南川水宛如戏水蛟龙,藏头露尾,盘曲多姿。望中远景,则写出了辋川山水也有空旷淡远的景色。这是任何一个著名的自然风景区必备的要素。

竹里馆

独坐幽篁里,弹琴复长啸。
深林人不知,明月来相照。

独坐幽篁里,弹琴复长啸。深林人不知,明月来相照——诗人大意是说,幽篁独坐,弹琴长啸,深林无人,明月相照。幽篁,幽深的竹林。长啸,用嘴唇撮合而发出的一种悠长的尖鸣。

这是王维极负盛名的代表作之一。全诗意境宁静之极,是佛家"以静为乐"的禅学理念的形象写照,也是诗人以动(弹琴、长啸)写静的传神之作。在这里,自然界的宁静与诗人排除世俗杂念后心境的宁静,和谐地融为一体,达到了心灵相通,相互理解的高度。不仅仅是诗人以大自然为乐,而且大自然也以诗人的回归为乐。"明月来相照"正是大自然与诗人的心灵对话。

辛夷坞

木末芙蓉花,山中发红萼。
涧户寂无人,纷纷开且落。

木末芙蓉花,山中发红萼。涧户寂无人,纷纷开且落——诗的大意是说,山中的辛夷花长出许多红色的花蕾。而住在山涧边上的农户人家竟然静悄悄的,不见人影,完全不在意辛夷花的存在,任凭它们纷纷地开放,又纷纷地凋落。芙蓉花,即荷花。而木末芙蓉花则是指开在树上的像荷花一般的辛夷花,又称木笔,是高大乔木。裴迪诗云:"况有辛夷花,色与芙蓉乱。"也是说辛夷花与荷花相似,简直可以以假乱真。萼,花的托片,绿色,俗称花蒂。诗中的"红萼",则是代指花蕾。涧户,住在山涧边上的人家。

诗意是什么呢? 十分耐人寻味。

宋·刘须溪点评:"其意不着一字,渐可悟禅。"明·胡应麟《诗薮》云:"五言绝之入禅者。"都认为含有禅意,但却没有作具体的分析。

陈允吉先生在《论王维山水诗中的禅宗思想》一文中认为,这首诗表达了诗人"所认识的自然界,它的真实面貌应该是'毕竟空寂'的"。

陈仲奇先生在《因花悟道,物我两忘》一文中说:"在王维看来,整个精神世界和物质世界,不正是像辛夷花那样,在刹那的生灭中因果相续,无始无终,自在自为地演化着吗?""王维因花悟道,似乎真切地看到了'真如'的永恒存在,这'真如'不是别的,就是万物皆有的'自然'本性。"

笔者认为这首诗是在感叹人生的短暂。人生虽然绚丽,却不是永恒的,正如辛夷花一般,"纷纷开且落"。因此,诗人就感悟到永恒的"真如"可贵,渴望达到永恒的"真如"彼岸,这便是这首诗的禅意所在。诗人在《秋雨辋川庄作》中说"山中习静观朝槿",朝槿也是一种花,有红、紫、白三色,花虽美,可是朝开暮落,短暂得很,故称为"朝槿"。"习静"是坐禅学佛的意思。诗人为什么要将"山中习静"与"观朝槿"联系在一起呢? 就是从朝槿的朝开暮落中感悟到了人生的短暂,故而坐禅学佛,渴望达到永恒的彼岸。这句诗对我们理解《辛夷坞》的创作本意是很有帮助的。与此同时,这首诗还有一层含义:辛夷花如此璀璨,却长在深山,自生自灭,无人问津。这里多少含有诗人自况的意味,多少抒发了诗人深山独处,难以实现自身价值的惆怅之情。"上下华子冈,惆怅情何极",不是没有来由的。

漆 园

古人非傲吏,自阙经世务。
偶寄一微官,婆娑数株树。

古人非傲吏,自阙经世务——傲吏,指庄子,曾任漆园吏,楚威王闻其贤,欲迎以为相,庄子不就(见《史记·老庄申韩列传》)。故而晋·郭璞在《游仙诗》中云"漆园有傲吏"。王维却说"古人非傲吏",那为什么不去做大官呢?回答是"自阙经世务"。阙,缺少。经世务,治世的本领。由于治理国家的本事不大,所以不敢去。这显然不是说庄子,而是说自己。

偶寄一微官,婆娑数株树——微官,指漆园吏这种小官。婆娑(pósuō),徘徊。意思是说,庄子偶然做漆园吏这么个小官,不过是借以在几株漆树下散步罢了。

唐代辋川是否真有漆树,不得而知。诗中无一句写景,或许《漆园》这个景点的命名,纯乎是用典。明·顾可久点评:"引古自况。"极是。诗人决不会认为庄子这样的大才不会治国。"自阙经世务"是说自己,但这一句也只是自谦之辞,甚至可以理解为一句反语。在奸相李林甫、杨国忠执政的年代里,善良正直的诗人"宁栖野树林,宁饮涧水流。不用坐梁肉,崎岖见王侯"(《献始兴公》),这才是真话,这才是他退隐辋川的主要原因。"宁栖"、"宁饮"是君子之道,是对奸臣当道的另一种形式的抗争。

椒 园

桂尊迎帝子,杜若赠佳人。
椒浆奠瑶席,欲下云中君。

桂尊迎帝子,杜若赠佳人。椒浆奠瑶席,欲下云中君——诗的大意是说,用桂花酒迎接帝子,将杜若赠给佳人,在玉席上祭奠上椒香酒,迎接云中君来到人间。

桂尊,当指盛满桂花酒的酒杯。杜若,芳草名。《楚辞·九歌·湘君》:"采芳洲兮杜若,将以遗兮下女。"椒浆,浸有花椒的酒。奠,祭奠。瑶席,用玉装饰的华美的席子。下,迎神下降人间。云中君,云神。

　　明眼人一看就知道这也是"离骚"笔法。桂尊、杜若、椒浆、瑶席和帝子、佳人、云中君,无一不是屈原笔下的芳香之物和神仙形象。汉·司马迁解读《离骚》云:"其文约,其辞微,其志洁,其行廉。其称文小而其指极大,举类迩而见义远。其志洁,故其称物芳……"(《史记·屈原贾生列传》)由此可见这首诗中的芳香精美之物是有象征意义的,它们是诗人"志洁"的物化。同时,《离骚》中的男女之约、人神之会,也反映了屈原渴望君臣际会的意愿。那么,王维所写的"迎帝子"、"赠佳人"、"欲下云中君",同样也是希望得到皇上重用的一种浪漫主义的表现手法。《辋川集》以《椒园》收尾,在最后才道出真言,和盘托出了他隐居辋川的复杂心态。这一点,连他年轻的朋友裴迪也是心知肚明的。裴迪的和诗是这样写的:"丹刺胃人衣,芳香留过客。幸堪调鼎用,愿君垂采摘。"椒盐调鼎,是辅弼君王治国的同义语。诗中的"君"不是指的一般人。裴迪的和诗,在诗的旨意上往往与王维不合拍,就像两人合唱,一前一后,但唱到最后一句,同声同步,戛然而止,给人们留下许多想象的空间。

附:裴迪《辋川集》二十首

孟城坳

结庐古城下,时登古城上。
古城非畴昔,今人自来往。

华子冈

落日松风起,还家草露晞。
云光侵履迹,山翠拂人衣。

文杏馆

迢迢文杏馆,跻攀日已屡。
南岭与北湖,前看复回顾。

斤竹岭

明流纡且直,绿篠密复深。
一径通山路,行歌望旧岑。

鹿　柴

日夕见寒山,便为独往客。
不知深林事,但有麏麚迹。

木兰柴

苍苍落日时,鸟声乱溪水。
缘溪路转深,幽兴何时已。

茱萸沜

飘香乱椒桂,布叶间檀栾。
云日虽回照,森沉犹自寒。

宫槐陌

门前宫槐陌,是向欹湖道。
秋来山雨多,落叶无人扫。

临湖亭

当轩弥滉漾,孤月正裴回。
谷口猿声发,风传入户来。

南　垞

孤舟信一泊,南垞湖水岸。
落日下崦嵫,清波殊淼漫。

欹　湖

空阔湖水广,青荧天色同。

舣舟一长啸,四面来清风。

柳　浪
映池同一色,逐吹散如丝。
结阴既得地,何谢陶家时。

栾家濑
濑声喧极浦,沿涉向南津。
泛泛鸥凫渡,时时欲近人。

金屑泉
萦渟淡不流,金碧如可拾。
迎晨含素华,独往事朝汲。

白石滩
跂石复临水,弄波情未极。
日下川上寒,浮云淡无色。

北　垞
南山北垞下,结宇临欹湖。
每欲采樵去,扁舟出孤蒲。

竹里馆
来过竹里馆,日与道相亲。
出入唯山鸟,幽深无世人。

辛夷坞
缘堤春草合,王孙自留玩。
况有辛夷花,色与芙蓉乱。

漆　园

好闲早成性，果此谐宿诺。
今日漆园游，还同庄叟乐。

椒　园

丹刺胃人衣，芳香留过客。
幸堪调鼎用，愿君垂采摘。

古人评价《辋川集》，最著名的观点有以下几种：

一是诗中有画。宋·苏轼《东坡题跋·书摩诘蓝田烟雨图》云："味摩诘之诗，诗中有画；观摩诘之画，画中有诗。"此论一出，千古不易。虽然不是直接评论的《辋川集》，但他是将眼前的画与心中的诗参照而评的。只是"诗中有画"的内涵，后人的理解颇为歧异，一般论者只是将诗与画机械地加以对照，而失去了传神写照的气韵。

二是诗中寓禅。明·胡应麟《诗薮》："太白五言绝，自是天仙口语，右丞却入禅宗。如'人闲桂花落，夜静春山空。月出惊山鸟，时鸣春涧中。''木末芙蓉花，山中发红萼。涧户寂无人，纷纷开且落。'读之身世两忘，万念皆寂，不谓声律之中有此妙诠。"清·沈德潜《说诗晬语》："王右丞诗不用禅语，时得禅理。"观点很正确，但运用到具体的诗歌中，当今论者的分析，不尽相同。但不管怎么说，诗中寓有禅意是王维山水田园诗的一大特色。

三是以禅喻诗。清·王士祯《带经堂诗论》："严沧浪以禅喻诗，余深契其说，而王维尤为近之。如王、裴《辋川》绝句，字字入禅。"以禅喻诗是指《辋川集》的创作方法，诗意不直说，要读者运用形象思维通过诗歌的意境去领会，就像禅宗传道一样，通过具体的形象去"妙悟"其中的道理，如"世尊拈花"、"迦叶微笑"，暗示了什么？你自己去领悟。世尊与迦叶不会明白地告诉你。王士祯接着还列举了一些其他人的诗句，说这都是"妙谛微言，与世尊拈花，迦叶微笑，等无差别"。王士祯这一番宏论如果用今天的语言讲，就是一句话："《辋川集》是形象思维的典范之作。"由于他讲到了"辋川绝句，字字入禅"，不少读者便以为《辋川集》每一首都寓有禅意，而且要努力挖掘其具体禅意之所在。这恐怕会徒劳而返的。"字字入禅"，只是说一首诗都具有"妙语"的特色，光看字面上的意思是悟不到言外之意的。比如，《辋川集》中看上去极好懂的《华子冈》，诗人因秋色而惆怅似乎是悲秋，而实际上另有隐情。而这隐情事关诗人的安危,是不能明言的。

四是关于王、裴唱和的比较,是王优于裴,还是两相力敌。如果单就某一首诗而言,确有难分高下的情况。比如《欹湖》、《栾家濑》、《椒园》等,裴诗的确很优秀。尤其是《栾家濑》,写得毫无机心杂念,人与自然浑然一体,和谐之极,深得王诗神韵。但从整体(二十首)来看,年轻的裴迪,尚未涉足官场,他在构思的时候,心中没有官场腐败的阴影,因而对辋川山水的爱,就不及王维爱得真切。比如《茱萸沜》、《白石滩》中竟写出了"森沉犹自寒"、"日下川上寒"的句子,与王维的情调相去太远。裴诗中不乏秀句,如"山翠拂人衣"、"四面来清风"、"时时欲近人"、"弄波情未极"、"王孙自留玩"、"愿君垂采摘",等等,为裴诗增色不少。但熟读过王维诗集的学者不难发现,在王维诗集中都有类似的样板。因而对这些秀句产生似曾相识的感觉,并不觉得十分新奇,原创性大打折扣。

五是辋川绝句二十首,究竟哪几首更为突出?清·施补华《岘庸论诗》云:"《辋川》诗五绝清幽绝俗,其间'空山不见人'、'独坐幽篁里'、'木末芙蓉花'、'人闲桂花落'四首尤妙,学者可以细参。"这一评价有错误,"人闲桂花落"即《鸟鸣涧》,属于《皇甫岳云溪杂题》五首之一,不属于《辋川集》的范围。皇甫岳的云溪别业到底在哪里,没有任何证据证明是在辋川。因此,连广义的辋川五绝也谈不上。《辋川集》作为一个整体本来是不能分割的。如果一定要从中挑出最为出色的诗来,笔者认为以《鹿柴》、《木兰柴》、《栾家濑》、《竹里馆》、《辛夷坞》五首更为古今读者所喜闻乐见一些。

山居秋暝

山居,当指辋川隐居。诗人曾隐居终南山、嵩山、淇上,但诗中所写景物,与以上三地不合。暝,日色昏暗。秋暝,秋天的傍晚。

空山新雨后,天气晚来秋。
明月松间照,清泉石上流。
竹喧归浣女,莲动下渔舟。
随意春芳歇,王孙自可留。

空山新雨后,天气晚来秋——开头即说"空山",颇耐人寻味。诗中分明有浣女归舟,"空"在哪里?原来山中树木繁茂,看不到人的踪影,正所谓"空山不见人,但闻人语响"(《鹿柴》)。如果换一个角度,从远处凝望,给外人的感觉是:"峡里谁知有人事,郡中遥望空云山。"(《桃源行》)"空山"二字总领全篇,奠定了世外桃源的基调。而诗人点题是山雨初霁的秋天傍晚,景色如何呢?

明月松间照,清泉石上流——千古秀句! 天色已暝,而皓月当空;群芳已谢,而青松如盖。山泉清洌,淙淙流泻于涧石;月色如筛,点点闪光于松下。这是多么幽清明净的自然美。诗人曾赞许过:"息阴无恶木,饮水必清源。"(《济上四贤咏》)诗人还抗争过:"宁栖野树林,宁饮涧水流。不用坐粱肉,崎岖见王侯。"(《献始兴公》)那么眼前的明月、青松、清泉、白石,不正是诗人人格美的形象写照吗?

竹喧归浣女,莲动下渔舟——忽然间,竹林里一阵喧哗,是何缘故?仔细一听,原来是那些天真无邪的少女洗罢衣服笑着归来;忽然间,水上的落叶在猛然摇晃,什么动静?定睛一看,原来是辛劳淳朴的渔民在驾舟而下,掀翻了珍珠般的荷上水珠,划破了"荷塘月色"般的宁静。这又是多么美好的生活图画。这两句诗人故意将因果倒置,先写竹喧、莲动,然后再补明原因,这也是以动写静的手法,意在突出眼前的一片宁静与和谐。在这里,一切都不用担心,没有什么惊恐。诗人混迹尔虞我诈的官场时受到的心灵创伤,心有余悸的惶恐心态,在这里得到了温馨的抚慰。

随意春芳歇,王孙自可留——春芳歇,即春花谢。王孙,是自指。《楚辞·招隐士》:"王孙兮归来,山中兮不可久留!"诗人的体会恰恰相反,"山中"比"朝中"好,洁净而无污染,淳朴而无机心。因此,诗人决心远离官场,留在山中定居了。"王孙自可留"是诗人发自内心的呼喊,是斩钉截铁的心灵抗争。

这是王维山水田园诗精品中的精品,有许多创新之处。其一,它突破了传统的"悲秋"主题,反弹琵琶,敢于说"不",辟出一条清新的创作蹊径。其二,律诗的中间两联,正宗的写法是一联写景,一联叙事抒情,叙事时还往往用典。但王维这两联均是写景,只是上联侧重写物,下联侧重写人。清·沈德潜《说诗晬语》却加以责备:"景象虽工,讵为楷模?"他没有看到,正是这种突破常规的写法,给后人以宝贵的艺术启示。比如唐·柳宗元的《登柳州城楼寄漳、汀、封、连四州》,中间两联也全是写景,反而成了千古绝唱。其三,诗人在这里展现的和谐社会美,是唐诗中尚未涉及的一个新领域。不仅写出了自然界物种的和谐,也展现了人与人之间的和谐(浣女、归舟、诗人),还描绘了人与自然的和谐,构成和谐社会的三大要素。这在一千多年前是很不容易的。《山居秋暝》为什么历来被人称道,在今天尤其受欢迎,一个重要原因就是诗人形象地展示了人类共同的孜孜以求的社会理想——和谐社会的社会理想,也反映了人类共同的孜孜以求的美学追求——和谐美的美学追求,从而使这首诗达到了思想和艺术完美结合的新高度。

戏题辋川别业

所谓戏题,即带有开玩笑的性质,不要当真。

柳条拂地不须折,松树披云从更长。
藤花欲暗藏猱子,柏叶初齐养麝香。

柳条拂地不须折,松树披云从更长——披云,谓松树高入云天。这两句是说,我这别业的植物一概不用修剪,柳条长得在地上扫来扫去,也不要管它;松树长得高入云天,任凭它长去。

藤花欲暗藏猱子,柏叶初齐养麝香——猱(náo)子,猿猴中的一种,善攀援。麝,鹿科动物,能分泌名贵的麝香,古人认为麝吃柏叶则香气更为浓烈。这两句是说,藤花越长越密,暗得看不见里面藏着猴子,柏叶也长得齐刷刷的,正好用来培养麝香。

说是戏言,却是用开玩笑的语气道出了诗人的真实思想:他希望自己的别墅自然天成,少一点人力加工的痕迹,显得更具有生态美。当然,柳条拂地不修剪也不好,只可说是"戏言"。

这首绝句在写法上不同于正常的起、承、转、合的写法,而是四句并列,一句一景。故明·杨慎《升庵诗话》评点云:"一句一绝。"同时,这是两个对仗句,犹如截取律诗的中间两联。唐·杜甫也有这种写法,如《绝句四首》(两个黄鹂鸣翠柳),有人认为不及王维,似欠公允。

归辋川作

诗人退隐辋川,只是半官半隐。所谓"归辋川作",当是诗人下朝归来所作。

谷口疏钟动,渔樵稍欲稀。

悠然远山暮,独向白云归。
菱蔓弱难定,杨花轻易飞。
东皋春草色,惆怅掩柴扉。

谷口疏钟动,渔樵稍欲稀——谷口,辋谷口。疏钟,指寺庙里缓慢的钟声。稍,逐渐。欲,将要。这两句是说,傍晚的时候,谷口的钟声缓慢地敲响了,这时候,路上行走的渔夫樵子渐渐少了。

悠然远山暮,独向白云归——悠然,这里是形容忧愁的样子。这两句是说,我忧愁地眺望暮色苍茫的远山,独自一人向白云深处回去。

菱蔓弱难定,杨花轻易飞——这两句是说,水中的菱茎细弱,飘荡不定;树上的柳絮轻浮,随风而飞。这种写景,似与朝廷中一些小官的软弱、一些势利小人的趋炎附势有关。

东皋春草色,惆怅掩柴扉——东皋,东面的水边高地。唐代诗人常用来指自己的隐居之地。这里即指辋川。柴扉,指自家的大门。这两句是说,看到这一片青草,我惆怅地回家关上了大门。

明·顾可久点评:"仕不得意之作,含蓄不露。"极是。在《辋川集·华子冈》诗中,诗人看见秋色而惆怅,这里又说见草色而惆怅,皆是托词。

诗人写归途,由远及近,顺路写来,自然流畅之极。

山居即事

山居,当指辋川隐居。即事,当前的事物。类似这种以当前事物为题材的诗歌,古人称为"即事诗"。

寂寞掩柴扉,苍茫对落晖。
鹤巢松树遍,人访荜门稀。
嫩竹含新粉,红莲落故衣。
渡头渔火起,处处采菱归。

寂寞掩柴扉,茫茫对落晖——柴扉及下句的荆门,都是对自家大门的谦逊说法。这两句是说,在秋天的傍晚,我寂寞地掩上大门,出来一看,眼前是一片茫茫的夕阳。

鹤巢松树遍,人访荜门稀——这两句是说,松树上到处都有鹤筑的巢,而来访的朋友却不多见。

嫩竹含新粉,红莲落故衣——这两句是说,当年的新竹,嫩嫩的竹节上还留有一圈白色粉末,红色的荷花花瓣却开始一片片脱落。

渡头渔火起,处处采菱归——这两句是说,这时候,渡口的渔船上亮起了灯火,采菱的姑娘们正从四面八方归来。

此诗可与《归辋川作》连读,不过,这是写的秋景,有一点孤独、寂寞,也有一点苦闷、惆怅。但是,当诗人看到田园生活的和谐自在的时候,心境又开朗起来。孤独与寂寞不见了,惆怅之情已消失在"处处采菱归"的笑语声中。这是诗人辋川隐居时的心态最全面的写照。诗人通过眼前景色的描绘,形象地写出了自己心情变化的脉络,这在即事诗中是很少见到的。

但作为一首律诗,平仄虽然完全协律,然而"落"字重用,似欠妥。若改为"红莲脱故衣",或许更为严谨。

愚公谷三首

诗题下有小序:"青龙寺与黎昕戏题。"愚公谷,据《水经注》,位于山东。但诗人们说的愚公谷,都是借指栖隐之地。王维此处当是指辋川。青龙寺,在长安,诗人与王昌龄、王缙、裴迪曾在此赋诗唱和。黎昕,王维诗中多称黎拾遗,在朝任谏官。愚公,非《愚公移山》之愚公,而是隐者的代名词,意谓不会钻营取巧,世俗之人嘲之为愚。

(一)

愚谷谁与去?唯将黎子同。
非须一处住,不那两心空。
宁问春将夏,谁论西复东。

不知吾与子,若个是愚公?

愚公谁与去?唯将黎子同——这两句是说,我和谁去愚公谷呢?只有黎先生您了。

非须一处住,不那两心空。宁问春将夏,谁论西复东——这四句是说,不是说咱俩非住在一块不可,无奈咱俩都心灵空寂,心意相通,都不去理会春天还是夏天,也不管它东西南北。不那(nuó),即无奈。两心空,指两人都信佛,心里没有杂念。宁,岂。春将夏,春和夏。

不知吾与子,若个是愚公——这两句是说,由此看来,我与您,不知哪一个是愚公呢?意思是都是愚公。若个,哪一个。

(二)

吾家愚谷里,此谷本来平。
虽则行无迹,还能响应声。
不随云色暗,只待日光明。
缘底名愚谷,都由愚所成。

吾家愚谷里,此谷本来平——这两句是说,我在愚公谷安家,愚公谷的路是平坦的。

虽则行无迹,还能响应声——这两句是说,我在谷里的路上走着,没有留下脚印,但只要一声呼叫,就有回声。

不随云色暗,只待日光明——这两句是说,愚公谷不因为云色重就昏暗,也不因为日光强而光明。

缘底名愚谷,都由愚所成——这两句是说,至于为什么叫"愚公谷",大概都是因为"愚"而造成的吧。

(三)

借问愚公谷,与君聊一寻。
不寻翻到谷,此谷不离心。
行处曾无险,看时岂有深?
寄言尘世客,何处欲归临?

借问愚公谷,与君聊一寻——这两句是说,请问到愚公谷怎么走?且让我来和您找一找吧。借问,请问。

不寻翻到谷,此谷不离心——这两句是说,我觉得不去找反而能到愚公谷,因为愚公谷就在每个人的心中。翻,同"反"。

行处曾无险,看时岂有深——这两句是说,这个谷,没有险峻,也不是深不可测。曾无险,毫无险峻之处。

寄言尘世客,何处欲归临——这两句是说,我说世间的人们啊,你们还要归向何方?尘世客,世上之人。

这是讲禅理的诗,光看字面上的意思是看不懂的。

禅宗认为,人人都有佛性,人人心中都有净土,只要自己能排除尘世的妄念,佛性就大放光明了。所谓"愚公谷",只是心中净土、佛性的一个比喻。因此,诗的第一首,是强调"心空",唯有心中清净之人,才能发现净土、佛性。第二、三首的意思是说,净土就是净土,无明无暗,无深无浅,无高无低,人人心中都有,不用到处乱找。只要你真正做到了"愚",你就已经立足在净土之上,修成正果了。所谓"愚",只是世俗之人的偏见。在世俗之人看来,功名富贵、酒色财气,是人生追求的目标。到手的财富不要就是"愚蠢"。如果有谁能修成这样"愚蠢"的"愚公",那也就是"愚公谷"的主人了。

本来,讲述佛理的诗是很枯燥无味的,王维集中也有空谈佛理的乏味之作。但这三首,由于比喻形象生动,读来颇觉耐人寻味,然而终归不属上乘之作。

林园即事寄舍弟紞

这是王维写给其弟王紞(dǎn)的一首诗,作于辋川闲居的时期。表达了诗人学道无成的困惑和苦闷心情。

寓目一萧散,消忧冀俄顷。
青草肃澄陂,白云移翠岭。
后浦通河渭,前山包鄠郢。
松含风里声,花对池中影。

地多齐后疟，人带荆州瘿。
徒思赤笔书，讵有丹砂井。
心悲常欲绝，发乱不能整。
青簟日何长，闲门昼方静。
颓思茅檐下，弥伤好风景。

【新解】

寓目一萧散，消忧冀俄顷——寓，寄。寓目，观看，过目。萧散，潇疏闲散之意。冀，希望。俄顷，一会儿。这两句是写作者极目远望，心情一下子开朗了，他希望以此来消除内心的忧愁，获得移情山水的欢愉，哪怕只是片刻的欢愉。

青草肃澄陂，白云移翠岭——肃，静。陂，池塘。绿草在澄澈的池塘边静静地立着，白云慢慢飘浮掠过翠绿的山岭。这两句由近及远，写作者所看到的清新、秀美的景色。

后浦通河渭，前山包鄢郢——后浦，作者身后的河浦，即指辋水，辋水入灞水，灞水入渭水，渭水入黄河。前山，作者眼前的山岭，当指秦岭。包，包容。鄢，楚别都，在今湖北宜城西南。郢，楚郢都，在今湖北江陵西北。这两句是说，身后的河浦能远通河渭，而眼前的山岭又是如此广阔，以至于能包容楚国的鄢郢。这一联从大处着眼，极写地理形胜。

松含风里声，花对池中影——这一联从细处入手，写山间景物：风儿吹来，松林间响起阵阵涛声，花儿也在池水中投下它美丽的倒影。

地多齐后疟，人带荆州瘿——齐后疟，指齐景公所患疟疾。瘿，长在脖子上的一种囊状瘤，荆州南部诸郡多此疾。这两句是说秦岭以南山穷水恶，人多怪病。

徒思赤笔书，讵有丹砂井——赤笔书，指仙书符箓。讵，岂。丹砂井，道家认为饮此水能长寿。这一联承上联抒写自己的忧虑：我空想着能找到仙书符箓，可事实上却没有什么长寿之术。

心悲常欲绝，发乱不能整——这两句是说，作者因为回天无力因而常常悲痛欲绝，头发乱了也无心梳理。

青簟日何长，闲门昼方静——青簟，青色的席子。这两句化用南朝梁·江淹《别赋》"夏簟清兮昼不暮"之意，意谓夏日卧于青簟之上，门前冷落、孤寂，这漫长的白昼怎么才能度过。

颓思茅檐下，弥伤好风景——颓思，汉·司马相如《长门赋》："无面目之可显兮，遂颓思而就床。"弥，更加。这两句是说，本来观看风景，希望能消除忧虑，谁知面对好风景却更加忧伤。

在王维全部辋川诗作中，这一首写得心情最为沉重，真实地反映了他在辋川隐居生活的另一种心态，一种与"随意春芳歇，王孙自可留"完全不同的心态：苦闷、悲痛、伤感。从诗意看，这似乎是学道无成的悲绝，实际上是救世无方的忧愁。可见王维的隐居生活，并非是"万事不关心"的。

酌酒与裴迪

此诗也属于王维辋川诸作的范围，当作于《辋川集》之后不久。全诗坦率地表露了诗人厌弃官场，归隐田园的原因，是探究王维思想的重要作品之一。

> 酌酒与君君自宽，人情翻复似波澜。
> 白首相知犹按剑，朱门先达笑弹冠。
> 草色全经细雨湿，花枝欲动春风寒。
> 世事浮云何足问，不如高卧且加餐。

酌酒与君君自宽，人情翻复似波澜——酌酒，斟酒。自宽，自己想开一点。诗意是劝裴迪在"人情翻复似波澜"的社会里想开一点，实际上也是诗人的自宽自慰之词。以波澜形容人情反复，出自晋·陆机的《君子行》："休咎相乘蹑，翻复若波澜。"后来唐·刘禹锡在竹枝词九首中进一步发挥："长恨人心不如水，等闲平地起波澜。"

白首相知犹按剑，朱门先达笑弹冠——按剑，以手握剑柄，随时准备拔剑搏斗的动作。朱门，指权贵。先达，先于旁人显达，即先为大官。弹冠，指先达者的朋友弹冠相庆，以为有人提携，也准备做官。典出《汉书·王吉传》："吉与贡禹为友。世称：'王阳在位，贡公弹冠。'"唐·颜师古注："弹冠者，言入仕也。"王阳即王吉，字子阳。这两句，前一句好解，意思是即便号称交往一辈子的老朋友，尚且彼此提防，不敢相信。后一句的解释则分歧很大，谁笑话谁？是先达者笑话后进之士呢还是认为后进之士也准备做官的想法很可笑？殊不好解。笔者认为，"笑"字是"莫"字之误。这是律诗的颈联，必须用对仗。而"犹按剑"与"笑弹冠"不成其为对仗。"犹"是虚词，不能与实词"笑"相对，王维是绝不会犯这种错误的，所以说"笑"字有误。考虑到"笑"字与"莫"字，形书字形近似，可能是传抄、排印之误。

"犹"与"莫"则同为虚词,而"莫弹冠"的含义很明确,意思是豪门大户的先达者是靠不住的,你即便是他们的朋友,他们也未必会施以援手,所以还是不要弹冠相庆为好。

草色全经细雨湿,花枝欲动春风寒——这一联是写景,写当时早春时节的景色。一场春雨过后,草色得到了滋润,但枝头的花蕾还是绽开不了。因为春风料峭,天气还很寒冷。明·顾璘点评时说:"草色固是时景,然亦托喻小人冒宠,君子颠危耳。"清·赵殿成也基本同意这种说法,认为:"草色一联,乃是即景托谕:以众卉而邀时雨之滋,以奇英而受春寒之痼。即植物一类,且有不得其平者,况世事浮云变幻,又安足问耶?拟之六义,可比可兴。"以上两种解析,都说得过于具体,未必符合作者的原意。其实,诗人只是说,眼下的时局气候有如料峭春风,变化不定,并不利于人才脱颖而出。从而逼出下两句。

世事浮云何足问,不如高卧且加餐——官场上的事如风云变幻,不值得去参与,还不如退隐田园,多多保重自己。浮云,也含有"不义而富且贵,于我如浮云"(《论语·述而》)的意思。

都是心里话,一个过来人对年轻的知心朋友讲的心里话,饱含着诗人混迹官场的阵痛,披露了诗人归隐田园的苦衷。

这首律诗的平仄,四联都是"仄仄平平平仄仄,平平仄仄仄平平",被称为"拗体"。当今论者认为,拗体是故意不按平仄规律写诗,是为了表达一种压抑不平的悲愤之情,如杜甫的许多拗体诗即是如此。笔者认为这一观点难以成立。比如王维的七律,拗者占多数,但不都是表达压抑不平的悲愤之情。比如《出塞作》《辋川别业》《和贾舍人早朝大明宫之作》,都是拗体,也是王维最优秀的七律,但表达的感情一则高昂、一则欢畅、一则雄壮,丝毫不见压抑之情。可见当今论者的这一观点有失偏颇。其实,在王维所处的年代,七言律诗的创作还没有真正完全规范,失粘的律诗比比皆是,所谓拗体只是后人对不规范的律诗的一个美称而已,不存在情感特色方面的倾向。

辋川闲居赠裴秀才迪

《新唐书·王维传》载:"维别墅在辋川,地奇胜……与裴迪游其中,赋诗相酬为乐。"本诗便是王维与好友裴迪赋诗酬唱之作。全诗通过对辋川美景及自己田园生活的描绘,生动地展现出作者恬淡安逸、闲适自得的隐逸情怀。

寒山转苍翠，秋水日潺湲。
倚杖柴门外，临风听暮蝉。
渡头馀落日，墟里上孤烟。
复值接舆醉，狂歌五柳前。

　　寒山转苍翠，秋水日潺湲——潺湲，水缓慢流动的样子。诗歌一开篇，便从宏观着眼，刻画出夕阳馀晖下辋川的胜景。"寒山"、"秋水"点明时节，"转苍翠"则形象地描绘了群山在暮色映衬下由淡变浓，愈加苍翠的过程。同时，苍翠的寒山并非寂寥无声，自有山间秋水整日流淌。寥寥十字，作者便勾勒出一幅声色相间，动静结合的"辋川暮景图"。

　　倚杖柴门外，临风听暮蝉——这两句是诗人自身形象的写照：诗人年事已高，只能伫立柴门之外，倚杖临风，观寒山转翠，听流水作响，晚树鸣蝉。那悠然的神态，洒脱的闲情，不由使人联想到"策扶老以流憩，时矫首而遐观"（《归去来兮辞》）的陶渊明，从而为下文"五柳"之典埋下伏笔。此诗首联对仗工整，而此颔联失对，是将第二联换向第一联，犹如梅花在冬天偷春色而先开，故名"偷春格"。

　　渡头馀落日，墟里上孤烟——墟里，村庄。这两句进一步描画诗人倚杖门外所见到的田园暮景：夕阳在渡口由上而下缓缓坠落，炊烟在村庄由下而上徐徐飘升。二者错落有致，生气贯注其间，从而赋予静态画面以动感，渲染出乡间恬静温馨的气氛，历来为人们所称颂。曹雪芹就曾在《红楼梦》第四十八回借香菱之口赞叹道："这'馀'字和'上'字，难为他怎么想得来！我们那年上京来，那日下晚便挽住船，岸上又没有人，只有几棵树，远远的几家人家做饭，那个烟竟是青碧连云。谁知我昨晚上看了这两句，倒像我又到了那个地方去了。"

　　复值接舆醉，狂歌五柳前——尾联通过两个典故点出"赠裴秀才迪"的主旨。"接舆"是春秋时楚国狂士。《论语·微子篇》载："楚狂接舆歌而过孔子曰：'凤兮凤兮，何德之衰。'"这里是以佯狂避世的接舆比喻裴迪。"五柳"则典出晋·陶渊明《五柳先生传》："宅边有五柳树，因以为号焉。"这里是诗人以陶渊明自况。这两句是说，又一次遇上裴迪酩酊大醉，在我的门前纵酒高歌。诗人巧妙地化用两典，不仅流露出对好友的亲近与友爱，更折射出作者志在隐逸，超然物外的心迹。

　　清·王夫之《唐诗评选》云："通首都有赠意……以高洁写清幽故胜，日字重用。"高步瀛《唐宋诗举要》云："自然流转，而气象又极阔大。"

纵观全诗，作者以其敏锐的观察与精妙的语言，细致描绘出辋川秋景中最具特色的景致。诗人通过听觉与视觉两方面表现动与静的对比，使得静态的画面具有声响，富于动感，充满生气，饱含意蕴。不但诗中有画意，而且画中有诗情。诗人匠心独运，以景物为背景刻画人物形象，描写景物之中又渗透着人物强烈的主观情感。全诗首联、颈联摹画景物，颔联、尾联描写人物。景致人物，交互成文，相映成趣，达到了物我合一，情景交融的艺术境界。

辋川闲居

开元二十四年(736)，张九龄罢相，李林甫把持朝政，社会矛盾日趋尖锐。王维此时仍在朝，他倾向于张九龄的开明政治，对现实十分不满，于是心生归隐之意，在辋川购置别墅，过着亦官亦隐的生活。本篇便作于此期间，是其隐逸生活的真实写照。

一从归白社，不复到青门。
时倚檐前树，远看原上村。
青菰临水映，白鸟向山翻。
寂寞於陵子，桔槔方灌园。

一从归白社，不复到青门——白社，即洛阳社，在洛阳故城建春门东，是晋代董威辇隐居的地方，故后人常以白社称隐居之地，此处借指辋川别业。青门，长安城东南有一门名霸城门，百姓见城门色青故称青门，此处代指京城。这两句是说，自从我回到辋川隐居之所，就再也不想到京城去。不是真的不去，诗人是半官半隐，不能不去。一个"归"字，生动凝练地写出诗人对田园隐逸生活的向往与对官场生涯的厌倦。

时倚檐前树，远看原上村——这两句是诗人自身形象的写照：诗人时常倚在檐前的树旁，眺望远处原野上的农庄。诗句鲜活地再现了诗人安逸洒脱，怡然自乐的神态。

青菰临水映，白鸟向山翻——青菰，俗称茭白，生于水中，叶如蒲苇。这两句是诗人以画家的眼光来观察自然景物，抓住所见之景中最鲜明的形象来勾画：青翠的茭白掩映在清冽的水中，白鸟展翅翻飞于苍茫的山间。色彩相互映衬，景致动静结合,自然奇妙。

寂寞於陵子,桔槔方灌园——於陵子,齐国高士陈仲子的号。据《高士传》载:陈仲子认为其做高官的兄长不义,就带着妻子到了楚国,住在於陵,自号於陵子。楚王听说他很贤德,派人聘请他做宰相,他就又逃到别处替人浇灌园子。诗人这里以於陵子自况。桔槔(jiégāo),井上汲水的一种工具。此两句未必实指作者刚用桔槔浇灌了园子,而是以於陵子自喻,暗示了自己为何隐居的原因。

清·张谦宜《䌷斋诗谈》:"'时倚'二句,无景中有景。"清·纪昀《瀛奎律髓汇评》云:"诗则静气迎人,自然超妙……三四自然流出,兴象天然。"

"寂寞於陵子",耐人寻味。诗人是不愿与某种人为伍才离开官场的,某种人是谁,诗人是不便明言的。一个有志之士,生活在盛唐,却自甘寂寞,置身于白社,这中间包含有种种隐痛。读辋川诗作,不要只看到诗人回归自然,赏心悦目的一面,还应该更深层次地体察诗人的苦衷,才可全面理解诗意。

山　中

《山中》是一首历来为人们所称道的五言绝句。诗中的荆溪源于蓝田秦岭山中,所以此诗大概是作者隐居蓝田辋川时所作,而诗中描绘的也正是初冬时节秦岭山中绚丽而又凄迷、空濛而又苍翠的迷人景色。

　　荆溪白石出,天寒红叶稀。
　　山路元无雨,空翠湿人衣。

荆溪白石出,天寒红叶稀——荆溪,本名长水,又名浐水,源出陕西蓝田县西南秦岭山中,北流至长安东北入灞水。山路往往和溪流依傍而行,所以在山行时那似乎与人作伴的清溪便引起了作者的注意。"白石出"是指水中露出了粼粼白石,同时也可以想见溪水的清浅澄澈,这正是天寒时山溪的主要特征,而读者也仿佛随着蜿蜒穿行的小溪,看着它清澄莹澈的颜色,听着那潺潺流淌的声音而一同向前走去。"天寒红叶稀"呼应第一句,点明了时间——初冬季节。刚入冬天,那绚丽的红叶似乎还不愿早早离去,还在用它那稀疏而又鲜艳的身姿点缀着苍翠的山色,似乎要永远留住人们对它的美好记忆。的确,这里的"红叶稀"并不给人以萧瑟、凋零之感,而是引起读者对美的事物的留恋和珍爱。

山路元无雨,空翠湿人衣——元,即原。这两句是说,山路上原本没有下雨,但这空濛、苍翠的山色却似乎能打湿人的衣服。这里尽管是秋末冬初,但整个山中还是绿树浓荫,苍松翠柏。这种浓翠是那样空濛,那样凄迷。面对无边的千山岚气,欣赏着扑面而来的万树翠色,作者深深感觉到自己被这浓浓的翠雾所浸染,所滋润,于是似觉衣服也被打湿了,心被浸润了,这一切是那么舒爽、惬意。

宋·苏轼《书摩诘蓝田烟雨图》说:"味摩诘之诗,诗中有画;观摩诘之画,画中有诗。"这首诗融画法入诗,技法格外高超:在色彩上,诗中有清(溪)、白(石)、红(叶)、(空)翠,色泽鲜明而斑斓,极富诗情画意;在构图上,有局部景色——清溪白石、天寒红叶,也有山之全貌——山色空翠,近景与远景相结合,局部和整体相错落,充分展示了山中景色的绚丽和苍翠;但更能显示出王维诗情画意特色的是后两句"山路元无雨,空翠湿人衣"。这两句集中抒写了浓翠欲滴的山色给人的诗意感受,使作者和这空濛的山色深深地融为一体,由于诗人的感受使山色更加空灵。《千首唐人绝句》富寿荪曾评此诗"空灵超妙,神韵绝胜"。的确,山色空灵,诗意空灵,全诗尽显空灵之特色。相比之下,张旭的《山中留客》"纵使晴明无雨色,入云深处亦沾衣",虽然意境相似,但却显得实在有加而空灵不足,而王维这首小诗却因运笔空灵而显得清新隽永,情趣盎然。

辋川别业

【题解】

这是一首咏辋川风物的七言律诗。开元末年,唐王朝李林甫专权,政治相当黑暗,王维是李林甫的政敌张九龄提拔起来的,政治主张与李林甫尖锐对立,所以王维随时都有可能遭受打击,为此,王维不得不以退隐作掩护。于是,他于开元末年购得宋之问蓝田别墅,即辋川别墅,就此过着半官半隐的生活。别业,即别墅。

> 不到东山向一年,归来才及种春田。
> 雨中草色绿堪染,水上桃花红欲燃。
> 优娄比丘经论学,伛偻丈人乡里贤。
> 披衣倒屣且相见,相欢笑语衡门前。

不到东山向一年,归来才及种春田——东山,东晋·谢安隐居东山,这里借指辋川别业。向,近。这两句写作者不到辋川已近一年了,这次回来,正是春季播种的时候。王维闲居辋川时,亦官亦隐,做官的时候多,隐居的日子少,所以这次已近一年没回辋川了,作者心情很是愉快。

雨中草色绿堪染,水上桃花红欲燃——堪,能够。欲燃,指桃花红得耀眼,好像要燃烧一样。南朝梁元帝《宫殿名诗》:"林间花欲燃,竹径初露圆。"这两句描写辋川春景:经过春雨的洗涤,遍地的芳草绿得就像是用颜料染过一样,水边的桃花也开得非常红艳,仿佛着火了一般。一切是那样的鲜艳明丽,又是那样的生机勃勃。

优娄比丘经论学,伛偻丈人乡里贤——优娄,人名,优楼频螺伽叶之略称。比丘,梵文的音译,指出家后受过具足戒的男僧。经论,佛教典籍分经、律、论三部分,谓之三藏。伛偻丈人,指《庄子·达生》中驼背但善承蜩者,其承蜩秘诀是精神高度集中。这一联写在辋川和作者相来往的人们,他们或者精通佛法,或者处世有道,都非等闲之辈。

披衣倒屣且相见,相欢笑语衡门前——倒屣,古人家居,脱鞋席地而坐,客人来,急于出迎,竟将鞋子倒穿。衡门,横木为门,指简陋的住处,如《诗经·陈风·衡门》有"衡门之下,可以栖迟"之句。这两句是说,作者看到有高僧和贤人来访,匆忙中披上衣服,倒穿了鞋子而热情出迎,虽然作者住的是简陋的房子,但和高人们一道笑语喧哗,这又是何等的痛快啊!

这首诗最大的特点是主客观的结合,一方面,辋川草色堪染,桃花欲燃,大自然是如此春色荡漾,富有生机;另一方面,隐居在这里的贤人们又是那样摆脱世俗,全无杂念,一心一意研究佛道;作者既喜欢这样有生机有生气的山水,又向往主观的超脱和悠然自得,所以对大自然美的欣赏成为诗人悠然自得于其中的精神面貌的催化剂,人与人之间,人与大自然之间,无机心却有生机,这正是王维所追求的理想生活。

再者,王维善于运用色彩来体现绘画美,如"漠漠水田飞白鹭,阴阴夏木啭黄鹂"、"桃红复含宿雨,柳绿更带朝烟"、"荆溪白石出,天寒红叶衰"等,都运用了表示色彩的词语互相对照,使得画面明丽、清新、鲜艳、生动。而"雨中草色绿堪染,水上桃花红欲燃"也是如此,"绿"和"红"相映衬,渲染了春季辋川盎然的生机。

山茱萸

茱萸,植物名,香味浓烈,可入药。古代风俗,农历九月九日要佩戴茱萸,据说可避灾去邪。山茱萸为其中一种，另有吴茱萸和食茱萸。因辋川有茱萸沜，故疑此诗是王维在辋川亦官亦隐时期的作品。这是一首自喻为山茱萸的借物抒情诗。

　　朱实山下开，清香寒更发。
　　幸与丛桂花，窗前向秋月。

　　朱实山下开，清香寒更发——朱实，有的版本作"茱萸"。茱萸九月开红色花。这两句是写茱萸秋日开花，错过春风夏雨，越到秋日寒冷降临越发清香袭人，是品格高洁、不畏严寒的花中君子。

　　幸与丛桂花，窗前向秋月——幸，幸而。桂花，树名，八月开花。这两句是写秋日开花的除了茱萸，还有桂花。清冷之时，茱萸与桂花相伴生香，聊解寂寥凄清之苦。茱萸与桂花共赏秋月，也是友朋携手，即使错过春风夏雨，仍有可喜之处。

　　诗中描写秋月茱萸与桂花盛开，赞扬了它们耐得冷清寂寞，不与春花争景的品格，也抒发了诗人不同流俗的情怀。所谓茱萸、秋桂，其实就是王维及其朋友的化身。咏物诗中，通篇比兴，见物不见人者，此诗即为一例。诗以"茱萸"、"桂花"、"秋月"为主轴主境入画，清冷月辉下鲜红明黄相映，别成趣味，是宁静不浮躁的大写意手笔，又能大中见小，寥廓意境中得见真情，实为借物抒情咏志的上品。

积雨辋川庄作

　　《旧唐书·王维传》载："维兄弟俱奉佛，居常蔬食，不茹荤血，晚年长斋，不衣文彩。"本诗正是诗人这种隐逸超脱生活的真实写照。诗题又作《秋归辋川庄作》。

　　积雨空林烟火迟，蒸藜炊黍饷东菑。
　　漠漠水田飞白鹭，阴阴夏木啭黄鹂。
　　山中习静观朝槿，松下清斋折露葵。
　　野老与人争席罢，海鸥何事更相疑。

　　积雨空林烟火迟，蒸藜炊黍饷东菑——迟，缓慢。蒸藜炊黍，这里指做好饭菜。

藜,一年生草本植物,新叶嫩苗均可吃。饷,这里是送饭的意思。菑,开垦一年的地,此处泛指耕地。首联两句写出了一派静谧恬淡的田家生活:阴雨连绵时节,空旷的山林间升起袅袅炊烟,原来是农家做好了饭菜,正要送到东边的田地。清·方东树云:"此题命脉在'积雨'二字。"可谓一语中的。诗人正是巧妙地将阴雨连绵的空濛天气与农家袅袅炊烟交织在一起,渲染出一幅烟雨迷濛的田园图景。

漠漠水田飞白鹭,阴阴夏木啭黄鹂——颔联承接上文,摹写田间景象:广漠的水田里,几只白鹭展翅翱翔。远处葱茏繁茂的树林间传来黄鹂婉转的啼鸣。清·沈德潜评价:"本句之妙,全在'漠漠'、'阴阴',去上二字,乃死句也。"的确,"漠漠"、"阴阴"两组叠字,不但增加了诗的音韵,而且开拓了诗的境界,使诗句愈发鲜明生动。有了"漠漠",水田就显得广阔辽远,白鹭也就有了自由飞翔的空间;有了"阴阴",才显得雨后树林的荫浓幽深,烘托出黄鹂鸣唱的宛转清丽。同时,黄鹂之"黄",白鹭之"白",作为两点亮色映衬于空濛的背景中,更显得鲜明。

山中习静观朝槿,松下清斋折露葵——此两句将视角聚焦于诗人闲适恬静的隐逸生活:诗人在独居养性中,常面对朝槿修习静观,参悟人生的穷达荣枯,在松下采撷露葵作为素食的斋菜。习静,静寂养性。朝槿,即木槿,因其花朝开暮落,故名朝槿。清斋,素食。露葵,带露的葵菜。这里用木槿花喻示人生的无常,以露葵写诗人持斋礼佛的寡欲清心,将抽象的道理变得形象化,愈显空灵典雅。

野老与人争席罢,海鸥何事更相疑——尾联引用两个典故,内容丰富,耐人寻味。野老,山野老人,这里是诗人自称。争席,争座位,典出《庄子·寓言》:杨朱去见老子时,客舍的人纷纷让座,而他从老子那里学道返回后,人们却与他争抢座位,表示他与世人已无隔阂。"海鸥"句典出《列子·黄帝篇》:古时有人家住海边,与海鸥相近相嬉,可当其父要他把海鸥捉回来时,海鸥便再不飞近他了。这两句是说,我已和杨朱一样完全放下机心,与世无争了,海鸥为什么还要对我心怀疑虑呢?

此诗以清新的笔触,描写了久雨之后的辋川风光。全诗将辋川庄恬淡静谧的田园景致与自己闲适安逸的禅寂生活结合起来,创造出一派人与自然和谐相处、陶然忘机的空灵境界。特别是颔联两句,写景精致,天然入妙,历来为人所称道。宋·范季随云:"王维诗'漠漠水田飞白鹭,阴阴夏木啭黄鹂'极尽写物之工。"清·方东树亦云:"三四句写景极活现,万古不磨之句。"《王右丞集笺注》引周篆之语称"淡雅幽寂,莫过右丞《积雨》",绝非溢美之词。

赠裴十迪

【题解】

本诗写的是诗人与好友裴迪一起在辋川隐居时的美好回忆,当作于辋川隐居后期。裴迪在兄弟辈中排行第十,故称裴十迪。

  风景日夕佳,与君赋新诗。
  澹然望远空,如意方支颐。
  春风动百草,兰蕙生我篱。
  暧暧日暖闺,田家来致词:
  欣欣春还皋,淡淡水生陂。
  桃李虽未开,荑萼满芳枝。
  请君理还策,敢告将农时。

【新解】

风景日夕佳,与君赋新诗——日夕,指接近黄昏之时。晋·陶渊明《饮酒二十首》其五有句云:"山气日夕佳,飞鸟相与还。"这两句点明了诗人的创作契机:日落时优美的风景,勾起了作者对往昔的追忆,触动了他的创作灵感,于是为好友写下新诗相赠。

澹然望远空,如意方支颐——澹然,安静的样子。如意,器物名,柄端作手指状,用以搔背,可尽如人意,因此得名。颐,面颊。这两句是作者回忆与裴迪携手赋诗时的专注神情:时而仰天遐思,时而用如意托腮冥想。其专注之态,跃然纸上。

春风动百草,兰蕙生我篱——这两句则补叙两人吟诗的环境,描绘出一派春意盎然、生机勃勃的景色:和煦的春风吹拂百草,幽香的兰花生长在竹篱之下。

暧暧日暖闺,田家来致词——暧暧(ài),温暖的样子。闺,内室。这两句生动地撷取了作者生活中一个有趣的片段:黄昏的落日照得内室一片暖意,几位憨直的农夫见他们沉迷于创作,无法理解,故而前来提出善意、真诚的劝告。

欣欣春还皋,淡淡水生陂——皋,水边的高地。陂,池塘。淡淡,指水波荡漾的样子。这两句以下是农夫说的话:欣欣向荣的春意又回到水边高地,池塘里的春水也泛起了阵阵涟漪。"欣欣"、"淡淡"两处叠字,用得十分精妙。宋·叶梦得《石林诗话》云:"字下双声极难,须得七言五言之间,除去五字三字外,精神兴致,全见于两言,方为工妙。"此处以"欣欣"描绘出了春意的生机盎然,以"淡淡"摹写出了池水的荡漾生姿,正是达到了"精神兴致,全见于两言"的高超境界。

桃李虽未开,荑萼满芳枝——荑,草木初生的叶芽。萼,花蕾外边包着的绿色鳞片,此处指花蕾。这两句是说,桃李虽然还没有绽放,但它们的叶芽与花蕾已经布满枝头。

请君理还策,敢告将农时——末两句写出了农夫对自己的劝诫之辞:我冒昧地告诉您,现在已快到耕种的时节了,请您赶快准备回去吧。理,整理。还策,回家用的马鞭,这里是用整理马鞭来代指准备回家。

明·顾可久云:"流彩中复冲古,景与兴会。"清·张谦宜《𬘘斋诗谈》云:"汁清味厚,此加料鲤血汤也。"这首诗描绘的是与好友裴迪交游赋诗的美好回忆。诗人以清新明朗的笔调描绘出春日生气勃勃、春意盎然的景象,抒发了对大自然的向往与热爱之情。同时通过田家的劝诫,还写出了作者同他们真挚淳朴的情谊,从反面反映出诗人对尔虞我诈的官场的厌倦。

答裴迪辋口遇雨忆终南山之作

这首诗是作者与好友裴迪酬唱相和之作。辋口,即辋谷口,辋谷是一条长十里,宽约二百至五百米的峡谷,有辋水流贯其中。裴迪曾作《辋口遇雨忆终南山因献王维》:"积雨晦空曲,平沙灭浮彩。辋水去悠悠,南山复何在?"王维于是作此诗应答裴迪。诗题有的版本作《答裴迪》,《唐人万首绝句》作《答裴迪忆终南山》。

> 淼淼寒流广,苍苍秋雨晦。
> 君问终南山,心知白云外。

淼淼寒流广,苍苍秋雨晦——淼淼,水流浩大的样子。苍苍,这里形容雨天的空濛。晦,昏暗。这两句是说,浩淼的辋水奔流宽广,秋雨连绵下个不停,连日阴雨将辋口笼罩在一片空濛之中。寥寥十字,便逼真地描绘出秋雨中辋口的典型景致。特别是一个"晦"字,将秋雨飘摇,天色昏暗的情状摹写得淋漓尽致。

君问终南山,心知白云外——这两句是说,亏你问起了终南山,可见你没有忘记归隐的念头,内心已超然物外了。

清·张谦宜《絸斋诗谈》:"全从'晦'字生意。"

裴迪诗与王维诗俱佳。裴诗是说:阴雨连绵,云遮雾罩,但见悠悠辋水,不见青青南山。王维则进一步点透:不见南山而问南山,可知你心中有南山,有超然物外之心,这就足够了。这两位朋友心心相印,无论是《献王维》还是《答裴迪》,均不道破"归隐"二字,就像两位高僧对话似的,暗含着禅机。

山中送别

这首诗,清·赵殿成《王右丞集笺注》作《送别》,《唐人万首绝句》、《唐诗品汇》作《山中送别》,《全唐诗》注又作《送友》。诗中提到的"山中"应是辋川所在的蓝田山,所以此诗应是王维闲居辋川时所作,是送别友人的一首诗。

山中相送罢,日暮掩柴扉。
春草明年绿,王孙归不归。

山中相送罢,日暮掩柴扉——柴扉,柴门。这两句是说,诗人在山中送别友人独自返回,日落天晚又轻轻掩上了柴门。这两句看似简单,实则意蕴丰富。诗人一定是带着一种浓重的寂寞、惆怅来送别朋友,而又一定是从白昼到日暮一直笼罩在这凄凉黯淡的氛围之中。那么继日暮而来的是夜晚,诗人又如何打发柴门关闭后的漫漫长夜呢?这种怅惘孤寂又会持续到什么时候呢?

春草明年绿,王孙归不归——这两句是说,那遍地丛生的春草到明年此时还会再绿的,那么,我的朋友到时还会不会回来呢?这两句化用《楚辞·招隐士》"王孙游兮不归,春草生兮萋萋"的句子,写因见萋萋春草而怀念久出未归的远人。唐·白居易《赋得古原草送别》"又送王孙去,萋萋满别情"也是化用这一典故写离别之情,但王维这两句诗却别有新意:在行人已去,日暮掩扉之后,对朋友的思念又一次浮上心头,在看到春草之后会联想明年再绿,那么友人会不会再来呢?在"归不归"的疑问中饱含了与友人重聚的憧憬和期待,同时也流露出对友人久别不归的担心和忧虑。

明·刘须溪曾评这首诗"今古断肠,理不在多"。的确,这首诗并未描写送别时的"执手相看泪眼"的缠绵,而是着重从别后写起,写与友人分手后白天、夜晚难耐的落寞、孤寂,从而引发诗人对来年相约难期的担心和忧虑,可谓别出心裁,匠心独运。尽管诗的语言朴素平淡,但离情却是如此浓重、绵长,而这无限感慨又是那么藏而不露。所以明·顾可久《唐王右丞诗集注说》云:"自谓因归人感怀,怅恨无穷,婉曲、含蓄、多味、高古。"这一评价是极为恰当的。

郑果州相过

此诗或王维天宝末年居辋川时所作。郑果州,果州刺史郑某,名不详。果州,天宝元年改名南充郡,治所在今四川南充北,此处盖沿用旧称。相过,拜访。这是一首叙事性的五言律诗。

丽日照残春,初晴草木新。
床前磨镜客,林里灌园人。
五马惊穷巷,双童逐老身。
中厨办粗饭,当恕阮家贫。

丽日照残春,初晴草木新——残春,即暮春。这两句点明郑果州来访的时间、环境气氛:暮春时节,雨后初晴,丽日当空,草色如洗,清新油绿。

床前磨镜客,林里灌园人——磨镜客,传说有仙人负局先生,在吴市负局为人磨镜,同时施药为人治病,有奇效。后因用作咏仙家的典故,也用以比喻隐士。典出汉·刘向《列仙传》。王维以负局先生自比隐士。灌园人,战国时於陵子仲拒绝楚王任他为相的聘请,隐遁为人灌园。后用作隐居不仕的典故,语出《史记》。这里作者以陈仲子自比。

五马惊穷巷,双童逐老身——五马,指太守。如《陌上桑》:"使君从南来,五马立踟蹰。"这里指郑果州。穷巷,深巷。这两句写郑太守来访,作者出迎的情形:太守的来访惊动了左邻右舍,而我只有两个侍童相随相迎。

中厨办粗饭,当恕阮家贫——阮家贫,南朝宋·刘义庆《世说新语·任诞》:"三国魏名士阮籍、阮咸(仲容)叔侄家贫,习以为安。"后用作家贫而放达的典故。这里借以自谦招待简慢。

这首诗以鲜明的色彩对比,用"丽日"、"残春"、"草木"等意象勾勒出一幅清新自然的暮春画卷,为郑果州的来访作环境烘托。接着以"磨镜客"、"灌园人"自比隐士。诗人用一个"惊"字恰切地写出了巷子的幽深与清寂,与贾岛的"僧敲月下门"的"敲"有异曲同工之妙。诗的最后,以阮家贫来自谦,委婉地表达唯恐招待不周之意,诗人虽用"贫"字,却安贫乐道,无欲无求。

　　整首诗隐隐地透出诗人不慕富贵的傲骨、宁静淡泊的心境以及旷达幽远的胸襟,暗含王维出仕超脱的禅心。

酬张少府

　　这是一首赠诗。张少府,指姓张的县尉,"酬"表明是张少府先有诗相赠,王维写此诗回赠。张诗的内容大概是劝诗人不妨留意一下世务,而诗人在酬诗中也明确表态:"晚年惟好静,万事不关心。"早年,王维也曾有过抱负,特别是张九龄为相时期,然而后来奸相李林甫大权在握,忠贞正直之士一个个遭到打击、排斥,王维的理想也随之破灭,他不愿与官场同流合污,又苦于"无长策",所以只好"空知返旧林",以此来作解脱罢了。从诗的内容来看,此诗应是王维闲居辋川时期所作。

　　　　晚年惟好静,万事不关心。
　　　　自顾无长策,空知返旧林。
　　　　松风吹解带,山月照弹琴。
　　　　君问穷通理,渔歌入浦深。

　　晚年惟好静,万事不关心——惟,只。这两句是说,我到了晚年只喜欢独自清静,对于纷繁的世事早已漠不关心了。看起来,王维的生活态度好像十分消极,然而细细品味,其中又含深意,"惟"是主观意愿呢?还是不得已而为之呢?为什么到了晚年作者才"惟好静"呢?这一联作者表明心迹,但似乎言不尽意,欲言又止。

　　自顾无长策,空知返旧林——长策,良策。空知,只知。旧林,指昔日闲居的山林,这里指辋川。这两句是说,看一看自己并没有经邦济世的好办法,只好归隐山林了。前一句表面上说自己没有什么济世的才能,实际上则流露出他面对现实无能为力，但又不愿与奸相为伍的苦闷心情。后一句"空"回应上一联的"惟"，表明自己是不得已而为之，是理想落空后的万般无奈的选择。

松风吹解带，山月照弹琴——解带，古人上朝或见官时需要束带，在家无事时则可解带。这两句是说，林中清风吹拂着宽松的衣带，山间明月又照着我悠闲地弹琴，这种自由自在的生活是多么令人陶醉呀！这实际上是承上两联而来，上联的苦闷在作者内心并未激化，而是融化于松风山月的闲旷之中，作者藉此得以解脱。这其中既含有消极因素，又含有与官场生活对照，从而厌恶和否定官场生活的意味。作者通过对悠闲隐逸生活的描述，实则表明了自己宁肯归隐山林与山风、明月作伴，也不愿在黑暗官场随波逐流的最终选择。

君问穷通理，渔歌入浦深——君，指张少府。穷通，指穷困与通达，得意与失意。这两句是说，你要问我有关穷困通达的道理吗？我就要唱着渔歌向那河浦深处去了。这两句言有尽而意无穷，作者没有正面回答张少府的问题，而是反用《楚辞·渔父》的典故，流露作者的心声：既然世事如此，还问什么穷通之理，不如唱着渔歌和我一块归隐去吧。

这首诗酬赠友人，表明心迹，情景交融，章法严谨。首联"惟好静"、"不关心"总领全诗文脉，点明作者处世态度；颔联紧承首联，进一层表明心迹；颈联悠闲旷远，是景语亦是情语；而尾联化用典故，以不答而答之，飘然俊逸，神远悠然。清·张谦宜《𫄧斋诗谈》所评"用笔深浅俱到"，即是指此诗的章法之妙。

题辋川图

此诗诸本皆作《偶然作》之六。陈铁民先生《王维集校注》据唐·朱景玄《唐朝名画录》、唐·张彦远《历代名画记》、宋·郭若虚《图画见闻志》所载，认为诗题当作《题辋川图》，完全正确。然则此诗当是唐代较早的题画诗。前四句常被人摘为绝句，如《万首唐人绝句》等。

老来懒赋诗，惟有老相随。
当世谬词客，前身应画师。
不能舍馀习，偶被世人知。
名字本皆是，此心还不知。

老来懒赋诗，惟有老相随——这两句是说，自己年老了，连诗都懒得写了，只剩下老迈伴随着自己。

当世谬词客，前身应画师——当世，诸本皆作"宿世"，但"宿世"与"前身"重复，是诗家最忌。今据《历代名画记》《唐代名画记》改。《唐诗纪事》作"当代"亦通。谬词客，不称职的诗人，自谦之词。这两句是说，今世，我算是一个蹩脚的诗人，而前生，可能是一位画师。

不能舍馀习，偶被世人知——舍，放弃，抛开。世，《万首唐人绝句》《唐诗纪事》作"时"。这两句是说，自己不能舍弃"前世"遗留下来的嗜好，偶尔也画几笔，竟然为世人所知。

名字本皆是，此心还不知——这两句是说，我的名(维)和字(摩诘)合起来就是维摩诘，他是与如来佛祖齐名的大居士呀！可是我还在写诗作画，没有专心于佛学，还没有觉悟呢！

这首诗可看作王维对自己的总评价：能写诗，也能作画，但这都不是当行本色，只是偶然秉笔而已。从本性上讲，我王维是一居士，我崇拜的偶像是维摩诘，佛学才是我的当行本色。这种自白式的述志诗，以自谦自责的方式侃侃道来，使人愈加感到其奉佛的虔诚和信仰的坚定。

送平澹然判官

此诗当作于安史之乱前。平澹然，无考。判官，地方长官的僚属。唐代节度使、观察使、防御使等都有判官。这是一首送别诗。

> 不识阳关路，新从定远侯。
> 黄云断春色，画角起边愁。
> 瀚海经年到，交河出塞流。
> 须令外国使，知饮月支头。

不识阳关路，新从定远侯——阳关，关名，在今甘肃敦煌县西南，与玉门关相对,是唐代通西域的必经之路,阳关以西则是荒芜沙漠之地。从,跟随。定远侯,即班超,东汉班固之弟。明帝时,奉命出使西域,前后经营西域三十一年,使西域五十余国全部内附,以功封定远侯。事见《后汉书·班超传》。此借指安西或北庭节度使。这两句写出了友人首次跟从西域的节度使去西域做官,为后文作者想象友人别后的孤独和凄凉作铺垫。

黄云断春色,画角起边愁——黄云,沙漠中风沙迷漫的景象。画角,古时军中号角,形如竹筒,本细末大,以竹木或皮制成,也有用铜制的,外加彩绘,故称画角。这两句是说,路上风沙迷漫,关内春天的景象早已无影无踪。边塞的号角声响起,引起行人的愁思。

瀚海经年到,交河出塞流——瀚海,指大沙漠。经年到,极言道路之遥远。交河,《汉书·西域传》:"车师前国,王治交河城(唐曰西州交河县,在今新疆吐鲁番西北约五公里处),河水分流绕城下,故号交河。"《元和郡县志》卷四十:"交河出(西州交河)县北天山,水分流于城下,因以为名。"这两句以及上两句是作者设想好友出关路途的遥远,以及边塞的景象。

须令外国使,知饮月支头——月(ròu)支,西域古部族名。这二句是作者鼓励好友到边塞立功,为国效力。此时作者的依依惜别之情已转化为对友人的希望,希望他努力为国作贡献。

清·王夫之曰:"匀。"(《唐诗评选》卷三)清·姚鼐曰:"此首气不逮《绝域》一首(《送刘司直赴安西》),而工与相埒。"(《五言今体诗钞》卷二)。清·黄培芳曰:"收亦最重,此极神旺。"(《唐贤三昧集笺注》卷上)

这首送别诗在当时以及后代影响都不算很大,远远比不上《送元二使安西》等诗,但这首诗也有它的独特之处,它没有写"柳"、"雨"等象征离别的景物来渲染、烘托悲凉的气氛,而是想象别后朋友的处境,表达对朋友的恋恋不舍和关怀。结尾两句作者对朋友寄予希望,希望他能像"定远侯"一样建功立业,同时也表达了作者自己的政治抱负,这在感情上跌宕起伏,是全诗的点睛之笔。

失 题

据唐·范摅《云溪友议》载,安史之乱时李龟年在江南曾唱此诗,故此诗当系年于安史之乱前。开元二十六年,高适作《燕歌行》有句云:"铁衣远戍辛勤久,玉箸应啼别离后。少妇城南欲断肠,征人蓟北空回首。"天宝十年,杜甫作《兵车行》,有句云:"或从十五北防河,便至四十西营田。"可见征人归期难测。此诗所写"荡子从戎十载馀",正是这种情景。《全唐诗》题为《伊州歌》。

> 清风明月苦相思,荡子从戎十载馀。
> 征人去日殷勤嘱:"归雁来时数寄书。"

清风明月苦相思,荡子从戎十载馀——这两句写一位妻子对久出未归的丈夫的思念之情。清风明月,是月圆之夜,也是团圆之时,为什么又苦相思呢?"荡子从戎十载馀",原来她的丈夫从军十多年没有回家了。荡子,本义是指游荡在外的男子,这里用来指征夫,是含有怨气。

征人去日殷勤嘱:"归雁来时数寄书。"——出征的时候,我对丈夫说得好好的,每逢大雁回来的时候,就多捎信回家。古代有雁足传书的说法,春天的时候,大雁便从南方回到北方来。可见这位妻子的丈夫是到南方打仗去了。天宝年间,唐玄宗对南诏用兵,死伤极重。正所谓"新鬼烦冤旧鬼哭,天阴雨湿声啾啾"。以上四句联系起来看,征人没有实现自己的诺言,已经十多年音信全无了。那么征人是变心了还是不在人世了?这正是妻子苦相思的关键所在。从当时大批征人有去无回的情形来看,这位妻子的忧虑可能几近于痛苦和绝望了。

诗贵言外之意。这首诗并没有明写征人之死,也没有明写唐玄宗的扩边战争的残酷乃至大失败。诗人只写了征夫临行前的许诺和出征后妻子十多年的盼望、等待和相思之苦。许多内容是留给读者去思索的。唐·司空图所云"不著一字,尽得风流。语不涉难,已不堪忧"(《诗品二十四则》),正是对这种含蓄诗风的高度肯定。

相　思

相思,指相思子,又称红豆,是相思树所结的子,其形如豆,红色,故名红豆。相思树是亚热带乔木,广东、云南一带较多。但诗题还有双关的另一重含义,即相思之情。这是一首赠诗,赠给诗人一位生活在南方的朋友。有的版本诗题为《江上赠李龟年》。李龟年是唐代著名歌唱家,安史之乱后流落江南,此诗可能作于安史之乱以后。

> 红豆生南国,秋来发几枝。
> 劝君多采撷,此物最相思。

红豆生南国,秋来发几枝——这两句是说,朋友啊,你看到了吗?秋天的时候,南方的相思树上有多少枝条上结满了红豆啊!秋来发几枝,不能误解为到了秋天,树枝还在抽条生长。

劝君多采撷,此物最相思——撷(xié),摘。这两句是说,我希望您多采摘一点,这是寄托相思之情最好的赠品。

诗人真是善于捕捉题材,用相思树上的相思子来表达相思之情,使人一目了然,再恰当不过了。朋友间的相思之情是依依不舍的离别之情的延续,但天各一方,如何才能使对方明了自己的心意呢?相思子,红豆!它鲜红艳丽,历历在目。当朋友托在掌心的时候,对方的相思之情也就和盘托出了。这是诗人玲珑透剔的妙想,从来没有人写到过,但此语一出,千古共鸣。这首诗还有一大妙处:本来是写自己思念朋友,却不明写,反过来写朋友在思念自己,这种翻过来的写法,早年的王维即已娴熟,如《九月九日忆山东兄弟》即已露其端倪。

菩提寺禁,裴迪来相看,说逆贼等凝碧池上作音乐,供奉人等举声便一时泪下。私成口号,诵示裴迪

此诗当作于唐肃宗至德元载(756)秋天。《旧唐书·王维传》载:"禄山陷两都,玄宗出幸,维扈从不及,为贼所得。维服药取痢,伪称瘖病。禄山素怜之,遣人迎至洛阳,拘于普施寺,迫以伪署。禄山宴其徒于凝碧池,其乐工皆梨园弟子、教坊工人。维闻之悲恻,潜为诗曰:'万户伤心生野烟……'贼平,陷贼官三等定罪。维以凝碧诗闻于行在,肃宗嘉之。"此事《明皇杂录》的记载更为详尽。还提到一位叫雷海清的乐工拒不演奏,被反贼肢解示众,云云。菩提寺,长安、洛阳皆有,此指洛阳龙门的菩提寺。口号,随口吟成,一般指绝句。

万户伤心生野烟,百官何日再朝天。
秋槐叶落深宫里,凝碧池头奏管弦。

万户伤心生野烟,百官何日再朝天——这两句是说,安史之乱的叛军搞得千家万户流离失所,不得安生。而文武百官也不知道什么时候才能重返长安,朝见天子。当时长安城已陷落,为叛军占领。所谓"生野烟",是指在野外生火做饭。

秋槐叶落深宫里,凝碧池头奏管弦——这两句是写安禄山逼迫宫廷乐工为其演奏事,点到为止,含而不露。

这是一首名诗,古人评价很高。明·顾可久云:"感慨、沉着、婉曲、深长。"(《唐王右丞诗集注说》)清·张谦宜云:"怨而不怒。"(《絸斋诗谈》)其实此诗的思想倾向、立场观点十分鲜明,"百官何日再朝天"已明确表态,不承认安禄山的伪政权。后两句只是补充描写引发这一明确表态的具体环境和事件,写得越具体、细致越好,但限于篇幅,诗人只写了三点。一是时间(秋槐落叶),二是地点(凝碧池头),三是事件(奏管弦),这就足够了。

口号又示裴迪

这一首当作于《菩提寺禁……私成口号,诵示裴迪》之后不久,故曰"又示"。

安得舍尘网,拂衣辞世喧。
悠然策藜杖,归向桃花源。

安得舍尘网,拂衣辞世喧——这两句是说,我如何才能摆脱尘世的纠缠,离开这喧闹的尘世,拂衣而去呢?诗人本来早有归隐之心,现在身陷囹圄,更是感到焦虑不安。"尘网"二字下得生动,把自己眼前处境作了暗示。

悠然策藜杖,归向桃花源——这两句是说,我真想悠悠地拄着拐杖,回到我心中的桃花源——辋川别业呢!桃花源指辋川是有根据的。王维《田园乐》(又称《辋川六言》)有句云:"杏树坛边渔父,桃花源里人家。"此时此刻,诗人对田园生活的向往与以往又有所不同：以往是不想在官场上混，眼下则是坐牢，对自由的追求显得更为强烈、真切。

这两首诗(示裴迪和又示裴迪)，均以展现诗人的内心世界、心理活动见长。不求文采，但求真切，这是特定环境(牢房)中的创作，与王维的其他诗作在风格上、艺术表现手法上均有所不同。

别辋川别业

王维于开元末年购得蓝田宋之问别墅。别业即指别墅，位于辋川谷口。面对官场的黑暗，王维希望能求得解脱，辋川别业便是他理想的选择。这首诗即乾元元年(758)王维小住辋川后要回京城长安，不得不告别辋川所作，诗中充溢着浓浓的不舍之情。王维弟王缙有同咏："山月晓仍在，林风凉不绝。殷勤如有情，惆怅令人别。"

　　依迟动车马，惆怅出松萝。
　　忍别青山去，其如绿水何？

依迟动车马，惆怅出松萝——依迟，依依不舍的样子，如南朝齐·王融诗"参差兴别绪，依迟起离慕"。松萝，地衣类植物，常寄生松树上，出松萝意谓离开长满松萝的山林。这两句是说，我缓缓催动车马，离开长满松萝的山林，是那样地依依不舍啊，内心充满了留恋惆怅之情。车马依迟，心情怅惘，一切都是那样的难舍难分。忍别青山去，其如绿水何——忍，忍心、狠心。其如……何，奈……何，把……怎么样。这两句是说，就算我勉强含悲离开青青的山林，那又怎能割舍这潺潺的绿水呢？王维特别喜欢辋川的山水，这里有他理想的寄托，现在却要不得不离开了，又要回到那令人厌烦的官场中去了，作者是非常不情愿的。但又无可奈何，所以只好强忍悲痛，含泪告别了。

这首小诗，"浅语情深"（明·顾可久《唐王石丞诗集注说》），语言自然明白，但情感十分真挚，十分感人。作者选取了典型的几种景物，青山、绿水、松萝，这些都是倾注了作者全部感情和理想的，所以能够用本色语言传递真切的感受。王维弟王缙有同咏:"山月晓仍在,林风凉不绝。殷勤如有情,惆怅令人别。"其诗写山月、林风,似乎都在向诗人大献殷勤,希望能留住远行之人,诗没有写离人的主观态度和感受,而是以物写人,虽然也清新可读,却不及王维的感受强烈。

送崔九兴宗游蜀

【题解】

崔兴宗,王维的内弟,也是王维的好朋友,诗人有许多诗写到过他。崔兴宗约于天宝九、十载间出仕,出仕之前长期隐居(说见《与卢员外象过崔处士兴宗林亭》)。蜀,地域名,今四川一带。此诗作于乾元元年(758)。

送君从此去,转觉故人稀。
徒御犹回首,田园方掩扉。
出门当旅食,中路授寒衣。
江汉风流地,游人何岁归?

送君从此去,转觉故人稀——转觉,顿时感到。稀,少。这两句是说,我送您从这里离开,顿时感到我身边的老朋友更加稀少了。巧用"转觉"二字表达出友人离去的失落和伤感。

徒御犹回首,田园方掩扉——徒御,指随从之人。《诗经·小雅·车攻》"徒御不惊"唐·孔颖达疏:"徒行挽辇与车上御马者。"这两句是说,随从的人尚且频频回望,大家都感到和作者在一起的田园生活即将结束了。诗人通过写"徒御回首""田园掩扉"两个景象,烘托出离别的气氛,表达了作者与友人依依惜别饱含无奈的感情。

出门当旅食,中路授寒衣——旅食,作客寄食他乡。授寒衣,《诗经·豳风·七月》:"九月授衣。"这两句是说,出门在外要努力加餐饭,要注意保暖。通过对友人前途的预测表现对朋友深切的关怀和深情的嘱托。

江汉风流地,游人何岁归——江汉,江指长江,汉指汉水。游人,指崔兴宗。这两句是说,江汉一带是风流之地,希望你早点回来。

明·顾可久《唐王右丞诗集注说》云:"('徒御'二句)去住婉恋之情不尽,深至。"清·黄培芳《唐贤三昧集笺注》云:"发端极有神,五律最争起手。"从结构上讲,本诗四联分相送、回望、途中、到达四个层次,由近及远,层层展开,层次极为分明。

冬夜书怀

此诗大约作于乾元元年(758)。全诗通过描写冬天夜里的景色和所见所感,抒发了作者在杨国忠当政时政治上受到压抑、不合潮流的孤独与苦闷的心情。

冬宵寒且永,夜漏宫中发。
草白霭繁霜,木衰澄清月。
丽服映颓颜,朱灯照华发。
汉家方尚少,顾影惭朝谒。

冬宵寒且永,夜漏宫中发——永,长。夜漏,古代滴水计时器。这两句是说,冬天的夜晚又冷又长,天未明便看着计时器准备上朝,向宫中出发。

草白霭繁霜,木衰澄清月——霭,繁盛的样子。澄,澄清明朗的样子。这两句是写上朝途中的景色,草上蒙了一层厚厚的霜,变成一片白色;树木凋零,月亮显得更为明亮。

丽服映颓颜,朱灯照华发——这两句是写自己:华丽的衣服更显得诗人容颜衰老,在红色宫灯的照耀下更显得白发苍苍。

汉家方尚少,顾影惭朝谒——汉家尚少,据《汉武故事》载:"上至郎署,见一老郎,鬓眉皓白,问何时为郎,何其老也?对曰:'臣姓颜名驷,以文帝时为郎,文帝好文而臣好武,景帝好老而臣尚少,陛下好少而臣已老,是以三叶不遇也。'上感其言,擢为会稽都尉也。"惭朝谒(yè),自己已经老了,愧于继续为官,上朝谒见天子。这两句是说,皇上重视的是年轻人,而自己老成这个样子,和年轻人一起上朝,感到羞惭不已。

不是真写自己老迈无用,顾影自惭,而是写自己不受重用,与执政者的心意相左。王维早在天宝十一载即为吏部郎中,而至天宝末,转为给事中,官阶并未升迁。据《旧唐书·李峘传》:"杨国忠秉政,郎官不附己者悉出于外。"当时,被排挤出朝廷的有"尚书十数公",而同时起用了一批归附于杨国忠的年轻人。王维虽未外调,但给事中是谏官,在杨国忠一手遮天的极权统治下,可谓无言可进,无言可采。诗人的孤独与苦闷之情,只能在诗中作委婉的流露。

春夜竹亭赠钱少府归蓝田

【题解】

此诗约作于乾元二年(759)春,当时王维任职给事中。竹亭,赠别之地。钱少府,指钱起,也是著名诗人,王维的朋友,他自乾元二年至宝应二年(763),任职蓝田县尉。少府,即县尉。蓝田,指蓝田县,辋川别业所在地。这是一首赠别诗,诗人借此表达了自己厌弃俗世纷扰、渴望归隐的愿望。

> 夜静群动息,时闻隔林犬。
> 却忆山中时,人家涧西远。
> 羡君明发去,采蕨轻轩冕。

【新解】

夜静群动息,时闻隔林犬——群动,指各种动物。晋·陶渊明《饮酒》其七有"日入群动息"。这两句是说,夜深人静,万物都安静了下来,但树林那边不知是谁家的狗,还在叫个不停,让人心烦意乱。

却忆山中时,人家涧西远——山中,指诗人曾隐居的辋川别业。这两句是说,这扰人的犬吠声,不由让我想起辋川别业隐居时的清静日子。在那里,相邻最近的人家也隔在山涧以西很远的地方,不会像今天这样受吵,扰乱我的心境。诗人由犬吠而引出他对往昔隐逸岁月的怀念与向往,以及对俗世纷扰的厌弃。

羡君明发去,采蕨轻轩冕——明发,黎明。语出《诗经·小雅·小宛》:"明发不寐,有怀二人。"蕨,野生多年生草本植物,嫩叶可食。采蕨,这里代指隐居山林。轩冕,指官位爵禄或贵显之人。古制,大夫以上乘轩服冕。轩,大夫车。冕,大夫以上戴的冠。这两句是说,真羡慕你这黎明一去,即可脱离这是非纷扰的京都长安,在蓝田过上那超然世外的隐居生活。诗人从回忆中又回到现实,不禁怅然若失,徒增羡慕。钱起官蓝田县尉,于其山水胜景中有别业,可以过半官半隐的生活,故诗人作此说。

明·顾可久曰:"幽景远情,想像不尽,脱洗尘垢矣。"清·沈德潜曰:"五言用长易,用短难,右丞工于用短。"(《唐诗别裁集》卷一)诗人的心理活动可用诗中的三个动词贯穿:"闻"、"忆"、"羡"。闻犬吠而忆山中,忆山中而羡君归去。诗虽短,内涵却很丰富。辋川是诗人长期隐居的地方,他的大量的山水田园诗均创作于此,在他的心目中,辋川就是桃花源。虽然后来诗人将别业施舍为佛寺,不常去了,但心中对辋川的深情,丝毫也没有淡化。现在,当他的朋友钱起要到那里去作县尉,也过半官半隐生活的时候,他该有多少话要说?可是诗人只写了二句:"羡君明发去,采蕨轻轩冕。"给钱少府,也给读者留下了大量的悬想空间,这便是诗歌的含蓄精练处。

送钱少府还蓝田

这是一首送别诗,送别的地点是长安,作于乾元二年(759)春。钱少府,钱起,时任蓝田县尉。这首诗表达了诗人对友人的牵挂和应许,也流露了王维晚年对辋川生活的不了情。

草色日向好,桃源人去稀。
手持平子赋,目送老莱衣。
每候山樱发,时同海燕归。
今年寒食酒,应得返柴扉。

草色日向好,桃源人去稀——桃源,指蓝田辋川。这两句是说,春天到了,草的颜色一天比一天好看,但是到辋川隐居的人却不多见了(安史之乱以后,很少有人隐居辋川)。

手持平子赋,目送老莱衣——平子,东汉张衡之字。平子赋,指张衡的《归田赋》,乃其"仕不得志,欲归于田"之作。老莱衣,春秋时楚国老莱子穿的花衣。老莱子特别孝敬父母,年七十而父母犹在,经常身着五彩斑斓的花衣,学着小孩的样子,逗其父母高兴。当时钱起的父母亦居蓝田。这两句是说,钱起的归隐思想很强烈,对父母也很孝顺。

每候山樱发,时同海燕归——山樱发,指山上的樱桃开花。海燕,即燕子。这两句是说,钱起总是在樱桃花开的时候准时到辋川探视父母,就像燕子一样,一到春天就会准时回来。

今年寒食酒,应得返柴扉——这两句是说,今年寒食节的时候,我也会回到蓝田去(诗人晚年在蓝田仍有隐居之所)。

辋川是王维的桃花源,是他的避风港,是他的安乐窝,是他名作诞生的摇篮。王维与辋川的情结,是无论何时何地一辈子也解不开的。此诗作后的第三年(760),王维即去世,恐怕连诗人自己也没有想到,这首赠别诗竟成了他辋川情结的绝笔。创作此诗之后,王维是否到过辋川,不得而知,但他的作品很少,再也找不到提及辋川的诗句了。

赠裴迪

此诗作于上元元年春(760)。诗歌通过对自己与裴迪二人交游生活的追忆,抒发了对好友深切的思念。

不相见,不相见来久。
日日泉水头,常忆同携手。
携手本同心,复叹忽分襟。
相忆今如此,相思深不深?

不相见,不相见来久——来,……以来。诗歌开门见山,写作者与好友已经许久不曾见面,从而引出作者"一日不见,如隔三秋"的思念之情。

日日泉水头,常忆同携手——这两句托物比兴。诗人每日伫立在泉水源头,回忆起往昔携手同游于此的情景。记忆的"泉眼"一下被敲开,诗人的思念之情也如同这泉水般奔涌而出,绵绵不绝。

携手本同心,复叹忽分襟——分襟,即离别。这两句紧接上句,二人原本携手同心,过从甚密,但裴迪当时尚未步入仕途,要"温经"赴考,后又入蜀为官。因此,两人终究还是分开了。这又怎能不令作者为之悲叹呢?

相忆今如此,相思深不深——这两句照应诗题中的"赠"字,上文都是作者抒发自己的思念之情,这两句则由己及人,发出对好友的询问,你对我的思念,又深不深呢?

自然质朴,清新活泼,音律和谐,明白晓畅。它的艺术魅力不在于华美的辞藻,不在于新奇的艺术手法,而是在于诗中所蕴含的真挚深厚的情谊。这份情谊也如同"泉水头"中奔流的甘泉一样,从诗人的心泉奔涌而出,绵绵不绝,读来令人如饮醇醪,回味悠长。在王维诗集中,这首诗的民歌色彩很突出:句式打破五言定格,两次采用顶针格修辞,语言明白如话。

疑 梦

此诗应作于诗人晚年。疑梦,犹似梦,指人生如梦。此诗载于清·赵殿成《王右丞集笺注》外编及《全唐诗》。但朱金城《白居易年谱》将此诗系大和四年白居易在洛阳作。

莫惊宠辱空忧喜,莫计恩仇浪苦辛。
黄帝孔丘何处问,安知不是梦中身?

莫惊宠辱空忧喜,莫计恩仇浪苦辛——宠辱,《世说新语·栖逸》:"阮光禄(裕)在东山,萧然无事,常内足于怀。有人问王右军(羲之),右军曰:'此君近不惊宠辱,虽古之沉冥,何以过此?'"空,徒然,白白地。浪,与"空"同义。这两句劝解人不要因为宠辱得失而动心,空然忧喜;也不要计较恩仇,徒然辛苦。

黄帝孔丘何处问,安知不是梦中身——这两句是感叹黄帝与孔丘这样的大圣人也不能永生,人生的一切似过眼烟云,虚幻不实,像梦幻一般。

王维是虔诚的佛教徒,许多诗都含有禅意,这首诗实际上是从佛教的视角观察人生,认为人生虚幻不实,不应计较宠辱恩仇。这种思想在今天看来有一定的消极作用。

冬晚对雪忆胡居士家

此诗大概作于王维晚年,具体年代不详。居士,在家奉佛之人。胡居士,名不详,王维另有《胡居士卧病遗米因赠》《与胡居士皆病寄此诗兼示学人二首》。从诗中可看出胡居士是一位虔诚奉佛、安贫守道之人。此诗通过对雪怀人,流露了诗人悲天悯人的慈悲情怀。

> 寒更传晓箭，清镜览衰颜。
> 隔牖风惊竹，开门雪满山。
> 洒空深巷静，积素广庭闲。
> 借问袁安舍，翛然尚闭关。

寒更传晓箭，清镜览衰颜——寒更，指寒夜的更鼓声。传晓箭，即报晓之意。箭，指漏壶上标示时间的浮箭。这两句是说，凛凛寒夜，更鼓报晓，起来揽镜自照，只见清冷的铜镜里，容颜憔悴。

隔牖风惊行，开门雪满山——牖(yǒu)，窗户。这两句是说，夜里只听到窗外寒风劲吹，惊动竹林，早晨起来开门一看，原来是一场大雪，积满群山。这里的心理变化，下一"惊"字，极为妥帖，最能传大雪之神，是写雪名句，足以与晋·陶渊明"倾耳无希声，在目皓已洁"（《卯癸岁十二月中作与从弟敬远》）相匹。陶渊明的诗句写了雪花的轻灵洁白，王维此句则写出了大雪的浩莽之势。

洒空深巷静，积素广庭闲——这两句是说，门外的深巷和门里这宽大的庭院也都披上了银装，成了一片素净的世界，没有人活动的踪影，一切都变得静悄悄的。以上四句是正面写雪景的名句。

借问袁安舍，翛然尚闭关——袁安，字劭公，东汉汝阳人。典出《后汉书·袁安传》注引《汝南先贤传》。据载，袁安贫居洛阳，一次下了一丈多深的大雪，一般人家都在门前清出路来，唯独袁安门前无路。洛阳令以为他已死在家中，命人扫雪而入，却见他安卧床上。他解释说：大雪天，人们都在挨饿，不宜出来乞食。洛阳令认为他有德行，举为孝廉。翛(xiāo)然，自在超脱的样子。这两句是说，在这大雪封门的清晨，胡居士的房门一定还关着，他就像汉代的袁安一样，怀着一颗悲天悯人的心安然高卧呢！

朱庭珍《筱园诗话》卷四云："咏雪诗最难出色，古人非不刻画，而超脱大雅，绝不粘滞；后人着力求之，转失妙谛。如……右丞'洒空深巷静，积素广庭闲'，工部'烛斜初近见，舟重竟无闻'，一写城市晓雪，一写江湖夜雪，亦工传神。"

诗题疑有误。题为"冬晚对雪"，所写景象实为冬晓对雪，"晚"当为"晓"字之讹。袁安卧雪，是古代著名典故。王维作有袁安卧雪图，背景是雪中芭蕉。芭蕉是南方植物，不耐寒，衬托袁安卧雪所受的折磨，从而更好地揭示了袁安的慈善之心。诗人以袁安比拟胡居士,自然是很高的评价。大历诗人司空曙有《过胡居士睹王右丞遗文》诗,结尾说"题诗今尚在,暂为拂流尘",对王维这首诗至为珍惜。

雪中忆李揖

李揖,未详其人。这是一首怀友诗。写作地点是长安,时间不详。

积雪满阡陌,故人不可期。
长安千门复万户,何处蹀躞黄金羁。

积雪满阡陌,故人不可期——期,邀约,会合。这两句是说,积雪堆满了整个田间小路,诗人与老朋友没有如期见面。那么老朋友在哪里?是不是正在向我这里赶来呢?

长安千门复万户,何处蹀躞黄金羁——蹀躞(diéxiè),形容迈着小步走路。黄金羁,用黄金做成的马笼头,借指李揖所骑的马。这两句是说,长安城这么大,不知李揖骑着马在什么地方慢慢地小心翼翼地行走呢?这是诗人"忆"的内容,也是"忆"的延伸。

言简意深,形式活泼。后两句写老朋友在雪地上骑马慢行,艰难赴约的情景,是想象之词,写得一往情深。

戏题盘石

盘石,扁而平的巨石。这首诗写柳拂花飞的春天,诗人与朋友饮酒于泉边柳下大石之上的情景。全诗情绪欢畅,意境耐人寻味,充满了生机与野趣。

可怜盘石临泉水,复有垂杨拂酒杯。
若道春风不解意,何因吹送落花来。

可怜盘石临泉水,复有垂杨拂酒杯——可怜,可爱。这两句是说,真可爱啊,清泉边上卧着一块盘石,而我就坐在盘石上饮酒,清风吹动垂杨的枝条,轻轻地抚摸着酒杯。

若道春风不解意,何因吹送落花来——这两句是说,如果说春风不理解人的心意,那它为什么又吹撒落花来助酒兴呢?

宋·刘须溪云:"迭荡,野兴甚浓。"盘石、清泉、垂杨、美酒,是那么和谐美妙、恰到好处地组合在一起,似乎都在等待,都在欢迎诗人的到来。还有春风善解人意,竟吹送来了许多花瓣,为诗人献花助兴。全诗写得生意盎然,活灵活现,诗人与自然景物是那么契合无间、心心相印地融合在一起。显然,诗歌是写诗人陶醉于大自然的欢乐,一种得天独厚的归隐之乐。

送沈子福归江东

沈子福,不详。江东,又称江左,即江南。这是一首借春色喻友情的送别诗。

> 杨柳渡头行客稀,罟师荡桨向临圻。
> 惟有相思似春色,江南江北送君归。

杨柳渡头行客稀,罟师荡桨向临圻——罟(gǔ)师,渔人,此处借指船夫。临圻(qí),地名,在今南京市附近。这两句是说,我送沈子福归江南,在渡口告别,渡口行人稀少,依依杨柳更增添了无限惜别之情,我直望着朋友乘坐的船只向临圻方向远去。

惟有相思似春色,江南江北送君归——这两句是说,此时此刻,我的思念之情像那浓浓的春色,遍布大江南北,一路护送您回到江东。

明·顾可久曰:"(首二句)别景寥落,情殊怅然。"又曰:"(末二句)相送之情,随春色所之,何其浓至清新!"(《唐王右丞诗集注说》)清·沈德潜曰:"春光无处不到,送人之心,犹春光也。"(《唐诗别裁》卷十九)清·马位曰:"最爱王摩诘'惟有相思似春色,江南江北送君归'之句,一往情深。"(《秋窗随笔》)诗人将友情想象为春色,一路相伴,"江南江北送君归",实是妙手偶得,匠心独具。试想,任何一位行客,当他走在布满友情的大道上,即使是走到天涯海角,他还会感到孤单吗?无边的春色簇拥着行客,见春色如见故人。李白也有相似的诗句:"我寄愁心与明月,随君直到夜郎西。"都是移情于物的奇思妙想。

书　事

书事,书写眼前发生的事和感受。这首诗写雨天深院安宁静谧的景色以及诗人平和的心境。成诗时间不详。

> 轻阴阁小雨,深院昼慵开。
> 坐看苍苔色,欲上人衣来。

轻阴阁小雨,深院昼慵开——阁,古代的一种楼台,多建于高基之上,四面通风,出厦飞檐,常用于藏书或供佛。慵,懒。这两句是说,天色微阴,小雨淅沥,阁楼笼罩在蒙蒙细雨之中,深深的小院就在白天也懒得开门。

坐看苍苔色,欲上人衣来——这两句是说,坐在小院之中看绿色的苔藓,那苍翠之色仿佛要漫延到人衣之上。这两句堪称以动写静的传神之笔,使雨天的小院充满了盎然的生机。

《诗人玉屑》卷六云:"王维《书事》云:轻阴阁小雨……。舒王云:'若耶溪上踏莓苔,兴尽张帆载酒回。汀草岸花浑不见,青山无数逐人来。'两诗皆含不尽之意,子由谓之不带声色。"明·杨慎云:"王半山亦有绝句,诗意颇相类。按半山诗云:'山中十日雨,雨晴门始开。坐看苍苔文,欲上人衣来。'"(《升庵诗话》卷三)王维诗写景,很重视写心理感受,苍苔岂能上人衣,加一"欲"字,便活灵活现地写出了苍苔长势之快。又如"山路原无雨,青翠湿人衣",青翠之色岂能湿人衣,但有此"湿"字,便活灵活现地写出了青翠欲滴的山色。还有"泉声咽危石,日色冷青松",咽与冷,都是诗人的心理感受。

送梓州李使君

梓州,地名,即今四川三台县。李使君,名字未详。使君,刺史的尊称。这首诗写作年代不详,生动描绘了蜀川一带的山川风物的地方特色。

万壑树参天,千山响杜鹃。
山中一夜雨,树杪百重泉。
汉女输橦布,巴人讼芋田。
文翁翻教授,不敢倚先贤。

万壑树参天,千山响杜鹃——这两句是说,千山万壑中都生长着参天的树木,树丛中时时有杜鹃啼叫。

山中一夜雨,树杪百重泉——杪(miǎo),树枝的细梢。这两句是说,山中下过一夜的大雨之后,树梢上都仿佛悬挂着千百条小瀑布。"一夜",又作"一半"。

汉女输橦布,巴人讼芋田——汉女,嘉陵江古称西汉水,汉女即西汉水边上的妇女。输,缴纳官税。橦布,橦花织成的布。巴人,泛指蜀川百姓。讼,打官司。芋田,种芋头的田地。这两句是说,嘉陵江边的妇女用橦布缴纳官税,巴地的百姓常常因为芋田打官司。

文翁翻教授,不敢倚先贤——文翁,汉景帝时蜀都太守。翻教授,指文翁当时见蜀地鄙陋荒蛮,就兴办学校,教化百姓。不敢,清·赵殿成《王右丞集笺注》认为是"敢不"之讹,后人均从之,实误。给刺史赠诗,若用"敢不",是强硬命令口气,不妥。这两句是说,尽管古代文翁在梓州做了许多教化工作,但还须继续努力,不敢依靠那点老本钱,那个地方还是很落后呢!

清·王夫之曰:"明明两截,幸其不作折合,五、六一似景语故也。"又曰:"意至则事自恰合,与求事切题者雅俗冰炭。右丞工于用意,尤工于达意,景亦意,事亦意,前无古人,后无嗣者,文外独绝,不许有两。"(《唐诗评选》卷三)

清·沈德潜曰:"太白'五月天山雪,无花只有寒。笛中闻折柳,春色未曾看',一气直下,不就羁缚。右丞'万壑树参天……树杪百重泉',分顶上二语而一气赴之,尤为龙跳虎卧之笔。此皆天然入妙,未易追攀。"(《说诗晬语》卷上)

前三联写梓州风物：森林茂密，杜鹃常鸣，多雨多泉。但橦布为赋，芋田为耕，尚未完全开化。故尾联勉励李使君承先贤遗志而立新功。诗的前四句写景，常为人所称道。万壑千山，极为壮观。尤其是"山中一夜雨，树杪百重泉"这一因果联，写因夜雨形成的无数小瀑布挂在树梢上，青白相间，何其美妙！诗人善于捕捉山水景物变化动态美的本领，又一次显示出令人叹服的魅力。

◎文

山中与裴迪秀才书

山中,指辋川别业。裴迪,王维的诗友。秀才,优秀人才的尊称,不是指科举中第的称号。该文当作于天宝年间。

近腊月下[1],景气和畅,故山殊可过[2]。足下方温经[3],猥不敢相烦[4]。辄便往山中,憩感配寺[5],与山僧饭讫而去[6]。

北涉玄灞[7],清月映郭[8]。夜登华子冈,辋水沦涟[9],与月上下。寒山远火,明灭林外[10]。深巷寒犬,吠声如豹。村墟夜舂[11],复与疏钟相间。此时独坐,僮仆静默,多思曩昔[12],携手赋诗,步仄径,临清流也。

当待春中,草木蔓发,春山可望,轻鯈出水[13],白鸥矫翼,露湿青皋[14],麦陇朝雊[15],斯之不远,倘能从我游乎?非子天机清妙者[16],岂能以此不急之务相邀[17]?然是中有深趣矣,无忽[18]。

因驮黄檗人往[19],不一[20]。山中人王维白。

〔1〕腊月下:农历十二月底。

〔2〕过:这里是游玩的意思。

〔3〕温经:复习科举考试要用的经书。

〔4〕猥(wěi):自谦之辞,随便,表示自己的行为不妥当。

〔5〕憩(qì):休息。

〔6〕饭讫:吃完饭。

〔7〕玄灞:指灞水。玄,指青色。

〔8〕郭:外城。

〔9〕沦涟:指风吹皱辋水的波纹。

〔10〕明灭:指火光忽明忽暗。

〔11〕舂(chōng):捣谷去皮。

〔12〕曩(nǎng):过去。

〔13〕鯈(tiáo):一种小鱼,柳叶形。

〔14〕皋(gāo):泽边高地。

〔15〕朝雊(gòu):早晨野鸡的叫声。

〔16〕天机清妙:天性清远脱俗。

〔17〕不急之务:指邀朋友来辋川游玩这类不迫切要做的事。

〔18〕无忽:不要忘记了。

〔19〕黄蘖(bò):一种中药材。

〔20〕不一:不一一细说。

  这是王维写给他的朋友裴迪的一封信,在文体上与王维现存文集中的其他文章均不相同,呈现先秦散文不用典故、不事排偶、自然流畅的文体特色。这在盛唐骈文一统天下的形势下,显然具有文体改革与文风创新的意义。加之写景细致、动静相生,给后来元结的《右溪记》、柳宗元的山水游记开辟了一条新的创作蹊径,在唐代散文发展史上有一定的地位。

◎ 附 录

王维年谱简编

武后长安元年(701),一岁
　　王维生。关于王维的生年,学术界有不同意见。大体归纳为692年、699年、700年、701年四说。详见张清华《王维年谱》、陈铁民《王维年谱》。

唐玄宗开元三年(715),十五岁
　　离家赴长安,作《过秦皇墓》。

唐玄宗开元五年(717),十七岁
　　在长安。作《九月九日忆山东兄弟》。

唐玄宗开元七年(719),十九岁
　　赴京北府试,在长安。次年作《息夫人》。

唐玄宗开元九年(721),二十一岁
　　擢进士第,官太乐丞。随即因舞黄狮子受牵连,贬官济州司仓参军。作《送綦毋潜落第还乡》、《燕支行》、《被出济州》、《宿郑州》、《早入荥阳界》等诗。

唐玄宗开元十三年(725),二十五岁
　　仍为济州司仓参军。《济上四贤咏》、《赠祖三咏》、《齐州送祖三》、《和使君五郎西楼望远思归》等诗作于济州时期。

唐玄宗开元十四年(726),二十六岁
　　离开济州。作《寒食汜上作》。

唐玄宗开元十五年(727),二十七岁
　　居淇上。作《淇上田园即事》、《淇上送赵仙舟》、《不遇咏》。

唐玄宗开元十七年(729),二十九岁
　　闲居长安。作《送孟六归襄阳》。

唐玄宗开元十八年(730),三十岁
　　闲居长安。作《华岳》。

唐玄宗开元十九年(731),三十一岁
　　《旧唐书》本传云:"妻亡,不再娶,三十年孤居一室。"

唐玄宗开元二十二年(734),三十四岁
　　闲居长安,后赴洛阳隐居嵩山。作《上张令公》、《归嵩山作》、《送崔兴宗》。
　　王维旅蜀及旅蜀诗《青溪》、《纳凉》、《晓行巴峡》、《过香积寺》、《自大散以往,深林密竹,蹬道盘曲四五十里,至黄牛岭见黄花川》等题作于闲居长安的这几年(开元十七年至开元二十二年间)。

唐玄宗开元二十三年(735),三十五岁

官拜右拾遗,至东都洛阳赴任。作《献始兴公》《留别山中温古上人兄并示舍弟缙》。

唐玄宗开元二十五年(737),三十七岁

在长安,任右拾遗。作《渭川田家》《寄荆州张丞相》《韦给事山居》《观猎》等。

同年夏,以监察御史赴河西问边,兼任河西节度判官。作《使至塞上》。

唐玄宗开元二十六年(738),三十八岁

河西节度副使崔希逸改任河南尹,宰相李林甫兼任河西节度使。秋,王维等人自河西还长安。出仕凉州期间,作有边塞诗《凉州赛神》《凉州郊外游望》《出塞作》《陇西行》《陇头吟》《老将行》《双黄鹄歌送别》等。

唐玄宗开元二十八年(740),四十岁

知南选。作《汉江临泛》《哭孟浩然》等。

唐玄宗开元二十九年(741),四十一岁

自知南选北归,游江东,作《登辨觉寺》《送邢桂州》等。

回京后,隐居终南,过半官半隐的生活。作《终南别业》《新晴野望》《终南山》。

唐玄宗天宝三载(744),四十四岁

在长安为左补阙,同时在辋川别业过半官半隐的生活,直至天宝末年安史之乱爆发为止。在此期间,王维创作了大量的山水田园诗和其他诗作,有《赠李颀》、《与卢员外象过崔处士兴宗林亭》、《青雀歌》、《赠刘蓝田》、《故人张谞工诗善易卜兼能丹青草隶顷以诗见赠聊获酬之》、《秋夜独坐怀内弟崔兴宗》、《西施咏》、《登楼歌》、《送友人归山歌二首》、《送张五归山》、《林园即事寄舍弟紞》、《辋川闲居赠裴秀才迪》、《辋川闲居》、《酌酒与裴迪》、《山中》、《辋川别业》、《山茱萸》、《积雨辋川庄作》、《赠裴十迪》、《赠裴迪》、《答裴迪辋口遇雨忆终南山之作》、《山中送别》、《题辋川图》、《别辋川别业》、《辋川集》等。

唐玄宗天宝九载(750),五十岁

母亲去世,在辋川守丧至天宝十一载。

唐玄宗天宝十一载(752),五十二岁

丧满,拜吏部郎中,后改文部。作《敕赐百官樱桃》。

唐玄宗天宝十二载(753),五十三岁

仍为文部郎中。作《送秘书晁监还日本国》。

唐玄宗天宝十四载(755),五十五岁

任给事中,十一月,安史之乱爆发。

唐玄宗天宝十五载(756),五十六岁

仍为给事中。长安沦陷,玄宗遁蜀,王维等为敌所获,居普提寺,作《凝碧诗》、《口号又示裴迪》。

唐肃宗至德二年(757),五十七岁

唐军收复二京,在叛军中曾为官的官员分三等定罪,王维以《凝碧诗》感动皇上,加之王缙尚书愿削除自己的官职为兄长赎罪,因此皇上宽容,责授太子中允。

唐肃宗乾元元年(758),五十八岁

迁太子中庶子,中书舍人,复拜给事中,同时施辋川别业为寺,辋川生活正式结束。作《和贾舍人早朝大明宫作》、《晚春严少尹与诸公见过》。

唐肃宗乾元二年(759),五十九岁

官给事中。作《春夜竹亭赠钱少府归蓝田》、《送钱少府还蓝田》。

唐肃宗上元二年(761),六十一岁

官尚书右丞。七月卒,葬于辋川。

《王维集》主要版本

王右丞集(十卷)

唐王缙(王维的弟弟)编,收诗文400馀篇。《新唐书》所称《王维集》十卷,今不存。

王摩诘文集(十卷)

宋蜀刻本,今存北京图书馆,上海古籍出版社曾出影印本。

王右丞文集(十卷)

宋麻沙本,今存日本,北京图书馆有影抄本和手写本。

须溪先生校本王右丞集(六卷)

宋刘辰翁编,元刊本。今存北京图书馆、山西大学图书馆。

唐王右丞诗刘须溪校本(六卷)

明刻本,今存北京图书馆。

唐王右丞诗集注说(六卷)

明刻本,顾可久注,今存北京图书馆。

王摩诘集(十卷)

明刻本,今存北京图书馆。

王摩诘集(十卷)

明《唐十二家诗》刊本。今存北京大学图书馆。

王摩诘集(二卷)

明刻本,张逊业编。今存北京图书馆。

王维集(一卷)

明刻本,杨一统编。今存北京大学图书馆。

王摩诘集(二卷)

明刻本,许自昌编。今存北京大学图书馆。

王摩诘集(六卷)

明刻本,陈凤编刻。今存北京图书馆。

王右丞集(六卷)

清项氏玉渊堂刊本。今存北京图书馆。

王右丞集(六卷)

明铜活字本。今存北京图书馆。

类笺唐王右丞集

明奇子斋本,顾起经编注。今存北京图书馆、北京大学图书馆。

王摩诘诗集(七卷)

明刻本,凌蒙初编。

王右丞诗集(二卷)

清刻本,汪立名编,今存北京图书馆。

王右丞集笺注(三十卷)

清刻本,赵殿成编注。

全唐诗(王维诗四卷)

全唐文(王维文四卷)

(资料来源:陈铁民《王维集校注》)

王维研究著作、论文选录

(1978—2004)

著作:

1. 王维诗选注　张清华　中州古籍出版社. 1986

2. 王维年谱　张清华　上海学林出版社．1988
3. 王维新论　陈铁民　人民文学出版社．1989
4. 王维传　卢渝　山西人民出版社．1989
5. 王摩诘传　张清华　河南人民出版社．1991
6. 山水田园诗派研究　葛晓音　辽宁大学出版社．1993
7. 王维、孟浩然、高适、岑参诗精选　傅如一、姜剑云　山西古籍出版社．1995
8. 王维集校注　陈铁民　中华书局．1997
9. 王维传　毕宝魁　辽海出版社．1998
10. 王维诗比较研究　〔韩〕柳晟俊　京华出版社．1999
11. 王维、孟浩然　刘宁　上海古籍出版社．2002
12. 纵横论王维　王志清　吉林人民出版社．2002
13. 王维研究（王维研究会会刊）　三秦出版社．（1992—2004）

论文：

1. 王维"雪中芭蕉"寓意蠡测　陈允吉　复旦学报　1979(1)
2. 王维诗歌的禅意与画意　袁行霈　社会科学战线　1980(2)
3. 王维的佛教信仰与诗歌创作　严北溟　复旦学报　1981(3)
4. "意余于象"一例——说王维《终南山》　霍松林　文艺理论研究　1981(3)
5. 论王维山水诗中的禅宗思想　陈允吉　文艺论丛(第10辑)　1980.4
6. 王维山水诗的艺术特色　张明非　唐代文学(第1辑)　1981(4)
7. 王维与华严宗诗僧道光　陈允吉　复旦学报　1981(3)
8. 王维与南北宗禅僧关系考略　陈允吉　文献(第8辑)　1981.6
9. 王维的佛教信仰与诗歌创作　孙昌武　文学遗产　1981(2)
10. 王维·神韵说·南宗旨——兼论唐代以后中国诗画艺术标准的演变　葛晓音　文学评论　1982(1)
11. 论王维山水田园诗的艺术价值　傅如一　山西大学学报　1982(4)
12. 王维生平及其诗　王达津　河北师范大学学报　1982(4)
13. 王维生平事迹再探　谭优学　西南师范学院学报　1982(2)
14. 王维前期事迹新探　葛晓音　晋阳学刊　1982(4)
15. 试论王维诗歌的绘画形式美　文达三　中国社会科学　1982(5)
16. 论王、孟山水诗的艺术经验　丁成泉　华中师范学院学报　1982(3)
17. 王维年谱　陈铁民　文史(第16辑)　1982
18. 禅境画意入诗情：王维后期诗风格浅探　史双亮　南京师范学院学报　1983(1)

19. 传天籁清音　绘有声图画——论王维诗歌表现自然音响的艺术　陶文鹏　文学评论　1983(1)

20. 说王维诗的"静"美　林继中　光明日报　1983.3.29

21. "雪里芭蕉"命意辨　杨军　陕西师范大学学报　1983(2)

22. 王维诗文系年　杨军　天津师大学报　1983(4)

23. 王维的奉佛与诗歌初探　贺新居　唐代文学论丛(第3辑)

24. 陶潜与王维——诗史上儒道结合与儒佛结合之比较　任嘉禾　内蒙古大学学报　1984(2)

25. 王维五考　王从仁　宁夏大学学报　1984(1)

26. 王维的禅宗审美观及其山水诗的空灵风格　陶林　浙江师范学院学报　1984(3)

27. 论《辋川集》　傅如一　陕西人民出版社　1984

28. 对王维诗中虚幻境界的思考　李育仁　江汉论坛　1984(6)

29. 王维诗中的绘画美　金学智　文学遗产　1984(4)

30. 论王维的文赋创作　陶文鹏　唐代文学论丛(第5辑)

31. 王维生平事迹新探　傅如一　山西大学学报　1984(4)

32. 王维"终南别业"即"辋川别业"考——兼与陈贻焮等同志商榷　陈允吉　文学遗产　1985(1)

33. 王维诗真伪考　陈铁民　文学遗产增刊(15辑)　1984

34. 论王维的边塞诗　王从仁　上海师范大学学报　1985(3)

35. 王维生平的若干问题——就《王维年谱》与陈铁民同志商榷　杨军　西北师院学报　1986(1)

36. 王维诗歌与盛唐气象　史双元　南京师范大学学报　1986(4)

37. 王维漫游江南考述　史双元　南京师范大学学报　1985(4)

38. 论王维诗作中的禅趣　史双元　四川师范大学学报　1986(6)

39. 山水诗的一大飞跃——王维与谢灵运山水诗之比较　马秀娟　唐代文学论丛(第7辑)

40. 王维诗品新议　许永璋　学术月刊　1986(9)

41. 王维与孟浩然山水田园诗之比较　李浩　西北大学学报　1987(3)

42. 从王维到皎然　赵昌平　中华文史论丛　1987(2)

43. 王维生平五事考　陈铁民　古籍整理与研究(第3期)　1988

44. 王维生平新探　陈铁民　文史(第30辑)　1988

45. 王维与南北宗禅僧关系考略　陈允吉　唐音佛教辨思录　1988(9)

46. 试论王维山水诗的画意　贺秀明　厦门大学学报　1988(4)

47. 王维年谱证补　张清华　文学遗产　1988(6)
48. 禅宗艺术观与王维诗的风格　张清华　中州学刊　1988(6)
49. 禅宗的"净心"思想与王维的山水诗创作　邱瑞祥　贵州大学学报 1989(1)
50. 王、孟诗歌差异论　宋起予　苏州大学学报　1989(3)
51. 王维与道教　陈铁民　文学遗产　1989(5)
52. 王维与僧人的交往　陈铁民　文献(第3期)　1989
53. 王维佛教思想对其诗歌艺术的影响　毕宝魁　辽宁大学学报　1989(6)
54. 王维山水田园诗源于禅宗吗　赵玉桢　中州学刊　1990(2)
55. 略论王维送别诗的美学特征　周巨山　求是学刊　1990(4)
56. 诗佛王维——论佛教对中国文学的影响之一　王志远　中国佛教文学 今日中国出版社　1990.12
57. 禅学理念与王维山水诗创作手法　邱瑞祥　贵州大学学报　1991(3)
58. 王维诗歌在海外　王丽娜　文学遗产　1991(4)
59. 静穆的观照与飞跃的生命：论王维诗中的禅理　贺秀明　厦门大学学报 1991(4)
60. 王维的诗学观与盛唐诗的繁荣　张清华　文学遗产　1991(4)
61. 试论王维对禅宗的反影响　贾晋华　文学遗产　1991(4)
62. 略论佛教禅宗对王维其人其诗的影响　方守金　郑州大学学报　1992(1)
63. 王维的审美理想与他的诗歌艺术　张清华　唐都学刊　1992(1)
64. 王维禅宗美学思想论略　李显卿　赵大声　锦州师范学院学报　1992(1)
65. 山水诗中物的心态化试论——王维杜甫山水诗比较研究　王志清　人文 杂志　1993(1)
66. 《王维集校注》前言　陈铁民　文学遗产　1992(4)
67. 王维与《维摩诘经》　严优荣　唐都学刊　1993(2)
68. 试论佛教思想对王维诗歌意境的影响　王波　青海社会科学　1993(3)
69. 王维的山水田园诗所折射的文化心态　杨德才　华中师范大学学报 1993(3)
70. 王维经营辋川别业时间初探　樊维岳　唐都学刊　1994(1)
71. 王维边塞诗：雄悍逸放的人格塑型——兼论所受鲍照诗的影响　王志清 晋阳学刊　1994(2)
72. 另一种形式的浪漫主义——兼论王维山水田园诗的内蕴　荆立民　唐代 文学研究(第5辑)　广西师大出版社　1994.1
73. 论王维的七律　张传峰　湖州师范学院学报　1994(3)

74. 论王维五言律诗的情感倾向　邱瑞祥　贵州大学学报　1994(3)

75. 始也"桃源"，终也"桃源"——王维心灵历程的再探和前后分期说的质疑　荆立民　东岳论丛　1994(4)

76. 盛世气象　雅正风韵——试论王维送别诗　龚岚　江西师范大学学报　1994(4)

77. 空灵与禅意　画意与诗意——论王维山水田园诗的风格　高人雄　社科纵横　1994(4)

78. 论王维的禅宗思想　姜光斗　唐都学刊　1994(5)

79. 王维艺术风格的转变及其意义　王刘纯　河南大学学报　1994(5)

80. 王维后期诗歌创作风格及其成因略论　王兰英　内蒙古师范大学学报　1995(1)

81. 王维"安禅制毒龙"考辨兼其佛教诗的实践性　刘维治　锦州师范学院学报　1995(2)

82. 清新幽深　空灵逸远——王维诗禅境生成初探　于雪棠　郭春燕　学术交流　1995(2)

83. 试论日本汉诗对王维三言绝句幽玄风格之受容　马歌东　人文杂志　1995(3)

84. 王维"诗中有画"辨　赵海菱　社会科学辑刊　1995(3)

85. 王维田园诗新探　吴绍礼　辽宁大学学报　1995(3)

86. 王维《酬诸公见过》探疑　贺钊　唐都学刊　1995(3)

87. 论王维山水诗风格与视觉意象的关系　吴晓龙　南昌大学学报　1995(4)

88. 禅性　禅境　禅愉——论王维山水诗的静与动　潘静　陕西师范大学学报　1995(4)

89. 王维的古体诗写盛唐气象　邱瑞祥　贵州大学学报　1995(4)

90. 浅谈王维诗的用色方法　张岩　浙江社会科学　1995(5)

91. 王维"以佛入诗"辨　刘晓林　衡阳师范学院学报　1995(5)

92. 心物冥一中的庄禅精神：陶潜、王维比较论　王志清　东北师范大学学报　1995(6)

93. 王维与山水诗由主玄趣向主禅趣的转化　赵昌平　学人(第4辑)

94. 全国第二届王维诗歌讨论会综述　高萍　唐都学刊　1996(1)

95. 王维的静与禅　刘竹琴　陕西文史　1996(1)

96. 王维诗歌创作与奉佛思想的矛盾性　刘晓林　中国文学研究　1996(1)

97. 论王维的诗中画意及其意韵生动——《王维诗中的绘画美》续篇　金学智　铁道师范学院学报　1996(2)

98. 探骊采珠　烛幽显微——入谷仙介《王维研究》管窥　毕宝魁　日本研究　1996(2)

99. 如何正确看待王维的隐逸思想　金五德　卞慕东　长沙电力学院学报　1996(2)

100. 王维诗与佛道两家的色彩崇尚　于雪棠　北方论丛　1996(2)

101. 仙道活动与王维山水诗歌创作　吴晓龙　南昌大学学报　1996(3)

102. 关于王维早期的乐府诗　〔日〕入谷仙介　唐代文学研究(第6辑)　广西师大出版社　1996(9)

103. 王维诗对李朝诗人之影响考　〔韩〕柳晟俊　唐代文学研究(第6辑)　广西师大出版社　1996(9)

104. 试析王维诗歌与禅宗的联系　邱慧　朝仪　河北师范大学学报　1996(3)

105. 秋水芙蕖　倚风自笑——论王维山水田园诗的阴柔美　郁桂平　江苏教育学院学报　1996(3)

106. 王维山水诗的禅境与空境　朱丽霞　松辽学刊　1996(3)

107. 王维婚姻问题四题　王辉斌　漳州师范学院学报　1996(3)

108. 论王维的七言律诗　邱瑞祥　贵州大学学报　1996(4)

109. 论王维的边塞诗　苏华　新疆大学学报　1996(4)

110. 王维诗歌与儒家文化精神　赵海菱　山东社会科学　1997(1)

111. 从斜阳意象看王维的悲剧情结　王志清　徐州师范大学学报　1997(2)

112. 王维田园诗漫论　李晓湘　中国文学研究　1997(2)

113. 王维诗的唯美主义色彩　陈在东　石油大学学报(社科版)　1997(2)

114. 慷慨倚长剑　高歌一送君——王维送别诗中的盛唐气象之试论　王志清　南京理工大学学报(社科版)　1997(3)

115. 王维"诗中有画"的个性色彩　段安国　湖湘论坛　1997(3)

116. 王维佛理诗之分类及渊源　邱瑞祥　贵州大学学报(社科版)　1997(3)

117. "诗佛"解　林继中　漳州师范学院学报　1997(3)

118. 哲理机趣与自然景象的契合——论王维山水田园诗中的禅意　师长泰　唐都学刊　1997(3)

119. 王维写景诗绿色基调的成因　刘丽珈　成都大学学报(社科版)　1997(4)

120. 辋川别业遗址与王维辋川诗　陈铁民　中国典籍与文化　1997(4)

121. 外师造化，中得心源——浅谈王维诗中寒山意象的两种境界　张宏　文史知识　1997(4)

122. 论王维山水诗的梵音世界　欧海龙　湖南师范大学学报　1997(5)

123. 王维与盛唐山水诗的明秀空静之美　张毅　南开大学学报(哲社版)　1997(5)

124. 东土佛教与王维诗风　王树海　吉林大学学报　1997(6)

125. 天命无怨色　人生有素风——论王维的生存智慧　王志清　江苏社会科学　1998(1)

126. 王维的厚德载物思想　谭朝炎　宁波大学学报(人文科学版)　1998(1)

127. 论王维诗的情感心态　张毅　唐代文学研究(第7辑)　广西师大出版社　1998.1

128.《全唐诗》王维重出新篇考辨　王启兴　武汉大学学报(人文社科版)　1998(1)

129. 王维辋川《华子冈》诗与佛家"飞鸟喻"　陈允吉　文学遗产　1998(2)

130. 王维山水田园诗的乐意初探　潘晓彦　学术交流　1998(2)

131. 王维安史之乱"受伪职"考评　毕宝魁　辽宁大学学报(哲社版)　1998(2)

132. 让意境焕发出意味——王维创作方法研究之一　林继中　漳州师范学院学报(哲社版)　1998(3)

133. 王维诗画禅意相通论　吴怀东　文史哲　1998(4)

134. 王维山水田园诗构图四法　章毅　周丽君　湘潭师范学院学报(社科版)　1998(5)

135. 试论王维随遇而安的人生态度　赵凌云　晋阳学刊　1998(6)

136. 影响王维与钱起诗作风格类似的三个外在因素　谢海平　唐代文学论丛　1998(6)

137. 王维情感结构论析　林继中　文史哲　1999(1)

138. 两种田园诗:塞奥克莱托斯和王维的文类世界　萧驰　文艺研究　1999(1)

139. 诗中有画——简论王维诗歌的艺术特色　何秀兰　四川师范大学学报　1999(1)

140. 文化与心理坐标上的王维诗(一)、(二)　许总　东南大学学报(哲社版)　1999(1)、(2)

141. 王维的诗与乐　孙焕英　华夏文化　1999(1)

142. 王维诗歌音乐美新探　谢建英　龚文龙　文史杂志　1999(2)

143. 王维与盛唐气象及风韵　吴在庆　黎明职业大学学报　1999(2)

144. 试论王维诗歌的"空"字　赵永源　北方论丛　1999(2)

145. 论王维诗歌之禅蕴　张旭东　黄明超　西南师范大学学报　1999(3)

146. 王维七律与盛唐气象　师长泰　唐都学刊　1999(3)

147. 佛教禅宗与王维山水田园诗　陈敏直　唐都学刊　1999(4)

148. 禅悦诗人王维　张景岗　佛教文化　1999(4)

149. 论王维山水诗的深层美学意蕴　胡立耘　曲靖师专学报　1999(4)

150. 向善灵魂的深重叹息——王维的负罪意识和忏悔精神研究　王志清　东岳论丛　1999(4)

151. 论王维山水诗的"诗中有画"　张福庆　内蒙古社会科学　1999(4)

152. 宗教诗歌与诗歌中的宗教——从王维的佛理诗看佛教理念对文学的浸润　邱瑞祥　贵州大学学报　1999(6)

153. 王维山水诗的符号美学与心理美学解析　胡立耘　西南师范大学学报　1999(6)

154. 论王维诗宗教体验与审美体验之融合　胡遂　湖南师范大学学报　2000(1)

155. 欲问义心义, 遥知空病空——论王维佛理诗文中的般若学　胡遂　中国文学研究　2000(1)

156. 略论王维安史之乱的心态　李俊标　安徽师范大学学报　2000(1)

157. 论王维诗中的人格形象　张福庆　晋阳学刊　2000(1)

158. 王维三教合一思想探析　高人雄　兰州大学学报(社科版)　2000(2)

159. 第三届中国王维学术研讨会综述　康震　唐都学刊　2000(3)

160. 王维美学观的客观唯心主义特征　王志清　学海　2000(3)

161. 王维诗题注小议　刘飞滨　新疆师范大学学报(哲社版)　2000(3)

162. 王维早期行事探究　王辉斌　山西大学学报(哲社版)　2000(4)

163. 三元同构的士大夫心理结构——解读王维《与魏居士书》　安华涛　社科纵横　2000(4)

164. 对王维"诗中有画"的质疑　蒋寅　文学评论　2000(4)

165. 试论禅宗理念对王维山水诗创作的影响　郭惠红　湖南社会科学　2000(5)

166. 精神志向理想与诗歌风貌——读王维诗断想　吴在庆　固原师专学报　2000(5)

167. 王维山水田园诗图画意象之解读　童惠刚　上海大学学报(社科版)　2000(6)

168. 重读王维——从《竹里馆》说开去　邵明珍　复旦大学学报(社科版)　2001(4)

169. 王维进士及第之年及生年新考　王勋成　华中师范大学学报(人文社科版)　2001(1)

170. 王维诗中的"空"　樊泳湄　云南社会科学　2001(1)

171. 佛教哲理和王维山水诗的构境艺术　李占伦　天津师范大学学报(社科版)　2001(1)

172. 论王维对闲静空寂意境的描绘　姜光斗　盐城师范学院学报(人文社科版)　2001(1)

173. 王维山水诗的生命精神　谭云华　玉溪师范学院学报　2001(1)

174. 王维哲学思想以儒为体、庄禅为用的特征　王志清　山西大学师范学院学报　2001(2)

175. 试论王维山水田园诗研究中的几个问题　王祥　沈阳师范学院学报(社科版)　2001(2)

176. 论王维山水诗的声画之美　高艳　中山大学学报论丛　2001(2)

177. 含蓄蕴藉道别离——试论王维送别诗艺术特色　刘燕　内蒙古民族大学学报(社科版)　2001(3)

178. 情景交融与王维对诗歌艺术的贡献　陈铁民　中国文化研究　2001(3)

179. 曹雪芹与王维　张浩逊　洛阳师范学院学报　2001(3)

180. 直彻心源的生命感动——王维、孟浩然山水诗之比较论　王志清　南京邮电学院学报(社科版)　2001(3)

181. 空灵淡远的艺术追求——禅宗审美观与王维水墨山水画　刘立策　文史杂志　2001(3)

182. 长安文化与王维诗　邓乔彬　文学评论　2001(4)

183. 王维的终南隐居——与陈铁民先生商榷　杨径青　文学遗产　2001(4)

184. 王维诗二首疑义辨析　景刚　河海大学学报(哲社版)　2001(4)

185. 君问穷通理　渔歌入浦深——谈王维山水诗与宋山水画中禅宗美学观　张昕　湖北美术学院学报　2001(4)

186. 《纵横论王维》序　陈允吉　南通师范学院学报(哲社版)　2001(4)

187. "诗中有画"是"艺术论的认识迷误"吗？——《对王维"诗中有画"的质疑》的质疑　陈育德　安徽师范大学学报(人文社科版)　2001(4)

188. 王维、孟浩然异同论　葛景春　山西大学师范学院学报　2001(4)

189. 浅论王维诗歌的意境　丁萍　社科纵横　2001(6)

190. 浅谈王维山水田园诗的审美构成要素　徐艳萍　辽宁教育学院学报　2001(7)

191. 禅趣在王维诗中的多纬度展现　王少梅　华夏文化　2002(1)

192. 浅谈王维、李商隐诗歌佛学意趣的差异　陆琳　江淮论坛　2002(1)

193. 论王维诗歌"宇宙重造"的美学性质　傅绍良　陕西师范大学学报(哲社版)　2002(3)

194. 王维"闲""空"意趣的禅学再确认　傅绍良　文史哲　2002(3)

195. 山水情怀　艺术人生——谈王维后期山水诗艺术风格的形成　穆廷云　学习与探索　2002(3)

196. 王维闺情诗试探　李萍　徐州教育学院学报　2002(3)

197. 王维的禅修内涵与诗歌创作　罗小东　中国文化研究　2002(4)

198. 说"异客"——读王维诗作札记之一　鲁金华　湖北社会科学　2002(4)

199. 在人境中追求孤独和寂寞——论王维诗歌的禅意　胡敬君　青海社会科学　2002(4)

200. 从色彩看王维诗的空静之美及其文化蕴含　高军青　辽宁大学学报(哲社版)　2002(5)

201. 论王维佛理诗中的象喻　邱瑞祥　贵州大学学报(社科版)　2002(6)

202. 论"天人合一"思想在王维山水田园诗歌中的体现　陈煜　前沿　2002(12)

203. 禅境与艺境——论王维的宗教体验与审美体验　尹亦农　杨新民　内蒙古大学学报(人文社科版)　2003(1)

204. 从生活家园到精神家园——就"青山""空山"意象看王维诗境的本质　傅怡静　乐山师范学院学报　2003(1)

205. 王维的审美心理经验研究　吴功正　齐鲁学刊　2003(2)

206. 王维进士及第与出生年月考　王勋成　文史哲　2003(2)

207. 王维诗中的禅意　张慧丽　佛教文化　2003(2)

208. 王维的释道思想对其山水田园诗的影响　内蒙古师范大学学报(哲社版)　2003(2)

209. 从王维到苏轼——论诗画交融及文人画的历史实现　尹沧海　天津大学学报(社科版)　2003(2)

210. 理事无碍,物我圆融——论王维《辋川集》的禅悟美感特质　刘铁峰　中国韵文学刊　2003(2)

211. 王维山水诗意境探微　樊泳湄　云南社会科学　2003(3)

212. 王维文学史地位浮沉的反思　王志清　南通师范学院学报(哲社版)　2003(3)

213. 论僧肇与王维辋川绝句"字字入禅"　董运庭　重庆师范大学学报(哲社版)　2003(3)

214. 论开、天时期重功名尚边功的风尚及其对王维的影响　吴在庆　河南科技大学学报(社科版)　2003(3)

215. 王维诗歌中自然描写的象征主义手法　玛雅·拉弗雷奇　成都大学学报(社科版)　2003(4)

216. 论王维的应制诗　〔日〕入谷仙介　钦州师范高等专科学校学报　2003(4)

217. 王维开元行踪求是　王辉斌　山西大学学报(哲社版)　2003(4)

218. 20年来国内王维与佛禅关系研究述评(上)　卢燕平　许昌学院学报　2003(4)

219. 论王维的"绕路说禅"　刘铁峰　湖南社会科学　2003(5)

220. 试论王维引儒入禅以禅化儒思想模式之形成及其效应　董国文　黔南民族师范学院学报　2003(5)

221. 关于王维的隐居问题　王辉斌　周口师范学院学报　2003(6)

222. 浙江黄岩王维庙考辨　李亮伟　浙江学刊　2003(6)

223. 《维摩诘经》与王维的佛教美学思想　谭朝炎　西南师范大学学报(人文社科版)　2003(6)

224. 论王维"无可无不可"说及其思想渊源　邵明珍　学术月刊　2003(8)

225. 王维"亦官亦隐"说质疑　王辉斌　唐都学刊　2004(1)

226. 王维《能禅师碑》的多元思想融合　谭朝炎　理论探讨　2004(1)

227. 一行三昧禅与王维诗文　胡遂　湘湖论坛　2004(1)

228. 论王维与唐代文艺思想发展之关系　陈允锋　洛阳师范学院学报　2004(1)

229. 《使至塞上》考　陈友冰　安庆师范学院学报(社科版)　2004(1)

230. 王维、柳宗元、刘禹锡对惠能禅的总结与推动　普慧　陕西师范大学学报(哲社版)　2004(1)

231. 论王维诗歌的创造性　徐柏青　华中师范大学学报(人文社科版)　2004(2)

232. 论王维山水诗的禅趣美　成晓辉　船山学刊　2004(2)

233. 王维诗歌与朝鲜申纬诗歌之比较　许辉勋　延边大学学报(社科版)　2004(2)

234. 王维奉佛原因新探　查志强　沈阳师范大学学报(社科版)　2004(3)

235. 论王维政治思想的内涵与意义——兼论王维政治风度的美学境界　康震　南京师范大学学报(社科版)　2004(3)

236. 20年来国内王维与佛禅关系研究述评(下)　卢燕平　许昌学院学报

2004(3)

237. 从执着追求到诗意栖居——大众文化对王维诗风的影响　李明、袁海霞　理论月刊　2004(4)

238. 禅化的"云"——王维诗中的云意象摭谈　刘铁峰　重庆三峡学院学报　2004(4)

239. 王维边塞诗的情绪变迁　李术文　社会科学家　2004(4)

240. 王维"身心相离"刍议　孙明材　学术交流　2004(5)

241. 王维山水田园诗审美创造的心理动机　肖国荣　山西大学学报(哲社版)　2004(5)

242. 论王维山水诗的风景园林美学特征　温朝霞　湖北社会科学　2004(8)

以上论著和论文，远不是新时期以来(1978—2004)王维研究的论著、论文的全部，严格讲只占总数的四分之一，这里只是选择性的一个摘录。此外，凡是收入《王维研究》(中国唐代文学学会·王维研究会会刊)的论文，已总体列入著作系列，单篇索引从略。

《王维集》名言警句

△独在异乡为异客，每逢佳节倍思亲。(《九月九日忆山东兄弟》)(第003页)
△君自故乡来，应知故乡事。(《杂诗三首》)(第004页)
△谁怜越女颜如玉，贫贱江头自浣纱。(《洛阳女儿行》)(第007页)
△劝君更尽一杯酒，西出阳关无故人。(《送元二使安西》)(第016页)
△圣代无隐者，英灵尽来归。(《送綦毋潜落第还乡》)(第017页)
△吾谋适不用，勿谓知音稀。(《送綦毋潜落第还乡》)(第017页)
△孰知不向边庭苦，纵死犹闻侠骨香。(《少年行四首》)(第022页)
△羞从面色起，娇逐语声来。(《扶南曲歌词五首》)(第029页)
△散黛恨犹轻，插钗嫌未正。(《扶南曲歌词五首》)(第029页)
△前路白云外，孤帆安可论！(《早入荥阳界》)(第035页)
△山静泉逾响，松高枝转疏。(《赠东岳焦炼师》)(第037页)
△息阴无恶木，饮水必清源。(《郑霍二山人》)(第040页)
△枕上见千里，窗中窥万室。悠悠长路人，暧暧远郊日。(《和使君五郎西楼望远思归》)(第041页)
△故乡不可见，云水空如一。(《和使君五郎西楼望远思归》)(第041页)
△落花寂寂啼山鸟，杨柳青青渡水人。(《寒食汜上作》)(第043页)
△天寒远山净，日暮长河急。(《淇上送赵仙舟》)(第044页)

△今人作人多自私,我心不说君应知。(《不遇咏》)(第045页)
△醉歌田舍酒,笑读古人书。(《送孟六归襄阳》)(第047页)
△谷静秋泉响,岩深青霭残。清澄入幽梦,破影抱空峦。(《东溪玩月》)(第048页)
△忘身辞凤阙,报国取龙庭。岂学书生辈,窗间老一经。(《送赵都督赴代州得青字》)(第050页)
△高城眺落日,极浦映苍山。(《登河北城楼作》)(第051页)
△我心素已闲,清川淡如此。(《青溪》)(第054页)
△水国舟中市,山桥树杪行。(《晓行巴峡》)(第056页)
△泉声咽危石,日色冷青松。(《过香积寺》)(第058页)
△流水如有意,暮禽相与还。荒城临古渡,落日满秋山。(《归嵩山作》)(第061页)
△宁栖野树林,宁饮涧水流。不用坐梁肉,崎岖见王侯。(《献始兴公》)(第062页)
△草枯鹰眼疾,雪尽马蹄轻。(《观猎》)(第066页)
△回看射雕处,千里暮云平。(《观猎》)(第066页)
△即此羡闲逸,怅然吟《式微》。(《渭川田家》)(第068页)
△渭北走邯郸,关东出函谷。(《冬日游览》)(第069页)
△举世无相识,终身思旧恩。(《寄荆州张丞相》)(第070页)
△征蓬出汉塞,归雁入胡天。大漠孤烟直,长河落日圆。(《使至塞上》)(第071页)
△暮云空碛时驱马,秋日平原好射雕。(《出塞作》)(第075页)
△十里一走马,五里一扬鞭。(《陇西行》)(第076页)
△身经大小百馀战,麾下偏裨万户侯。(《陇头吟》)(第077页)
△射杀山中白额虎,肯数邺下黄须儿。一身转战三千里,一剑曾当百万师。(《老将行》)(第078页)
△卫青不败由天幸,李广无功缘数奇。(《老将行》)(第078页)
△愿得燕弓射天将,耻令越甲鸣吾君。莫嫌旧日云中守,犹堪一战立功勋。(《老将行》)(第079页)
△楚汉三湘接,荆门九派通。江流天地外,山色有无中。郡邑浮前浦,波澜动远空。(《汉江临泛》)(第083页)
△故人不可见,汉水日东流。(《哭孟浩然》)(第084页)
△日落江湖白,潮来天地青。明珠归合浦,应逐使臣星。(《送邢桂州》)(第085页)
△窗中三楚尽,林上九江平。(《登辨觉寺》)(第086页)
△行到水穷处,坐看云起时。(《终南别业》)(第088页)
△白水明田外,碧峰出山后。(《新晴野望》)(第090页)
△白云回望合,青霭入看无。(《终南山》)(第091页)
△科头箕踞长松下,白眼看他世上人。(《与卢员外象过崔处士兴宗林亭》)(第

093页）

△屏风误点惑孙郎,团扇草书轻内史。(《故人张谔工诗善易卜兼能丹青草隶顷以诗见赠聊获酬之》)(第098页)
△夜静群动息,蟪蛄声悠悠。(《秋夜独坐怀内弟崔兴宗》)(第099页)
△贱日岂殊众,贵来方悟稀。(《西施咏》)(第101页)
△君宠益骄态,君怜无是非。(《西施咏》)(第101页)
△持谢邻家子,效颦安可希?(《西施咏》)(第101页)
△鳌身映天黑,鱼眼射波红。(《送秘书晁监还日本国》)(第103页)
△几时同携手,一朝先拂衣。(《送张五归山》)(第107页)
△人闲桂花落,夜静春山空。(《鸟鸣涧》)(第108页)
△弄篙莫溅水,畏湿红莲衣。(《莲花坞》)(第109页)
△靡靡绿萍合,垂杨扫复开。(《萍池》)(第110页)
△空山不见人,但闻人语响。(《鹿柴》)(第113页)
△当轩对樽酒,四面芙蓉开。(《临湖亭》)(第116页)
△湖上一回首,青山卷白云。(《欹湖》)(第117页)
△跳波自相溅,白鹭惊复下。(《栾家濑》)(第118页)
△独坐幽篁里,弹琴复长啸。(《竹里馆》)(第120页)
△明月松间照,清泉石上流。竹喧归浣女,莲动下渔舟。(《山居秋暝》)(第127页)
△嫩竹含新粉,红莲落故衣。(《山居即事》)(第130页)
△不寻翻到谷,此谷不离心。(《愚公谷三首》其三)(第132页)
△白首相知犹按剑,朱门先达笑弹冠。(《酌酒与裴迪》)(第135页)
△世事浮云何足问,不如高卧且加餐。(《酌酒与裴迪》)(第135页)
△寒山转苍翠,秋水日潺湲。倚杖柴门外,临风听暮蝉。渡头馀落日,墟里上孤烟。(《辋川闲居赠裴秀才迪》)(第137页)
△山路元无雨,空翠湿人衣。(《山中》)(第139页)
△雨中草色绿堪染,水上桃花红欲燃。(《辋川别业》)(第140页)
△漠漠水田飞白鹭,阴阴夏木啭黄鹂。(《积雨辋川庄作》)(第142页)
△桃李虽未开,荑萼满芳枝。(《赠裴十迪》)(第144页)
△春草明年绿,王孙归不归。(《山中送别》)(第146页)
△晚年惟好静,万事不关心。(《酬张少府》)(第148页)
△松风吹解带,山月照弹琴。(《酬张少府》)(第148页)
△老来懒赋诗,惟有老相随。当世谬词客,前身应画师。(《题辋川图》)(第149页)
△红豆生南国,秋来发几枝。劝君多采撷,此物最相思。(《相思》)(第153页)
△万户伤心生野烟,百官何日再朝天。(《菩提寺禁,裴迪来相看,说逆贼等凝碧池

上作音乐,供奉人等举声便一时泪下。私成口号,诵示裴迪》)(第154页)
△夜静群动息,时闻隔林犬。(《春夜竹亭赠钱少府归蓝田》)(第158页)
△莫惊宠辱空忧喜,莫计恩仇浪苦辛。(《疑梦》)(第161页)
△隔牖风惊竹,开门雪满山。(《冬晚对雪忆胡居士家》)(第162页)
△若道春风不解意,何因吹送落花来。(《戏题盘石》)(第163页)
△惟有相思似春色,江南江北送君归。(《送沈子福归江东》)(第164页)
△山中一夜雨,树杪百重泉。(《送梓州李使君》)(第166页)

上作音乐,供奉人等举声便一时泪下。私成口号,诵示裴迪》)(第154页)
△夜静群动息,时闻隔林犬。(《春夜竹亭赠钱少府归蓝田》)(第158页)
△莫惊宠辱空忧喜,莫计恩仇浪苦辛。(《疑梦》)(第161页)
△隔牖风惊竹,开门雪满山。(《冬晚对雪忆胡居士家》)(第162页)
△若道春风不解意,何因吹送落花来。(《戏题盘石》)(第163页)
△惟有相思似春色,江南江北送君归。(《送沈子福归江东》)(第164页)
△山中一夜雨,树杪百重泉。(《送梓州李使君》)(第166页)

图书在版编目（CIP）数据

王维集/（唐）王维著；傅如一解评.—2版.—太原：三晋出版社，2008.6（2024.5重印）
（中国家庭基本藏书·名家选集卷）
ISBN 978-7-80598-929-7-01

Ⅰ.王… Ⅱ.①王…②傅… Ⅲ.唐诗—选集 Ⅳ.I222.742

中国版本图书馆CIP数据核字（2008）第090983号

王维集

著　　者：（唐）王　维		解评者：傅如一	
责任编辑：任如花		审订者：傅如一	
封面设计：敬人工作室		版式设计：敬人工作室	
责任校对：任如花		责任印制：李佳音	

出版发行：山西出版集团·三晋出版社
地　　址：太原市建设南路21号
电　　话：（0351）4956036（咨询）　　4922268（邮购）
传　　真：（0351）4922102
网　　址：www.sxskcb.com
邮　　编：030012

印刷装订：山西新华印业有限公司
（本书如有破损、缺页、装订错误，请与本社联系调换）

开　　本：787mm×960mm　1/16
字　　数：230千字
印　　张：13
版　　次：2008年6月第2版
印　　次：2024年5月第2次印刷
书　　号：ISBN 978-7-80598-929-7-01
定　　价：50.00元

版权所有，翻印必究。本书图文未经书面授权，不得以任何方式转载或公开发表。